KB040669

나는
시
인
이
다

일러두기

이 책에서 인용한 김규동 시인의 시들은 시집 《느릅나무에게》(2005, 창비)에 실린 시들입니다.
(42쪽 돌파구를 찾아서는 미발표 시임.)

나는 시인이다

초판 1쇄 발행_ 2011년 3월 25일
초판 2쇄 발행_ 2011년 11월 10일

지은이_ 김규동

펴낸곳_ 바이북스
펴낸이_ 윤옥초

책임편집_ 이성현
편집팀_ 도은숙, 이현실, 김태윤, 문아람
책임디자인_ 방유선
디자인팀_ 윤혜림, 이민영, 남수정, 윤지은

ISBN_ 978-89-92467-46-9 03810

등록_ 2005. 07. 12 | 제 313-2005-000148호

서울시 마포구 서교동 395-166 서교빌딩 703호
편집 02) 333-0812 | 마케팅 02) 333-9077 | 팩스 02) 333-9960
이메일 postmaster@bybooks.co.kr
홈페이지 www.bybooks.co.kr

책값은 뒤표지에 있습니다.

바이북스는 책을 사랑하는 여러분 곁에 있습니다.
독자들이 반기는 벗 – 바이북스

나는 시인이다

김규동 지음

바이북스
ByBooks

어린 시절, 6·25 전쟁과 휴전, 월남과 분단, 먹고 산다는 것, 가난과 죽음이 서로를 피폐화한다는 것, 이분법의 누추를 견딘다는 것, 통일을 열망하며 실향의 가족을 꾸리고 자식을 출세시킨다는 것. 80대 중반의 한국인의 절반은 이런 경험을 공유할 것이다. 그 경험과 더불어 시를 쓴다는 것? 드물다고 할 수는 없을 것이다. 평생 시를 썼고 일가를 이뤘다는 것? 과연 그러하지만 선생이 유일무이하다고 할 수는 없다. 6·25 전쟁 이후 세대인 나를 놀라게 하는 선생의 면모는 나이를 먹는다는 게 무엇보다 갈수록 가벼워지는 일이고 깨끗해지는 일이고 아름다워지는 일이라는 말을 시와 정신과 몸의 일치로써 보여준다는 점이다. 그의 시각詩刻은 그 일치의 새김이자 목화木化였다. 그러고 보니 선생의 첫 시각전 때 내가 사회를 보았었고, 전시회가 끝난 후 장성한, 사회적으로 출세한 세 아들이 거의 도열

하듯 서서 내게, "그때는 너무 어려서 고맙다는 말씀도 못 드렸습니다" 하는데, 눈물이 왈칵 쏟아졌던 적이 있었다. 남한에서 내가 본 가장 감동적인, 그야말로 내가 오히려 고마운 출세, 출세도 감동적일 수 있다는 것을 처음 알려준 출세였던 것. 그때란 선생의 환갑 때를 말하는데, 형편이 어려우신 선생의 잔칫상을 당시 '자실자유실천문인협의회' 친구들 몇과 함께 차려드린 적이 있다. 자실이라고 돈이 있을 리 없어 장소를 대충 홍사단 강당쯤으로 정하고 직사각형 탁자들을 한데 모으고 흰 종이 깔고 주종을 중국음식(요리가 아니다)으로, 차렸다기보다는 때웠지만, 다행히 근처 요정에서 잔치 장식 전통 음료 몇 가지 싼값에 해주고 번듯한 잔치용 식기를 빌려준 데다, 천운으로 성균관대 의상학과 재학 중인 여학생들이 도우미로 나서 몸매와 의상을 뽐냈으므로 겉모양이 아주 흉하지는 않았었다. 이때 선생은 크게 세 그룹의 절을 받았다. 각계 저명인사 그룹과 문학인 그룹, 그리고 민주화 운동권 그룹. 내가 알기로 이런 일은 그 전에 없었고, 그 후에 없었다.

그러나 선생의 진정 독보적인 대목은 그다음부터다. 선생의 사회 활동은 갈수록 빈번하고 활발해졌으나 선생의 시는, 숱한 '민중시'들과 정반대로 시 순정 자체를 심화, 통일의 열망조차 순정의 극치로 전화한 것이다. 순정의 극치는 동심에 다름 아니다. 《나는 시인이다》는 노년의 시 순정의 극치로서 동심으로 쓴 자서전이다. 고향과 어머니에 대한 추억은 물론이고, 북한과 남한 사회 공히 부정적으로 평가할 때도, 사회주의와 자본주의를 공히 비판할 때도, 상당히 위험한 역사적 사실을 공개할 때도, 1980년대보다 훨씬 더 살벌했던 1950~1960년대 사회 분위기를 얘기할 때도, 사는 일의 고단함을 얘기할 때도, 지사적인 자세를 취할 때도, 아주 친근해서 매우 소중한 문학적 자료일 천상병, 박인환, 후반기 동인, 김수영 등 시인 및 기인 박거영 일화를 소개할 때도, 다소 준엄한 문학관을 펼칠 때도, 그의 노년의 동심의 장악력은 얼핏 허술한 듯, 끝내 어김이 없다. '~지 뭐예요'라는 표현은 처음엔 조금 당혹스럽다가 중반에 이르면 마치 새로 발견한 듯한, 감칠맛 나는 표현력을 발산한다.

《나는 시인이다》는 정말 그렇게 말할 수 있는 몇 안 되는 시인이 쓴 독보적인 자서전이다. 3부 제목은 '대한민국에서 시인으로 살아가기'지만, 물론 어렵고, 소중하다는 얘기지만, 선생 같은 분이 선생 같은 시인의 삶과 《나는 시인이다》 같은 자서전을 냈기에 우리는 이렇게도 말할 수 있다. 대한민국에서 시인으로 살아가기는 정신조차 다이어트하는 일이다.

김정환_{시인}

고향 집 느릅나무를 떠올리며

천 리 길을 돌아 예까지 왔습니다. 어느덧 계절은 사방에 고루 소식을 건넵니다. 남과 북, 산과 들에 똑같이 앞서거니 뒤서거니 어깨동무합니다. 눈길 닿는 곳마다 울긋불긋 옷을 갈아입습니다. 생시 같기도 하고 낡은 필름 같기도 한 추억들이 고개 내밉니다. 입술같이 연한 진달래 이파리를 따 먹던 시절이며, 손길이 스치기만 해도 톡 떨어지는 살구나무가 너무도 또렷이 살아 꿈틀거립니다.

쉰 살도 넘기지 못하고 황망히 세상을 등진 친구들이 부지기수인데 여든여섯 살을 넘겼으니 오랜 산 셈입니다. 그러나 살아온 날들만큼 죄를 짓고 민폐도 많이 끼쳤다는 게 솔직한 고백입니다. 마음 한편으로 부끄럽고 죄송스럽고 황송할 뿐입니다. 사느라, 살아오느라 알게 모르게 빚진 이들이 너무 많습니다. 그 무슨 입신양명을 하겠다고 고향을 등졌던가요?

또, 왜 부모 형제와 헤어져 입때까지 살아왔던가요?

다시, 이산가족 상봉의 얘기가 뉴스가 됩니다. 모두는 살아 있을까요? 소주를 마셔봐도 취하지 않고 유행가 가락에도 흥이 나지 않습니다. 들었던 숟가락을 가만 내려놓습니다. 십여 년 전부터 생겨난 고약한 습관입니다. 자다가 헛소리를 하고 눈을 떠도 헛것이 보이고 얍삽한 몸뚱이가 파르르 떨려옵니다.

울고 다시 헤어지는 만남이 무슨 의미가 있겠습니까. 분단의 슬픔과 비극을 두 번 겪어보는 일에 불과합니다. 그래서 저는 금강산에 갈 생각을 못합니다.

분명 북쪽에도 살얼음판을 딛고 사는 배고픈 사람들이 웃음 한 번 크게 웃는 날을 소망하며 두 주먹 불끈 쥐고 희멀건 하늘 아래를 내달리고 있을 겁니다. 강물처럼 멀리 달아나버린 세월일 망정 뜨겁게 포옹하고 싶습니다. 시인일 수 있어 행복했습니다.

혼돈과 무질서, 허위와 광기의 시대를 용케도 시라는 무기가 있어 그나마 오늘에 이르렀습니다. 시는 존재 이유였고 삶의 목적이었던 것입니다. 시인임을 자처했으나 영혼을 뒤흔든 아름다운 시 한 편 출산하지 못했음은 순전히 김 아무개의 책임입니다. 소원이 있다면 세상 떠나기 전 꿈속에서처럼 고향 땅 함경북도 종성에 한번 다녀오고 싶습니다.

그나저나 고향 집 우물가 느릅나무는 안녕한지 모르겠습니

다. 죽기 전에 그 느릅나무를 만나봤으면! 느릅나무는 60년
동안의 역사를 다 말해주련만……. 나는 아름드리 그 나무에
기대어 그가 하는 그리운 이야기를 말없이 듣고 섰으련
만…….

2011년 2월

김규동

1부
유년 시절의 기억

당나귀를 아시나요?

　여러분은 혹시 당나귀를 보신 적이 있나요? 생뚱맞게 웬 당나귀 타령이냐고요. 당나귀는 제 어린 날 추억의 곳간에 자리한 첫 번째 주인공이거든요. 함께 추억 여행을 떠나보실래요? 당나귀는 말과 닮았는데 언뜻 보기에는 분간이 어려워요. 말은 키가 크고 훤칠한데 당나귀는 작고 볼품이 없어요. 저의 어릴 때를 생각하면 맨 처음 떠오르는 게 당나귀예요. 그 녀석과 참 많이 놀았어요.

　요즘 사람들은 당나귀를 잘 모를 거예요. 아마 본 적도 거의 없을 거예요. 그땐 당나귀가 흔했어요. 시골 사람 치고 당나귀 한 마리쯤 키우지 않는 집이 거의 없었죠. 꼭 한식구 같았어요. 집안의 온갖 궂은일을 도맡아 했어요. 특히 신랑이 장가갈 때 타고 갔죠. 신랑이 떡하니 당나귀를 타고 신부한테 가지요. 신부 집에서 결혼식을 올리고 신부를 데려오는 거예요. 우스꽝스러운 건 덩치 큰 신랑이 다리를 질질 끌며 당나귀를 타고 가는 모습이에요.

참 가관이었죠. 발이 땅에 닿거든요. 또한 자신의 몸집보다 큰 어른이 타기라도 하는 날에는 땀을 찔찔 흘리면서 시골 길을 띄엄띄엄 걸어가는 거예요. 그럴 때면 당나귀도 힘들고 구경꾼도 힘들고 타는 사람도 힘이 들어요. 그 모습이 안쓰러우면서도 흥미로워 매번 시간 가는 줄 모르고 구경을 했어요. 동물 애호가들이 봤다면 틀림없이 난리였을 거예요.

"저건 동물 학대다. 걸어서 가지 왜 타고 가느냐."

초등학교 4학년 무렵이었어요. 당나귀를 타고 싶은 생각에 몇 날 며칠을 안절부절못했어요. 온갖 폼을 잡으며 당나귀를 타는 상상도 해봤어요. 그러나 기회가 좀처럼 찾아오지 않았지요. 그런데 어느 날 느닷없이 그 기회가 찾아왔어요. 개울을 따라 아름드리 숲을 이루고 있는 동구 밖에서 놀고 있는데 저만치서 움직이는 물체가 눈으로 확 빨려 들어오지 뭐예요. 가까이 다가가 살펴보니 숲 속에 당나귀 한 마리가 노닐고 있는 거예요. '옳거니! 당나귀가 날 태우려고 서 있나 보다.' 속으로 쾌재를 부르며 살금살금 당나귀에게 접근했어요. "안녕." 반갑게 인사를 건네며 엉덩이를 툭툭 치는데도 가만히 서 있는 거 있죠. "고마워. 오늘은 우리 친구하자." 당나귀도 무료했을 거라 미리 단정 내렸어요.

이때다 싶어 얼른 올라탔죠. 당나귀는 귀찮은지 막 몸을 흔들데요. 날 내동댕이치겠다는 심보였어요. 그렇다고 호락호락 물러설 내가 아니었죠. 젖 먹던 힘을 다해 딱 붙잡고 떨어지지 않으려고 안간힘을 썼어요. 몇 번의 승강이 끝에 당나귀가 간신히 걸음을 시작했어요. "이야~" 소원 성취한 셈이죠. 그런데 몇 걸음을 옮기더니 가지가 축 늘어진 큰 나무 앞으로 성큼성큼 걸어가는 거예요. "어, 안 돼." 외마디 비명을 질러댔으나 소용없었어요.

눈 깜짝할 사이였어요. 당나귀가 쏜살같이 달려가자 나는 그만 나뭇가지에 부딪혀서 뒤로 벌렁 나동그라졌어요. "엄마, 엄마~." 고래고래 엄마를 불렀어요. 이러다 죽는 건 아닌지 생각됐어요. 한동안 정신을 잃은 채 누워 있다가 게슴츠레 일어났죠. 온몸이 쑤시고 결리고 정신까지 얼얼했어요. 너무 아팠어요. 창피하고 부끄러워 둘레둘레 고갯짓했죠. '당나귀의 꾀가 보통이 아닌데.' 당나귀를 한갓 순한 짐승인 줄로 알았던 내 자신이 부끄러웠어요. 꾀가 사람보다 낫다는 생각이 들었지 뭐예요.

한번 생각해보세요. 어떻게 나뭇가지가 늘어져 있는 사이로 빠져나가면서 사람을 떨어뜨릴 수 있냐는 거예요. 당나귀의 일방적인 한판승이었어요. 그 뒤로는 어떤 짐승도 업신여기거나 함부로 대하지 않게 되었죠. 당나귀 덕분에 섣부른 판단을 않게 된 겁니다. 물론, 당나귀를 타고 싶다는 생각도 그만두었어요. 그날 엄청 혼이 났으니까요. 지금 생각해도 등골이 오싹하거든요.

비슷한 경험이 하나 더 있어요. 어릴 때 누구보다 장난을 심하게 쳤어요. 하라는 공부는 안 하고 이런저런 구실을 붙여 허구한 날 학교 가기를 싫어했어요. 그저 밖에 나가 노는 일에 온통 정신을 빼앗겼지요. 놀이에서는 누구한테도 지는 법이 없었거든요. 조무래기들을 데리고 산골짜기를 휘젓고 다니면서 쥐불놀이를 하다 산에 불이 번져 혼난 일도 있어요. 당나귀처럼 키는 작았으나 기백 하나는 백두산만큼 높았다고 봐야지요.

사시사철 가만있지 않았어요. 사고뭉치에 장난꾸러기였어요. 여름이면 과일 서리를 하러 다녔고 겨울이면 노느라 손이 터서 손등에서는 피가 났어요. 얼굴도 잘 씻지 않아 항상 땟물이 줄줄 흘렀죠. 집안 어른들의 애간장을 얼마나 태웠는지 몰라요. 엄마가 세수하라고 물을 데워서 방 안에 들여놓으면 물장난을 하다 방바닥을 흥건하게 적셨지요. 천둥벌거숭이 다름없었다니까요. 매번 아빠의 꿀밤에 정신이 번쩍 들긴 했지만 그때뿐이었어요.

"이놈, 정신 좀 차려라. 커서 뭐가 될래?"

지금까지는 예고편에 지나지 않아요. 진짜는 이제부터죠. 마을에 어딘지 모자라고 부족한 애어른이 있었어요. 그 사람의 별명이 '좀좀이'라는 생각밖에 나지 않아요. 바짝 마르고 얼굴은 새까맣고 말도 좀체 하지 않고 늘 혼자 돌아다녔어요. 겨울에도 맨발이었죠. 하지만 일 하나는 끝내줬어요. 일이라고 해봐야 삭정이를 주워 쌓아놓았다가 해가 지면 묶어서 머리에 이고 집으로 돌아간 게 전부였지만……

사내 어른이 아낙네처럼 삭정이를 이고 다녔어요. 도통 말하는 것을 본 적이 없었죠. "에이씩~ 에씩~" 소리밖에 듣지 못했거든요. 한패가 된 조무래기들과 좀좀이에게 돌멩이를 던지며 바보라고 놀려댔지요.

"좁쌀아~ 좁쌀아~" "……"

신기했어요. 아니, 이상했죠. 어떤 반응도 보이지 않았거든요. 이제야 깨달은 건데 진짜 바보는 조무래기 일당이었던 거예요.

왜 있잖아요. 어딘가 몸이 아프고 지능이 떨어진 친구를 일방적으로 놀리고 괴롭히고 못살게 구는 패거리 의식 말입니다. 저를 비롯한 모두는 좀좀이를 놀리고 괴롭히고 못살게 했던 불량배였어요. 아무리 놀리고 괴롭혀도 반응이 없자 화가 난 악동들은 약이 바짝 올라 쫓아다니면서 놀려댔어요. "바보, 너 바보 맞지?" 그림자처럼 쫓아다니며 약을 올렸어요.

급기야 화가 난 좀좀이가 돌멩이를 집어 던졌지요. "에이씩, 에씩" 하고 콧소리를 내면서 말입니다.

"어서 피해. 쟤, 화가 났나 봐." 어디서 그런 기운이 나는지 돌멩이라도 던질라 치면 항우장사 따로 없었어요. 또 목표물을 정확히 맞혔어요. 애들은 무서워 도망 다니기에 바빴지요. "에이씩, 에씩." 코를 벌름거리며 뒤통수까지 따라와서 돌멩이를 던졌거든요. 나는 용케 피해 다녔지만 한두 번 돌에 맞은 친구도 있었지요. 자업자득인 것입니다.

좀좀이네와 우리 집은 이웃이었어요. 좀좀이 집이 우리 집 지척에 있었어요. 저녁 식사 때가 되면 슬그머니 놀러 나갔죠. 딱히 할 일은 물론이고 놀아주는 친구도 없었기 때문이에요. 걔는 나와 20년은 나이 차이가 있는데도 부끄러움이 많았어요. 누가 밖에 있으면 거의 모습을 드러내지 않았지요. "좀좀아, 나와 밥 먹어라. 뭐 하고 있나." 자기 어머니의 부름에도 기척이 없었어요.

생각했지요. '내가 있다고 안 나오나 봐. 내가 밉다고, 자기를 놀리고 돌멩이를 던졌다고 단단히 삐쳤나 봐.' 그런데 아니었어요. 나를 생각해서 자기 감정을 숨긴 것이었죠. 그는 상대를 배려할 줄 아는 어른이었어요. 설령 자기 어머니 앞이라도 날 욕하거나 때리지 않았어요. 나를 비롯한 애들은 피붙이 한 사람만 곁에 있어도 온갖 방정을 일삼았는데도 말입니다.

그랬을 겁니다. 틀림없는 사실이지요. 바보라서, 부끄러워 밖으로 나오지 못한 게 아니라 후회하고 있는 저의 마음을 헤아리고서 방 안에 가만 앉아 있었던 거예요. 자리가 불편한 나는 꽁무니를 빼듯 그의 집을 나올 수밖에 없었지요. 한참을 가다 뒤돌아보면 그제야 툇마루에 앉아 자기 어머니가 차린 저녁상에 코를 박고 있는 모습이 보였어요.

그때나 지금이나 사람들은 곧잘 편견과 선입관을 가지고 상대를 재단하는 법인가 봐요. 그를 향하여 '바보다, 반편이다' 그러는 것처럼 말이에요. 몰랐지요. 아무리 반편이라도 엄연히 자기를 지키려는 본능이 있다는 것을요. 뿐인가요? 살아 있는 모든 존재는 함부로 재단하거나 평가해서는 안 된다는 진리도 체득하게 됐죠.

요즘, 우리 사회 문제는 소통의 부재라고 하데요. 자주 당나귀와 좀좀이를 생각하지요. 그러면서 '삶은 관계'라는 조금은 형이상학적인 이해를 갖게 됐어요. 좀좀이가 던지는 돌에 맞을 뻔한 일, 당나귀에서 떨어져 크게 다칠 뻔한 일을 떠올리다 보면 관계한 만큼 반응한다는 생각이 들지요. 뭐, 뿌린 대로 거둔다고 할까요, 행한 대로 받는다고 할까요.

이쯤해서 기억해야 할 거예요. 뭐든지 업신여기거나 무시하면 안 된다는 진리를요. 당나귀와 좀좀이가 반면교사가 된

셈이죠. 그러기에 숨기고 싶은 부끄러운 추억이었지만 용감
히 털어냈어요. 나이 80 중반에 들어선 늙은이의 용기라고 봐
주세요.

병원장의 말썽꾸러기 아들

아버지는 함경북도 종성에서 병원을 운영하셨어요. 저는 그분의 첫째 아들이고요. 위로 누님 두 분과 아래로 남동생이 있어요. 아버지의 병원은 환자들로 넘쳐났죠. 아마 하루 평균 환자가 40명 정도 됐을 거예요. 시골 환자들이라 대부분 농민들이었죠. 하나같이 십 리 혹은 이십 리를 걸어 찾아왔죠. 어떤 사람은 소달구지에 실려서 왔어요. 그래서 마당에는 소달구지가 항상 한두 대쯤 멈춰 서 있어요. 그러다 보니 방정맞은 생각에 머리통이 지근거렸어요.

어째, 상상이 되시나요? '옳거니! 이번에는 소를 타보는 거다.' 소를 타고 신작로에 나가고 싶은 거예요. 그런데 누런 황소는 뿔도 있어 보기에도 무섭더라고요. 또 눈이 크잖습니까? 당나귀는 쉽게 올라탈 수 있었지만 소는 보기에도 겁부터 났어요. 큰 눈을 껌벅이며 꼬리로 파리 떼를 쫓을 때는 심장이 자그맣게 쪼그라들었어요.

그러던 어느 날 순해 보이는 소가 달구지를 맨 채 졸고 있었어요. '옳지! 저걸 좀 타야겠다.' 달구지 위로 올라가 잽싸게 소 등에 올라탔죠. 소가 놀라서 확 뛰어나가는 거예요. '와, 와~.' 정지 신호를 보냈으나 꼬맹이의 말을 듣지 않았어요. 떨어지지 않으려 발버둥치다 그만 소 등에서 미끄러져 밑으로 떨어졌지 뭐예요. 엎친 데 덮친다고 발 한쪽이 소 달구지 바퀴에 깔린 거예요.

아버지와 소달구지 임자가 달려 나오더니 다짜고짜 소리를 질렀어요. "피다! 아가, 다친 데는 없니? 큰일 날 뻔했구나." 아마 열두 살 때였을 거예요. 다른 애들은 학교를 다녀오면 집안일을 돕거나 공부를 하는데 난 생명이 왔다 갔다 하는 장난을 쳤던 거지요.

호호. 말을 탄 경험도 있지요. 승마乘馬 말고 짐을 싣는 말을 탔던 거예요. 가까운 곳에 사시는 친척분이 아버지의 병원에 찾아왔어요. 말을 말뚝에 매어놓고 진찰을 받고 계셨죠. 시간이 좀 걸릴 것 같았어요. 잠자코 있을 내가 아니에요. '됐어, 오늘은 이 몸이 말을 타는 날이야.' 단단히 채비를 하고 말을 타려는데 말 등이 높아 올라탈 수가 없었어요.

마당에 있는 큰 궤짝을 끌고 와서 그걸 딛고 말 위에 올라

탔지요. 고삐를 풀어 턱 잡고서 어른들처럼 발등으로 말의 옆구리를 차니 말이 조금씩 걸어가는 거예요. '가자. 앞으로 달려보자.' 한 번 더 박차를 가하니 막 뛰기 시작했지요. 와락 겁이 나서 서라는 신호로 옆구리를 찼더니 냅다 더 달리기 시작하지 뭐예요.

'큰일 났네. 말이 서질 않아.' 말 위에서 언제 떨어질지 몰라 조마조마했지요. 진드기처럼 넓은 말 등에 납작 붙었어요. 되레 말은 그냥 막 달려가는 거예요. 가만히 보니 친척 아저씨가 왔던 길로 달려가고 있었죠. 집에서 20리인데 잘못하다간 거기까지 달려가겠다 싶어 달리는 말 위에서 그냥 몸을 던졌죠.

'에라 모르겠다. 죽기 아니면 까무러치기지.' 밭고랑으로 굴러 떨어졌죠. 죽는 줄 알았는데 멀쩡했어요. 어깨가 좀 결리고 다리가 삐끗한 것 빼고는 다친 데가 없었어요. 하늘이 노랗게 보이기도 했었죠. 일어나려는데 몸이 말을 듣지 않았어요. 그러나 고통도 잠시 말을 타보았다는 생각에 우쭐했지요.

절뚝거리며 조심스레 집에 돌아와보니 아버지와 7촌 어른이 백지장 같은 얼굴로 바깥에 서 계셨지요. "애, 말은 어떻게 됐나?" "7촌네 집 쪽으로 달려갔어요." 7촌은 알았다며 천천히 걸어 나갔죠. 아버지의 얼굴에는 금세 울긋불긋 단풍이 들더니 한마디를 던지고는 진찰실로 들어가는 거예요. "너는 참 감독할 수도 없는 아이구나. 어느 틈에 나가서 또 일을 저질렀느냐. 내가 너 때문에 명대로 못 살 것 같아."

어린 날의 삽화는 끝이 없네요. 꼭 풀어진 실타래 같아요. 자전거는 생각만으로도 심장이 뛰는걸요. 아버지께서 병원을 운영했던 터라 그만한 여유가 있었죠. 조그만 14인치 자전거부터 탔어요. 멀지 않은 곳에 있는 신작로가 가슴에 불을 질렀지요. 신작로를 한없이 달리다 보면 내리막길이 아득해 보였어요. 그런 날은 신작로를 달리기보다 스키 타듯이 쭉 내려가고 싶은 거예요.

자전거를 끌고 언덕 위에 올라가 브레이크도 잡지 않고 슝 내려가는 거예요. "김규동이 나간다. 길을 비켜라." 지구 끝까지 달려가고 싶었어요. 아니, 산등성이를 돌고 개울을 지나 읍내로 나가고 싶었어요. '달리는 거다. 저 지구 반대쪽까지 달려보는 거다.' 좀처럼 가슴의 불이 꺼지지 않았거든요.

한참을 쭉 내려가다 보면 귀에서 왱왱 바람 소리가 났어요. 당나귀는 물론이고 삼륜 자동차보다도 더 빨랐죠. 쏜살같았어요. 바람을 가른다는 말 아세요? 날쌘돌이라는 별명을 얻기도 했죠. 바람이 뺨을 간질이는 상쾌함에 눈물이 났어요. 신작로가 우둘투둘한 길이라 자전거도 막 툴툴거리면서 내달리는 거예요. 그 쾌감이란 달리는 사람만이 느끼는 경험이었죠. 엉덩이에 통증이 느껴지는 것 말고는 기분이 최고였어요.

큰일이 날 것 같다는 예감도 들었지요. 자전거가 부서지든지 내가 다치든지 할 듯했어요. 당나귀로부터 얻은 꾀를 부려 급정거가 안 되면 운동화를 앞바퀴 타이어에 척 댔지요. 팍소리가 나며 운동화가 바퀴에 달아 떨어질 정도로 열이 올랐어요. '어, 이거 왜 이래?' 자전거가 확 멈춰서며 흔들리더니 옆으로 넘어졌지 뭐예요.

하느님이 도왔던지 다치지는 않았죠. 손에 가벼운 생채기가 생길 정도였어요. 집으로 돌아가는 발걸음이 무거웠죠. 운동화 한 짝이 닳고 헤진 것을 귀신같이 알아챈 어머니의 꾸지람이 달려들었지요. "너, 오늘 자전거 타고 장난쳤구나?" 배시시 웃으며 어머니께 운동화를 사달라고 떼를 썼어요. "엄마, 장날 아들 운동화 사는 것 잊지 마세요." 엄만 눈을 흘기며 환하게 웃어댔어요.

참, 제게 동생이 있다 말씀드렸죠. 동생은 요즘 말로 범생이였어요. 시키지도 않았는데 집안일을 돕거나 부모님 일을 도우면서도 틈틈이 공부했거든요. 당연히 성적도 상위권이었어요. 부모님은 하루에도 몇 번씩 나와 동생을 비교하며 혀를 차거나 한숨을 내쉬었어요. 그럴수록 나는 더 삐딱이가 되어 갔죠. 물론 저도 공부도 잘하고 싶고 부모님의 칭찬도 받고 싶은 마음은 굴뚝같았어요.

하지만 실천이 어려웠어요. 고민이 점점 깊어졌지요. '나는 왜 이럴까?' 기억하셔야 돼요. 공부에 취미 없는 아이일수록 공부로 인한 스트레스가 많은 법이거든요. 날밤을 새우며 생각했죠. '식구들이 바라는 공부 좀 잘할 수 없나? 어떻게 하면 공부를 잘할 수 있을까?' 생각뿐 결론은 언제나 도로아미타불이었어요.

사정을 모르는 누이는 다투기라도 할라치면 꼭 놀려댔어요. "에이, 낙제쟁이!" 나는 그 말이 제일 싫었어요. 창피하고 화가 나기도 했죠. 이제야 고백인데, 초등학교 1학년을 두 번이나 다녔거든요. 처음에는 성적이 꼴찌였어요. 오죽했으면 아버지가 1학년을 한 번 더 다니게 해달라고 학교에 찾아가 통사정을 했겠어요.

지금도 그때를 기억하면 오금이 저려와요. 새 학년이 되어 누이랑 학교에 가는 날이었죠. 1학년을 지나 2학년 교실에 들어가려는데 누이가 잡아끌더니 1학년 교실에 들이미는 거예요. "왜 그래? 나도 이제 2학년이야." "넌 낙제했어." "낙제가 뭔데?" "1학년을 다시 한번 하는 거야." "내가 왜 다시 해야 하는데?" "……." 누나는 할 말을 잃고 한참 동안이나 바라보더니 천천히 멀어져갔어요.

세월이 흐른 지금 저는 공부가 취미예요. 그때 못한 공부를 보충해야 하기 때문이죠. 그리고 어린 날의 기억과 추억은 한 폭의 삽화가 되어 인생을 기름지게 만들었어요. 당나귀만 해도 그렇죠. 말 못하는 짐승인 줄만 알았는데 사람보다 영리했어요. 거의 평생 바보처럼 눈을 가린 채 줄에 매여 커다란 맷돌석마을 돌리는 신세였지만 당나귀는 영리한 동물임이 분명했어요.

시골에서는 당나귀가 중요한 노동력이었죠. 정미소가 흔치 않았기에 쌀보리를 맷돌에 찧었어요. 당나귀가 돌을 끼운 나무를 매고 있었죠. 허리에 매고 자꾸 도는 거예요. 같은 장소에서 종일 맷돌을 돌리는데 한 번도 해찰을 부리지 않았어요. 속살을 드러낸 쌀보리를 보면 그걸 먹으려고 걷질 않기 때문에 헝겊으로 눈을 가렸지요. "너는 보지 마라. 앞으로 걷기만 해라." 사람들은 너무도 잔인했어요. 자신들을 위해 수고하는 당나귀의 눈을 가리고 일만 시켰거든요.

당나귀의 심정이 되어보세요. 길을 걸어간다고 생각했는데 제자리만 맴도는 거예요. 뭐, 이런 신세도 있나 생각할 수 있을 겁니다. 인간의 지혜는 잔인하다 못해 소름 끼쳤죠. 당나귀의 눈까지 가려 맷돌을 돌리게 하잖아요. 사람이 당나귀보다 지혜가 있다고 볼까, 권력이 있다고 볼까. 아무튼 당나귀는 하루 종일 도는 거예요.

그렇게 두세 시간 맷돌을 돌리면 나락이 깨끗이 빻아졌죠. 누런 볍씨가 하얀 쌀로 거듭난 거예요. 그러면 또 다른 나락을 넣고 맷돌을 굴리게 하죠. 당나귀를 막 부려먹었어요. 최고로 일 잘하는 일손이면서도 그에 상응한 대우는 받지 못했어요.

물레방아는 어떻고요. 쌀과 보리를 물레방아로도 찧었죠. 물레방아 바퀴에 물이 꽉 차면 후르르르 쏟아지면서 바퀴가 돌아가죠. 장난기가 발동한 나는 바퀴가 돌아가려고 하면 밑에서 받치고 있었죠. 그러면 물레방아가 덜덜거리다가 물만 쏙 뱉어내요. 보고 있던 할아버지의 지청구가 있고서야 장난을 멈췄죠. "얘, 물레방아 놓아줘라. 얼마나 힘이 들겠니."

백부네 할아버지의 말씀이 지금도 귀에 쟁쟁하네요. "야, 오늘 규동이 오니까 무슨 장난칠지 모르니 너희들이 잘 살펴라. 나무에 올라갈지 모르니 잘 감시해." 돌이켜보면 부모님께 걱정과 근심을 끼친 것이 너무 죄송하지요. 암튼 나름대로 다른 아이들이 겪어보지 못한 것들을 많이도 겪어봤죠. 그런 것들이 살아가는 데 도움이 됐고 오늘의 나를 만들었다고 해도 과언이 아닐 거예요.

지금의 아이들은 당나귀를 모릅니다. 동물원에도 거의 자취를 감췄어요. 선조들이 부리던 동물인데 씨가 말라버린 거죠. 당나귀는 울음소리가 엄청 슬픕니다. '앙~앙~' 울음소리가 십 리까지 들려요. 밤에 들으면 더욱 구슬프죠. 왜 그렇게 슬피 울까? '아, 너는 말이 못 돼서 그리 슬피 우는구나.' 어린 시절 결론이었어요. 말 울음소리는 듣지 못했거든요. 그런데 당나귀는 달라요. 울보였어요.

가끔 젊은 시인들에게 당나귀 얘기를 해주죠. 무슨 말인가 생각하는 듯하다 그걸로 끝이에요. 선조들이 당나귀를 타고 장가갔다고 얘기해도 뚱하니 듣고만 있어요. 정서가 얇다는 거죠. 추억이 없다는 거예요. 신랑이 한껏 차려입고 사모관대 쓰고 당나귀를 타고 발이 땅에 닿을락말락하며 신부 집으로 들어올 때 들리는 박수 소리를 생각해봐요. 볼만하지요. 그런 재미를 지금 시인들은 몰라요.

시인은 모든 사물을 깊이 접촉할 줄 알아야 해요. 한두 번이 아니고 모든 사물과 접촉할 시간을 되도록 많이 가져야 돼요. 그걸 못 가지면 짧고 얇은 시밖에 못 써요. 말과 소를 타다 떨어지기도 해보고 당나귀한테 가슴이 받혀봐야 해요. 저는 아버지, 어머니 속을 썩였지만 유년 시절이 풍성해요. 추억의 저장고가 풍년이에요.

나이 여든여섯을 먹었어도 공부하느라 바빠요. 그때 죽어라 공부하던 친구들은 이젠 책을 안 봐요. 아마 높은 자리에 앉아 자리 지키느라 바빠서 책 볼 틈이 없을 거예요. 악수하느라 언제 책 읽을 시간이나 있겠어요. 나는 그저 어려서 말 타고, 당나귀랑 놀고, 소달구지 끌고 다녔기에 지금도 공부하는 중이에요. 이게 시인의 삶 아니겠어요? 모처럼 고향에 편지 한 통 보내야겠어요.

나무

너 느릅나무

50년 전 나와 작별한 나무

지금도 우물가 그 자리에 서서

늘어진 머리채 흔들고 있느냐

아름드리로 자라

희멀건 하늘 떠받들고 있느냐

8·15 때 소련 병정 녀석이 따발총 안은 채

네 그늘 밑에 누워

낮잠 달게 자던 나무

우리 집 가족사와 고향 소식을

너만큼 잘 알고 있는 존재는

이제 아무 데도 없다

그래 맞아

너의 기억력은 백과사전이지

어린 시절 동무들은 어찌 되었나

산 목숨보다 죽은 목숨 더 많을

세찬 세월 이야기

하나도 빼지 말고 들려다오

죽기 전에 못 가면

죽어서 날아가마

나무야
옛날처럼
조용조용 지나간 날들의
가슴 울렁이는 이야기를
들려다오
나무, 나의 느릅나무.

〈느릅나무에게〉

공부가 제일 쉽다고요?

　누군가는 세상에서 제일 쉬운 것은 공부라고 말하데요. 전 아니에요. 공부가 어려웠어요. 정확히 말해, 공부가 너무나 싫었어요. 학생 치고 공부를 잘하고 싶지 않은 사람이 어디 있겠어요? 그런데 그게 마음대로 안 된단 말이에요. 공부 못하는 아이는 계속 못하고 잘하는 아이는 계속 잘하는 게 현실이지요. 요즘이라면 학원에 간다, 특별 지도를 받는다 하겠지만 그땐 그런 방법도 없었어요.

　공부할 수 있는 길은 딱 정해져 있었죠. 학교에서 수업 듣고 집에 가서 복습하고 예습하는 게 전부였지요. 지금처럼 학교에서 선생님이 예습 복습 하라고 숙제를 내주시기도 했죠. 그런데 나는 집에 돌아오면 책과는 담을 쌓았어요. 책보따리를 방 한구석에 던져놓으면 그걸로 끝이었어요. 그냥 밖으로 달려 나가서 쏘다니기에 바빴죠. 그렇다고 특별한 장난감이 있었던 것은 아니에요. 시골인 데다가 옛날인데 뭐 특별한 게 있겠어요. 요즘같이 블록이나 컴퓨터가 있는 것도 아니고요.

놀이라고 해봐야 대자연밖에 없었어요. 밖에 나가면 천지가 놀이터였죠. 여름에는 냇가에서 멱을 감고, 겨울이면 얼어붙은 논이나 개울에 나가 스케이트나 썰매를 타고, 봄가을에는 산과 들을 쏘다니면서 나무 열매를 땄어요. 더 환상적인 건 철따라 새가 날아들고 주변에는 온갖 산짐승과 들짐승이 몰려들었다는 거예요. 산과 들 모두가 친구였고 놀이터였죠. 이때 시인의 감수성이 발달하지 않았나 싶어요.

초등학교 4~5학년 즈음이었죠. 나보다 어리거나 나이가 같은 아이들을 꼭 몰고 다녔지요. 놀이의 대장을 자처하면서 총지휘를 했던 거죠. 그러니 걔들이 공부를 잘했겠어요? 모두 도토리 키 재기였지요. 성적은 하나같이 바닥이었어요. 범인은 저예요. 제가 잘못했던 거죠. 아이들을 인솔해 들에 나간 일도, 농번기라 어른들은 농사짓느라 바쁜데 나 몰라라 하는 짓도 사람으로서는 할 일이 아니었죠. 몰려다니면서 노는 일이 일과라도 되듯 그냥 산과 들에서 진탕 놀았어요. 이도 저도 아니면 개울가에서 그물을 던지며 고기를 잡았어요. 그걸 잡아서 먹었느냐고요? 그렇지 않고 다 놓아주었죠.

그런데 왜 천둥벌거숭이마냥 날뛰었냐고요? 좀이 쑤셔서

앉아 있을 수가 없었어요. 발작할 것 같았죠. 어른들 말씀처럼 가슴에서 천불이 났어요. 그런데 용케 밖으로 나서면 십년 묵은 체증이 확 풀렸어요. 자연히 학생이라는 본분도 망각하게 됐죠. 막 뛰어다녔어요. 고래고래 소리 질렀어요. 그러면 뭔가 맺혔던 것이 풀리면서 시원했어요.

봄이었죠. 까치가 나무에 둥지를 틀 때가 된 거예요. 지금 서울에서도 가끔 볼 수 있는 광경이지요. 서울 까치는 어떻습니까? 은행나무에 둥지를 많이 틀죠. 전신주에도 가끔 틀고요. 시골 까치들은 큰 나뭇가지에 둥지를 틀어요. 까치집을 염탐하기 위해 수도 없이 나무에 오르락내리락 했어요. 까치집을 들여다보면 얼마나 정교하게 만들었는지 몰라요. 아버지는 매번 질색이었고요. "너, 왜 나무에 올라갔지?" 까치 둥지를 뒤졌냐는 말씀이지요. "왜 올라갔느냐?" "까치가 알 낳았나 보려고요."

열한 살 먹은 아이의 호기심이었죠. 다른 애들은 하나도 궁금하지 않고 그냥 무심하게 지나가는데 나만 올라가서 반드시 둥지를 확인했어요. 까치들이 얼마나 귀찮았겠어요. '저애가 우리 둥지를 뒤진다.' 또, 까치가 얼마나 미워했겠어요. '싫어, 우린 규동이 놈이 싫어.' 아마 까치들도 나의 병적인 호기심을 알았을 거예요. 무슨 말이냐고요? 몇 번 깍깍거리다 얌전해졌죠. 그냥 내버려뒀어요.

나무에 올라가면 조무래기들이 부러운 눈으로 쳐다봐요. 둥지에 손을 집어넣으면 동그란 것이 손에 잡혔죠. '까치 알이다.' 꺼내보면 메추라기 알만 했죠. 아니, 그보다 조금 작았어요. 예쁜 연두색이죠. 그걸 갖고 내려와 아이들에게 보여 줘요. "얘들아, 여기 까치 알 있어." "어디 한번 보자. 규동아, 만져봐도 돼?"

잔뜩 기가 살아나자 다음 행동을 시작했어요. 댓 개 되는 까치알을 깨서 딱딱한 가죽으로 만든 학생 모자챙에 발랐지요. 아이들의 숨소리도 작아졌어요. 몇 번의 노력 끝에 놀랄 일이 일어나지요. 모자챙이 마르면서 반짝반짝 빛이 나는 거예요. 까치 알로 광택을 낸 거죠. 폼 나게 모자를 쓰면 독립군이 따로 없었어요. "야, 멋지다." 여기저기서 조무래기들이 감탄사를 연발했죠. 한술 더 떠 학교 갈 때 보란 듯이 그걸 쓰고 갑니다. 친구들의 환호가 왁자지껄했어요. "야~ 너 까치 알 발랐구나?" 괜스레 우쭐해지는 거 있죠.

알을 빼앗긴 까치는 다시 알을 낳느라 바빠요. 대개 알을 보름 동안 품고 있으면 새끼가 태어나거든요. 그때까지 어미 까치는 둥지 안에 가만히 앉아 있어요. 아빠 까치는 벌레 같은 걸 물어다 엄마 까치에게 줘요. 그리고 불청객이 오지 않나 보초를 서죠. 엄마 까치가 따뜻하게 알을 품고 있는 걸 도와주는 거예요. 일종의 역할 분담인 셈입니다. 만약 불청객이

침입하면 부리로 막 쪼아요. 숱하게 올라가 까치집을 뒤졌는
데도 그때까지 나는 한 번도 떨어지거나 까치의 공격을 받지
는 않았어요.

그런데 원숭이도 나무에서 떨어진다는 말이 있죠? 하루는
나무에 오르고 있는데 바람이 불었어요. 잡고 있는 가지가 흔
들흔들했어요. 아주 약한 가지였죠. 아니나 다를까, 가지가
뚝 하고 부러지면서 밑으로 확 떨어졌어요. '아이고, 규동이
죽었네.' 그런데 다행히 아래 가지에 몸이 걸렸어요. 떨어지
면 다치거나 대개 죽을 수도 있는 상황이었죠. 나무 높이가
얼추 20~25미터나 됐으니까요. 그렇게 높은 데를 기를 쓰고
올라가는 위험한 장난을 날마다 멈추지 않았어요.

그날도 아버지의 눈을 피해 몰래 나무를 탔지요. "오늘 까
치집에 안 갔지?" "예!" 저녁마다 밥상머리에서 아버지와 주
고받은 대화였어요. 사실은 까치집에 올라갔는데 능청을 떤
거죠. 여름날이었어요. 슬리퍼를 신은 채 까치집에 올라갔지
요. 한참을 나무 위에서 작업을 하는데 밑을 지나가는 애들이
대뜸 놀리는 거 있죠. "이 나쁜 자식아, 까치 도둑놈아 내려
와!" "뭐, 까치 도둑놈이라고? 너희는 누구야?" 나무 위에 있
는 나와 밑에 있는 아이들과 싸움이 붙었지요.

잔뜩 부아가 나서 아이들과 한판 붙으려고 급히 내려왔어
요. 성미가 급한 나는 나무 중간쯤에서 확 뛰어버렸어요. 아

뿔싸! 슬리퍼가 나무 한 쪽에 걸렸지 뭐예요. 당연히 거꾸로 떨어졌어요. 머리를 다쳐서 잠깐 정신을 잃었죠. 이제 죽는구나 생각하면서 한참이나 누워 있었어요. 아이들의 웅성거리는 소리가 들리고 누군가 숨을 쉬나 확인했지요. 운이 좋았죠. 그래서 지금도 살아 있지 않습니까?

물으실 거예요. 목숨을 담보로 한 장난을 왜 그렇게 필사적으로 했느냐고요? 마음속에 고통, 짐, 의무, 숙제가 있었죠. 답답했어요. 숨을 쉬기조차 불편했죠. 마음이 쫓기고 불안하니까 가만히 앉아 있을 수가 없는 거예요. 딱히 갈 데도 없으니 나무 위를 오르고 나무에 매달리는 수밖에요. 학교 가면 선생님 등살에 죽을 맛이지 집에 오면 공부하라는 부모님 말씀이 귀에 쟁쟁했거든요.

정말 공부를 잘했으면 좋겠는데 그게 안 되니까 어디 숨통 틀 새가 없더라고요. 맘 잡고 책을 보고 공부를 하면 되겠지만 습관이 안 돼 하기 싫은 거 있죠. 때로는 자나 깨나 공부만을 생각했지요. 주변에서 하도 말들이 많으니까 공부밖에 생각나지 않았어요. 아버지, 어머니, 선생님의 성화도 여간했고요. 별수 없었어요. 공부가 싫고 취미가 없으니 어쩌겠어요. 다른 데 매달리는 수밖에요. 정신 놓은 채 장난을 하고 나면 고통을 잊어버릴 수 있었지요. 공부하라는 소리로부터도 자유로울 수 있었다고요.

문제는 저녁이었죠. 밥상머리에 앉으면 우선 부모님 눈치부터 살폈지요. 아버지의 감정에 따라 저녁 식사 시간이 달라졌거든요. 병원에서 기분 상한 일이라도 있었다 치면 공부 안 한다고 야단맞기 일쑤였죠. 암튼 아버지 눈치 보다가 저녁도 먹는 둥 마는 둥 했어요. 다른 형제들과도 맘 놓고 먹지 못했어요. 불안하니까요. 무슨 말이 떨어질지 몰라 조마조마했죠. 어찌 보면 참 불행한 시절이라 할 수 있지요.

해답도 알고 있었어요. '할 일을 하면 된다. 공부가 그렇게 숨통을 조여오면 그까짓 거 공부하면 되잖아.' 흔히, 생활계획표라 하지 생활실천표라 하지 않데요. 제가 그랬어요. 계획만 세우다 날을 새운 적이 많았어요. 계획했으면 할 일을 하면 되는데 자꾸 딴청을 부렸어요. 이게 쌓이고 쌓이다 보니 자꾸 곁길로 도는 거예요. 늘 저녁도 다 못 먹고 자리 털고 일어서는 거예요. 부모님의 꾸지람과 잔소리가 듣기 싫어서요.

밤이 되면 낮에 장난을 실컷 쳤겠다, 마음은 울적하겠다 정신이 몽롱해져요. 머릿속이 까만 먹지 같아져요. 공부하려고 앉았는데 생각이 자꾸 곁길로 가는 거 있죠. 시쳇말로 까만 것은 글자고 하얀 것은 종이라는 것밖에 생각나지 않았죠. 하품만 부지런했어요. 너무 피곤하고 고단했던 거죠. 그러니 정신없이 곯아떨어지는 거예요. 다음 날을 걱정해야 할 텐데 아침까지 꿈길을 헤맸지요.

학교 가는 일이 큰일이었죠. '아이고, 숙제 해 가야 하는데.' 별수 있겠어요? 교실 뒤에서 손들고 벌을 받거나 화장실 청소를 하는 게 낫지 학교를 결석하면 더 혼이 났거든요. 정말이지 그때는 책보자기 끼고 학교 가는 길이 도살장에 끌려가는 소의 심정이었지 뭐예요. 그렇군요. 등교하는 길이 천근만근 무거운 길이었다면 하교하는 길은 새털처럼 가벼웠어요. 제 말에 공감하는 분도 계실 거예요.

학교에서 기다리고 있던 일은 여느 때와 다르지 않았죠. 선생님이 칠판에 문제를 내고 아무나 불러내어 문제를 풀게 했지요. 이게 질색이지 뭐예요. '김규동, 나와서 해봐라.' 이러면, 죽는 거예요. 할 수 없이 불려 나갔지만 난 못하거든요. '이게 뭔가.' 아무리 생각해도 머릿속엔 답이 없었어요. 나와서 해보라는 지명을 받았기에 불려 나갔는데 무얼 쓸 수가 있어야지요. 그냥 서 있는 거예요. 내력 없이 칠판만 바라보고 시간을 잡아먹는 거예요. 으레, 선생님은 머리털을 잡아끌며 한마디를 던졌지요. "너는 왜 공부 안 하고 그래, 손바닥 펴!"

낮에 회초리로 손바닥을 맞은 탓인지 저녁밥을 먹으려는데 아주 불편했어요. 숟가락을 엉거주춤 잡았지요. 어머니의 눈을 속일 수가 없었어요. "너, 오늘도 손바닥 맞았구나."

한번은 선생님의 지명이 싫어서 꾀를 부렸지요. 제일 싫어하는 산수 시간이었거든요. 아무리 생각하고 궁리해도 달리 방법이 없었지요. 그래서 거짓말을 했네요. "선생님, 제 운동화가 없어졌어요." "운동화가 왜 없어져?" "모르겠어요. 신발장에 넣었는데." "나가서 찾아봐."

이실직고 하는데 신발을 미리 다른 데 감춰놓았죠. 그래놓고선 신발장 앞에서 왔다 갔다 했어요. 종이 울리기를 기다리는 거죠. 지금 생각하면 웃음밖에 안 나오지요. 그렇게 해서라도 수업을 빠지고 싶었던 거예요. 몰라서 창피당하는 것보다 신발장 앞을 왔다 갔다 하는 게 훨씬 낫다 싶었던 거예요. 요즘 아이들도 공부가 싫을 거예요. 혹, 신발을 찾는다고 어슬렁거리는 아이를 만나거든 저를 상상해보세요. 근데, 그 아이가 시인이 되었거든요.

가는 데까지 가거라
가다 막히면 앉아서 쉬거라

쉬다 보면 보이리
길이.

〈돌파구를 찾아서〉

성적통신표를 위조하다

잠깐, 성적통신표를 아세요? 방학할 때 선생님이 나눠주시던 한 학기 성적표 말입니다. 그때는 갑을병정 중에 제일 잘하는 게 '갑'이었죠. 내 통신표에는 '병'이 가장 많았고 '을'이 한두 개 있었어요. 찬가을악와 체조를 빼고는 거의 다 '병'이었지요. '아버지께 어떻게 보여드리지?' 아버지가 보시면 낙심할 듯해서 집에 오다가 들에 앉아 깊은 고민에 빠졌지요. '옳지, 손가락에 침을 묻혀서 살살 문질러봐야지.' 선생님의 만년필 글씨가 손가락으로 문지르니 종이가 얇게 벗겨지더라고요. 싹 지우니 '병'자가 잘 안 보이는 거 있죠.

완전범죄를 꿈꾸었죠. 집에 가서 몰래 아버지 만년필에 잉크를 묻혀 '병'을 '을'로 서너 개 고쳤지요. 그리고 볕에 비춰보니 종이에 거의 구멍이 날 듯했어요. '이거 큰일인데, 암만 해도 아버지가 눈치 챌 것 같아.' 조마조마 하는 마음에 아버지의 눈치를 살피는 수밖에 없었어요. 밤이 무사히 지나가기를 소원했죠. 하늘도 무심하시지 동생이 자랑스럽게 자기 성적통신표를 아버지께 드리는 거 있죠. "아버지, 성적표 나왔어요." 동생이 얼마나 얄밉고 야속했다고요. 거, 기분 더럽더라고요. 어떡해요 나도 아버지께 조작한 성적표를 드렸지요.

설마 했어요. 그런데 설마가 사람 잡는다고, 그 말이 정답이었지요. 아버지는 성적표를 받아들더니 뭔가 미심쩍다 생각하셨는지 남폿불Lamp에 비춰보더라고요. "너, 요녀석 이거 지웠구나. 이걸 지우면 어떻게 하냐." 난 아무 말도 못하고 한 쪽 구석에 쪼그려 앉아 있었어요. 아버지는 그런 아들이 너무 한심한 듯 물끄러미 바라보시더니 더 이상 말씀이 없었어요. '쟤를 어떡할까?' 하는 눈치였지요. 한숨만 푹푹 내쉬는 걸로 봐서요.

아버지 심정도 이해할 만해요. 동생은 잔소리를 안 해도 공부를 잘하고 생활도 반듯한데 형이란 녀석이 허구한 날 말썽에 지지리 공부도 못하니 오죽 답답하시겠어요. 죄송하고 송구스러울 따름이었지요. 아, 어떻게 그런 생각까지 하게 되었냐고요? 에이, 그래도 명색이 아들인데 아버지의 마음 하나 헤아리지 못하겠어요.

차라리 다른 걸 하라고 하면 아주 잘 하겠어요. 좀좀이 같이 산에서 나무를 해오라든지, 무얼 만들라 하면 누구한테도 뒤지지 않을 자신이 있었어요. 그런데 공부는 재미가 없어서 정말 못하겠더라고요. 급기야 공부 잘하는 아이만 봐도 괜히 얄밉고 걔들하고는 놀기도 싫어졌지 뭐예요.

공부를 못하는 이유가 도대체 뭐냐고요? 그야 원체 기초가 없어서 그랬죠. 왜 기초가 없었냐고요? 그놈의 차일피일 때문이에요. 차일피일 미루다 보면 하루가 지나고 한 달이 지나고 한 해가 지나가버리는 거예요. 공부가 자꾸만 밀리다 보니 나락가마처럼 쌓였지요. 2학년 것을 잘 모른 채 3학년이 되었으니 어떻게 기초가 튼튼하겠어요. 3학년이 됐어도, 4학년이 되었다고 해도 실력은 마찬가지였죠.

나중에는 미치고 환장하겠더라고요. 다른 애들은 다 아는데 나만 멍한 거예요. 그러니 걔들하고 어떻게 어울리겠어요. 차원이 다르니 통하지 않는 것은 당연지사였죠. 수준이 맞는 친구를 찾을 수밖에 없었죠. 나처럼 공부 못하는 녀석들과 어울릴 수밖에 없었던 거예요. 그놈들과 어울려야 숨을 쉴 수가 있거든요. 통하니까 대화가 됐지요.

유유상종類類相從이란 말, 바로 나를 두고 생긴 말이었어요. 공부 잘하는 애들은 제 얘기가 무슨 소린지 모를 거예요. 난 초등 수학밖에 모르는데 고등 수학을 꺼내면 어떻게 이해하겠어요. 재미없으니 그 애들을 안 만나게 되죠.

학년이 끝날 때가 되면 아주 죽을 맛이에요. 학교에서는 졸업식도 하고 학년이 올라가는 진급식도 갖는데 나는 학교에 자주 빠졌지요. 공부하기 싫으니 꾀병을 앓아서 아프다고 빠졌고 낙제할 것 같아 땡땡이를 쳤어요. 그래서 개근상 한 번 못 타봤어요. 동생과 누나는 꼬박꼬박 우등상과 개근상을 받아 왔는데 나는 학년이 바뀔 때마다 아무런 수확이 없었죠. 기껏 통신표 한 장을 받아오는데 그것도 조작한 통신표였죠. 이해되세요? 김 아무개 초등학교 시절 말입니다.

아주 쓸쓸했죠. 남들 다 받는 개근상도 받지 못했잖아요. 쓸쓸함이 너무 크면 학교 가기 싫다며 머리 아프다는 핑계를 대고 드러누워버렸지요. 교육 당국자들에게 부탁하고 싶어요. 상을 주는 건 몹시 조심해야 해요. 상을 못 탄 아이의 마음도 헤아려보라는 말씀이죠. 상을 주려면 다 주고 주지 않으려면 한두 아이만 주어서는 안 돼요. 상을 못 탄 아이는 주눅이 들거든요. 아무것도 아닌 것 같지만 이게 자격지심을 갖게 하더라고요. '너는 사람이 아니다. 너는 학생이 아니다.'

칭찬은 귀로 먹는 보약

어머니, 어머니는 달랐어요. 공부를 잘하든 못하든 똑같은 애정을 쏟았지요. 내가 공부를 못한다고 덜 사랑하지 않았어요. 공부 때문에 주눅 든 나를 동정해서 그랬을지 몰라도 더 따뜻하게 대해줬어요. 개울로 빨래를 하러 갈 때는 꼭 날 데려갔어요. 왜 데려가는지 모르겠어요. 그저 공부하기 싫으니까 얼씨구나 하며 쫓아갔죠.

어머니가 빨랫감을 두드려 빨면 나는 신발을 벗고 바지까지 걷고 물에 들어가서 이불 빨래를 막 헹구었죠. 어머니도 행복해하셨어요. "우리 아들 덕택에 오늘은 이불 빨래를 할 수 있었네." 잔물결 같은 어머니 얼굴이 환해지는 거예요.

그때는 먹을거리도 많지 않았어요. 아침은 물론이고 점심과 저녁도 옥수수를 삶아 먹을 때가 많았지요. 한 사람이 대

여섯 개씩 먹었어요. 말랑말랑 한 게 얼마나 맛있다고요. 그러고 보니 옥수수를 따러 갈 때가 생각나는군요. 광주리를 큰 걸 가져가 이고 지고 와야 했어요.

옥수수를 따러 갈 때도 어머니는 날 데려갔거든요. 어머니랑 한참 걷다 보면 우거진 숲이 나타났죠. 걷다가 잠자리를 잡는다고 해찰을 부리고 있으면 어머니는 저만치서 기다리고 계시는 거예요.

옥수수를 따다가도 어머니는 별의별 애정과 사랑을 보냈지요. "그렇게 따면 손이 아프다. 볕에 살이 타니 속곳을 벗지 말고 좀 입고 있어라." 이마의 땀도 훔쳐줬어요. 시시로 울컥했죠. 어머니의 사랑이 뭐란 걸 깨닫게 됐어요. 그런데 그 어머니는 북한에 계십니다. 아니, 생사도 모르는 상태입니다. 어머니도 절 생각하고 계시겠지요. 하지만 이미 세상을 떠나셨을 것입니다.

삼팔선 넘어올 때 딱 3년만 남쪽에서 공부하고 돌아오겠다는 말씀을 드렸는데 벌써 수십 년이 지나갔지 뭐예요. "어머니, 3년만 있다 올게요." "그래, 몸조심하고." 어머니와 나눈 마지막 대화입니다. 불효자식도 이런 불효자식이 없을 거예요. 왜 말들 하잖아요. 기쁜 일이 있으면 마누라를 찾고 슬픈 일이 있으면 어머니를 생각한다고요. 제가 그렇습니다. 어머니가 너무 그립습니다.

어렸을 적에는 공부 못해서 속 썩이고 커서는 이산가족이 되어 지금껏 어머니께 불효를 한 것입니다. 통일이 되면 좋겠는데 생전에 통일이 될 수 있을까 걱정이 되기도 해요. 나이가 들수록 어머니가 더 생각나지요. 박꽃 같은 얼굴, 환한 미소, 낭랑한 음성, 따스한 손길, 조곤조곤 타이르시던 목소리, ……. 어머니에 관한 기억과 추억은 살아 꿈틀거리는데 분단의 역사는 바뀔 줄 모르고 있어요.

아마, 어머니도 나를 생각하며 반평생을 보내셨을 거예요. 공부도 지지리 못한 아들, 말썽쟁이에 장난꾸러기인 아들을 어떻게 잊겠어요. 아실까요? 내가 시인이 됐다는 사실을요. 모르실 거예요. 어떻게 알겠어요. 소식을 전할 수 없는데요. 출판된 시집을 보내드릴 수도 없었어요. 어머니 때문에 시인이 됐으나 정작 그 어머니는 시인이 된 아들의 근황을 모르신다고 생각하니 참 가슴이 아픕니다.

요즘 북한의 식량난이 말이 아니라고 하데요. 남쪽에서는 사료로 쓰는 옥수수도 없어 굶어 죽어가는 사람이 넘쳐난다는 거예요. 그런 소식을 들을 때마다 자다가 꼭 서너 번씩 꿈을 꾸었어요. 꿈속에서는 매번 그믐달 아래 희뜩희뜩한 물체가 손짓을 했어요. 어머니였어요. "애야, 삼팔선 없애버리고 빨리 오너라." 어머니는 절규하듯 손짓했어요.

닭이나 먹는 옥수수를

어머니

남쪽 우리들이 보냅니다

아들의 불효를 용서하셨듯이

어머니

형제의 우둔함을 용서하세요

〈어머니는 다 용서하신다〉

꼭 초등학교 시절이 우울하고 우중충하지만은 않았어요. 1936년으로 기억하지요. 베를린 올림픽에서 손기정 선수가 1등을 했잖아요. 4학년 때였죠. 선생님이 손기정 선수 얘길 하더라고요. 엄청 감동을 받았죠. 그야말로 전 국민의 기쁨이었잖아요. 당시 일본의 식민지였기에 일본 국기를 달고 뛰었지요. 손기정 선수는 얼마나 억울했겠어요. 일장기를 달고 뛴 것도 모자라 단상에서 메달을 받을 때도 일장기였고, 월계관을 쓰고 사진을 찍을 때도 그의 가슴에는 일장기가 달려 있었지요.

그런데 《동아일보》에서 기사를 낼 때 일본 국기를 지워버렸어요. 문제가 됐지요. 총독부에서 난리가 났어요. 손기정은 조선 사람이라는 무언의 항거였던 셈입니다. 많은 사람들이 잡혀가 조사를 받고 고생을 했대요. 얘기가 빗나간 것 같네요. 손기정 선생의 이야기를 들으며 난 제2의 손기정이 되고 싶었지요. '그래 손기정, 손기정이다. 난 제2의 손기정이 되어야겠다!' 열두 살 먹은 소년의 결심이라고 하기에는 너무 당돌하고 치기가 넘쳤죠.

또래들을 데리고 운동장을 뛰어다녔지요. 그 넓은 데를 숨찬 줄도 모르고 며칠 동안이나 뛰었어요. 나중에 보니 함께 뛰는 애들도 막 웃어댔어요. 그도 그럴 것이, 느닷없이 손기정이 된다고 난리법석이니 얼마나 한심스럽겠어요. 며칠 지나자 조무래기들이 다 떨어져나가고 나 혼자 남았지요. 할 수 없이 제2의 손기정이 되겠다는 다짐은 흐지부지 됐죠. 그러나 아름다운 추억 하나는 건진 셈이에요.

남쪽으로 내려와서 손기정 선생을 몇 번 만났어요. 돌아가시기 전 명동에서 자주 뵈었지요. 몇 살 위인데, 만나면 커피도 사드리고 그랬죠. 함께 찻집에 앉아 열두 살 때 선생님처럼 되겠다고 운동장을 열심히 뛰었다는 사실을 말씀드렸지요. 호탕하게 한바탕 웃으시데요. 그러면서 천천히 훑어보시더니 잘라 말했지요.

"키가 작아 안 돼. 키 작은 사람은 폐도 작아서 마라토너가 될 수 없어. 일찌감치 그만두길 잘했어요."

시인이 마라토너가 될 뻔했다니 손기정 선생도 우스웠던가 봐요. 갑자기 그 어르신이 뵙고 싶어지는군요. 아니, 그분의 칭찬이 그립군요. "생각이 엉뚱했던 걸 보니 김 선생은 시인으로 태어났던가 보네요. 아니, 그 몸에 마라토너가 되었다면 아주 훌륭한 시인 한 사람을 잃을 뻔했잖소."

세계를 제패한 마라토너답게 그는 칭찬을 아끼지 않았어요. 그토록 듣고 싶었던 칭찬을 받고 보니 새삼스럽더라고요. 기억하시죠? 내가 얼마나 상을 타서 칭찬받고 싶었는지 알고 계시죠? 개근상이라도 타서 칭찬받고 싶었지요. 하다못해 청소를 잘 한다든지, 나무를 잘 심는다든지, 장작을 잘 팬다든지, 꽃을 잘 심는다든지, 뭐 그런 칭찬 말입니다.

칭찬은 귀로 먹는 보약이라고 하잖아요. 또 칭찬은 인간의 잠재된 역량을 발굴해내는 힘이 있거든요. 한 번 칭찬을 받으면 더 열심을 내죠. 요지는 공부 못한다고 꾸지람만 하지 말고 자꾸 칭찬해주라는 겁니다. 공부에 대한 중압감과 스트레스를 풀어주란 말이죠. 그러면 아이들은 생각하지요. '아, 내가 잘 하고 있구나. 더 열심히 노력해야지.'

자전거도 처음부터 잘 타는 사람이 어디 있어요. 다 넘어지고 자빠지고 다치고 그렇죠. 넘어지면서 요령을 터득하게 되고 그다음에는 손을 잡지 않고도 자전거를 탈 수 있게 되잖아요. 잊지 마세요. 공부 못하는 아이일수록 공부 잘하고 싶다는 생각이 지배적이란 것을요.

재능 없는 사람은 없다

사람은 누구나 한 가지는 남다른 소질이 있나 봐요. 공부가 형편없던 나는 항상 울적했지요. 맘이 불편했다고요. 남들처럼 공부도 잘하고 선생님께 칭찬도 받고 싶은데 그게 생각대로 안 되는 거예요. 모둠활동 시간에는 다른 아이들과 토론을 하고 주장도 하고 싶은데 실력이 있어야지요. 사실, 그럴 기회도 거의 없었어요. 외톨이었죠. 대화할 사람은 물론이고 형제들과도 막역하지 못했어요.

말씀드렸잖아요. 형제간에 밥을 먹으면서도 서로 눈치만 살폈다고요. 나만 공부 못한다는 소리를 들었거든요. '나도 무언가 잘하는 것이 있었으면 좋겠다. 하느님은 나한테 무슨 재능을 주셨을까?' 곰곰이 생각해봐도 별 뾰족한 재능이 생각나지 않더라고요. 사는 게 귀찮고 싫었다면 고개를 갸우뚱

할 사람도 있겠지만 그 시절의 저는 그랬어요. 하루하루가
지겹고 나른하고 고통스러웠죠.

어느 날이었죠. 우연히 집에서 책 한 권을 발견했어요. 《전국
아동 작문집》이었죠. 누님들이 보던 책이었어요. 대략 200쪽
정도 되는데 펼쳐보니 읽히더라고요. 한두 장씩 넘기며 읽어
보니 정말 재미가 있었지요. '찾았다. 이거야.' 정말, 이거다
싶었어요. 학교를 다녀오면 그 책을 품고서 개울가에 위치한
시멘트 다리에 앉아 시간 가는 줄 모른 채 읽었죠. 국어 실력
이 약하니까 더듬더듬 읽었어요.

한 글자도 빠트리지 않고 몽땅 읽었지요. 정말 한 자, 한 자
빠짐없이 읽었어요. 하루살이가 얼마나 많은지 눈으로 막 들
어오는데도 한쪽 손으로 하루살이를 쫓아내면서 정신없이 책
장을 넘겼어요. 거의 4~5일 동안을 다른 장난 하나 안 하고
매일매일 책 읽기에 빠졌어요. 어떤 문장은 거의 외울 정도가
되었죠. 권마다 작문이 두 편 이상씩 실려 있는데 그중 대구
와 대전의 학생이 쓴 것이 맘에 들었어요.

아마, 감동받은 첫 번째 작품은 대전 학생의 작품이었을 거
예요. 제목이 〈고구마〉라 생각됩니다. 가난한 형제가 고향 대
전에서 공부하지 못하고 형이 서울로 취직해 동생을 데리고
올라간 내용이었죠. 형이 동생에게 던진 말이 가슴을 울렸어
요. "너도 서울 가서 공부하자." 형은 조그만 방에서 자취를 하

며 동생을 학교에 보내고 자기는 공장에 다닌다는 줄거리였어요. 그야말로 고학이지요. 더 가슴 아픈 대목은 가난한 형이 공장에 나가면서 고등학교라도 다니려고 하는데 형편상 어쩔 수 없는 거예요.

겨울인 데다 아주 추운 날이었어요. 공장에서 일을 끝내고 하숙집으로 돌아가려면 전차를 타고 가야 해요. 그런데 형은 동생 생각밖에 안 해요. '도시락도 못 싸줬는데 얼마나 배가 고플까.' 마침, 고구마 장사를 만난 거예요. 군고구마 세 개를 사지요. 그걸 주머니에 넣고 막 뛰어갑니다. 동생에게 뜨거운 군고구마를 먹이고 싶기 때문이죠.

집에 돌아와 보니 동생은 공부를 하다 책상에 엎드려 잠들어 있는 거예요. 형은 씻지도 않은 상태에서 군고구마를 먹으라고 동생을 막 흔들어 깨워요. "얘, 군고구마 사왔어. 먹고 자. 형이 미안하다." 배가 고팠던 동생이 껍질을 벗겨서 뜨거운 걸 확 한 입에 물어 삼키려다 그만 목에 걸리고 말았죠. "억억억." 기도가 막힌 거죠. 손쓸 새도 없이 사단이 생겼지요. 병원 갈 새도 없이 심장은 멎어버렸어요. 죽은 거죠. 군고구마를 먹다 기도가 막혀 숨이 멈춘 거예요.

불러도 반응 없는 동생을 형이 막 흔들어 깨워요. 여기저기 꼬집고 주물러도 깨어나지 못하는 거예요. 이야기인데 꼭 현실처럼 느껴져서 혼이 났지요. 죽은 동생을 붙들고 형이 우는 대목에 이르러서는 와락 눈물을 쏟았어요. 참, 신통하더라고요. 책을 읽다 눈물이 나고 가슴이 울컥하기는 처음이었죠. 이런 걸 한 번 써봤으면 좋겠다는 생각이 들었지 뭐예요.

또 하나는 대구 학생의 작품인데 우리 얘기 같더라고요. 농촌이 배경이었죠. 가난하게 사는 부부가 십 리 길을 걸어가서 남의 밭에 농사를 짓는 이야기였어요. 소작농인 셈이죠. 부부에게는 애가 둘인데 하나는 조금 커서 업고 다닐 수 있지만 백일이 갓 지난 아기는 어떻게 할 수가 없어 집에 두고 일을 나가는 거예요. "아가, 엄마 아빠 일 나갔다 올게." 남편은 아기가 밖으로 기어 나오지 못하도록 옷 같은 것을 넣는 가구에 갓난아기를 넣고 문을 꾹 닫고 밭에 갔지요.

그런데 엄마가 점심때가 되어 젖을 주려고 집에 들어오니까 문틈으로 큰 뱀이 보이는 거예요. 깜짝 놀라 자빠질 일이죠. 얼마나 소름 끼치고 무서웠겠어요. 방에 두고 온 아기가 염려돼 문을 확 여니, 아니나 다를까 뱀이 아기 목을 칭칭 감고 아가리에 아기 머리를 처박고 있는 내용이었어요. 아기는 숨이 막혀 죽었죠. 엄마는 퍼질러 앉아 신세를 한탄하며 대성통곡을 했고요. "에고, 에고 내 팔자야. 세상에, 지 자식을 죽인 부모가 다 있네." 시골서 농사짓는 가난한 집안의 얘기를 아주 구구절절하게 그려내고 있었죠.

집안에 뱀이 들어올 정도라면 그 집이 오죽했겠어요. 뭐 볼

것도 없죠. 나무 판때기로 대강대강 엮어서 지은 집이니 뱀은 물론이고 쥐도 들어올 수 있는 거지요. 부부의 서러움과 안타까운 사연이 가슴을 때리는 거 있죠. '아, 인생은 가지가지 사연이 있구나.' 자려고 자리에 누워도 낮에 읽었던 책의 내용이 그림처럼 커다랗게 펼쳐지는 거예요. 아주 인상에 남았다는 얘기죠.

마침내 뭔가 찾아낸 기분이었어요. 나를 발견했다고 해야 할까요? '그래, 맞아. 나도 글을 써보는 거야.' 글을 쓰고 싶었지요. 떡하니 종이를 펴놓고 글감을 찾는데 딱히 떠오르지가 않았어요. 그도 그럴 것이, 밤낮 장난하는 일이 주된 생활이기에 글감이 없는 것은 당연했죠. 곰곰이 생각해보니 그중에서도 까치집에 올라가던 얘기가 제일 쓸 만한 글감 같았죠.

〈까치집과 나〉란 제목으로 까치집에 올라가던 얘기를 써내려갔지요. 나무를 올라가는데 다리가 후들후들 떨리고 등과 손에서 땀이 나고 가슴이 두근두근하고 뭐 그런 얘기를 막 써내려갔지요. 그렇지만 까치집에 손이 닿을락 말락 할 때 그 감정은 쉽게 표현되지 않았죠. 머리통을 쥐어짜며 생각에 생각을 거듭했어요. 간신히 한 문장이 완성됐지요.

그 감격은 말로 표현할 수 없었어요. 그저, 내가 올라왔구나 하는 안도의 숨을 내쉬는 것이었죠. 어렵고 아슬아슬하고 위험한 일, 그걸 극복하고 드디어 정상에 올라가는 희열을 표현했지요. 그렇게 해서 난생 처음으로 글이라는 걸 지어봤죠. 그게 초등학교 5학년 1학기예요.

흐뭇했어요. 연애편지라도 되듯 읽고 또 읽어보았지요. 대견하더라고요. 내 자신이 기특하기까지 했죠. 나중에는 누군가에게 보여주고 싶어 안달이 나데요. 잘 썼는지 못 썼는지 확인하고 싶었던 거예요. 혼자 봐서는 모르잖아요. 누구에게 보여볼까를 고민하다가 외가에 문학을 좋아하는 형을 생각해냈어요.

형은 세 살 위인데 학교를 졸업하고 상급학교에 진학은 못했지만 시골에서 36권짜리 문학전집을 독파한 걸로 소문난 사람이었죠. 그만큼 독서를 많이 하고 글도 잘 지었어요. 모두가 인정하는 문학청년이었죠. 별로 친하지는 않았지만 형 생각이 나서 그 동네 사는 친구 편에 전해달라고 부탁했지요.

이튿날 친구 편에 빨간 잉크로 점수를 매겨서 보내줬더라고요. 80점을 주었더군요. 80점이라. 오래 살고 볼 일이에요. 학교에서 70점도 맞아본 적이 없었으니 엄청 기뻤죠. 학교 선생님은 아니지만 명색이 전문가에게 80점을 맞았으니 스스로 대견하다 여겼지요. '됐어. 글을 쓰는 거야.'

가만있을 내가 아니죠. 평소 낙제생이라 놀리던 누님에게 내밀었지요. "이거 한번 읽어봐." 슬쩍 읽어보라고 선심을 썼어요. "이걸 누가 지은 거야?" "그거, 내가 지은 거야." "에이,

누가 지어줬겠지." "아니야." 팩 토라져 볼멘소리로 대꾸했지요. 처음에는 화가 나더라고요. 믿어주질 않으니까요. 내 눈치를 살핀 누님이 찬찬히 읽는 눈치였어요. 읽다가 나를 보고, 읽다가 고개를 갸웃거리기를 계속하데요. 글 내용이 내 생활과 비슷하니 본인도 헷갈리는 것 같았어요.

나무가 한들한들 흔들리는데 나뭇가지에 매달려 까치집을 뒤지는 대목에 이르러서는 쓰윽 한번 돌아보더라고요. 그러면서 웃으며 몇 마디를 던졌지요. "야. 거, 너무 아슬아슬하다. 위험해보여. 그런데 잘 썼다." 얼마나 듣고 싶었던 얘기라고요. 누님으로부터도 인정받은 셈이지요. 비로소 재능을 확인한 나는 매일매일 일기를 쓰듯 글을 써나갔지요. 2~3일 지나자 한 시간 내지 두 시간이면 9~10장짜리를 쓸 수 있더라고요.

한번은 〈고무신〉이란 제목의 글을 썼어요. 홍수가 있던 날 고무신을 신고 다리를 건너가다가 고무신을 물에 빠뜨렸는데 그걸 다시 주우려다 그만 물에 빠져서 죽을 뻔했던 이야기였어요. 귀가 왕왕거리고 물을 많이 먹어 토악질을 하고 죽는 줄 알았는데 간신히 가장자리로 밀려나와 겨우 살아났던 경험을 쓴 거예요. 글을 썼다기보다 글이 걸어 나왔어요.

어때요. 한 편의 그림으로 그려지지 않습니까? 겨우겨우 기어 올라왔지요. 한쪽 신발마저 잃어버리고 맨발로 옷도 다 젖은 채 돌아온 아이의 모습이 그려지지 않습니까? 감동이었죠. 진짜 나를 찾은 기쁨이었어요. 역시 외가 형님께 보냈더니 실감나게 잘 썼다며 평을 해줬어요. "점점 표현력이 나아지는구나. 앞으로 열심히 노력하면 훌륭한 글쟁이가 될 수 있을 것 같구나."

문학이라는 게 뭐란 걸 깨달은 순간이었어요. '뭐니 뭐니 해도, 읽혀져야겠구나, 실감이 나게 써야 하는구나. 그러자면 자기 체험을 그대로 써야 하는구나. 누가 가르쳐주는 문장투로 쓰는 게 아니고 자기가 겪은 것을 그대로 표현하면 실감나게 쓸 수 있겠구나 싶더라고요.' 빨간 잉크로 선명하게 매겨진 82점짜리 글 뭉치가 마구마구 말을 걸어왔어요. 더욱 글쓰기에 자신감을 갖게 됐지요. 밥 먹고 숟가락 놓기 무섭게 한 달에 8~9편은 썼죠. 사흘에 한 편 꼴이었어요. 누군가 시켜서 한 게 아니죠. 부모님도 모르고, 누님들도 그렇게 많이 쓰는 줄은 몰랐을 거예요. 한 번 결심하면 몰입하는 성격이라 부지런히 글을 썼지요. 더구나 첨삭해주는 문학 스승인 외가 형님이 있었잖아요.

외가 형님께 보내면 짤막하게 평을 해주고, 미처 생각하지 못한 부분까지 지적해줬으니 말입니다. 글 속에 틀린 단어들이 많이 나오는데 직접 사전을 찾아보며 확인하라는 부탁도 잊지 않았어요. 사전 찾는 법도 처음 배웠죠. 그전엔 사전을 안 봤어요. 생각나는 대로 막 썼죠. 사투리를 많이 쓰니까 그랬나 봐요. 선생님께 배운 것도 아니고 형님에게 배워가며 독학으로 글쓰기 공부를 했던 거죠.

기다리던 작문 시간

　기다리던 날이 찾아왔지요. 2학기가 되어 학교 운동장에서 일제히 한 시간 동안 작문하는 날이었어요. '가을'이란 글감이 주어졌는데 난감하더라고요. 골똘히 상념에 빠져보지만 막막했어요. '가을' 하면 떠오르는 게 별로 없었거든요. 기껏 바람이 불고 나무에 단풍들 채비를 하고 들판이 누렇게 변해가고 농사꾼들이 벼 베느라 바쁘고 하는 정도였지요.

　그러나저러나 일단 썼어요. '가을은 공기가 맑고 바람이 불어 시원하고 하늘은 맑다. 그러나 왠지 모르게 가을은 역시 쓸쓸하다.' 뭐 이런 내용이었어요. 무엇 때문인지 모르겠지만 가을은 쓸쓸한 감정을 갖게 하는 독특한 계절인 듯했거든요. 많이들 경험하셨을 거예요. 가을의 호젓한 적막감과 정취를 말입니다. 그 감정과 기분을 글로 표현했던 거예요.

다음 날 작문 시간이었죠. 선생님이 갑자기 앞으로 나오라고 부르시더니 묻는 거예요. "이거, 네가 쓴 거니? 누가 써준 건 아니겠지?" "제가 썼습니다." "네가 어떻게 이렇게 작문을 잘하느냐?" 이게 끝이 아니죠. 반장을 부르더니 큰 소리로 읽게 했지요. "이게, 김규동 작문인데 네가 한번 큰 소리로 읽어봐라. 아이들 듣게. 잘 써서 그런다." 반장의 목소리가 교실에 울려 퍼졌지요. 들어보니 내가 쓴 거지만 아주 잘 썼더라고요.

계절의 변화를 추적했지요. '여름에서 가을로, 가을에서 겨울로 가는 자연의 변화가 인간에게 쓸쓸함을 안겨준다. 그러나 그 쓸쓸함을 그대로 지나가서는 안 된다. 이 변화에서 배울 게 많다. 가을은, 여름에 땀 흘려 지은 농사를 거둬들이는 기쁨이 있지 않느냐. 쓸쓸함을 수확하는 기쁨으로 대체해야 한다.' 뭐, 이런 내용이었어요.

애들이 박수를 치고 선생님은 아주 잘 쓴 글이라며 칭찬을 아끼지 않았어요. 김규동이 이렇게 작문을 잘하는지 몰랐다는 말씀까지 곁들였지요. 그날 정말 감동받았죠. 선생님한테 칭찬과 인정을 받기는 처음이었거든요. 다른 것도 아니고 글을 잘 써서 글쓰기로 인정과 칭찬을 받고 보니 하늘을 날 것 같더라고요.

내친 김에 《전국 아동 우수 작품집》을 주문했지요. 자연히 국어를 잘 하게 됐어요. 책 읽기 범위도 넓혀갔지요. 천군만

마도 만났어요. 외가 형님이 빅토르 위고_{Victor Hugo, 1802~1885}의 《레미제라블》을 구해줬죠. 그 책을 읽다 보니 주인공의 억울한 생활과 너무나 불공평한 세상 때문에 잠자리에 들기가 불편하더라고요. 그때부터 서서히 시인의 감수성이 개발되었다고 봐야죠.

글쓰기만이 재능은 아니었어요. 붓글씨에도 일가견이 있었지요. 다 아버지 덕분이에요. 아버지께서는 서도를 하셨거든요. 그때 아버지께 배운 글씨가 지금까지 남아 있어요. 아버지의 글씨체를 모방하다 보니 붓글씨에 재능이 생긴 거죠. 아버지는 함경도 일대에선 명필로 소문났었어요. 아버지 글씨를 얻고 싶은 사람이 개미장 서듯 했거든요.

글씨를 얻으려고 목판을 만들어 오고, 병풍에 쓸 화선지를 가져오고 난리도 그런 난리가 없었지요. 아버지는 환자 보느라 바빠 글씨를 얻으려는 사람들에게 기다리면서 먹을 갈라고 했지요. 한두 시간 기다려도 아버지는 환자들 때문에 기척이 없었어요. 그러면 먹물이 굳어버렸죠. 정작 아버지가 글씨를 쓸 때쯤이면 굳어서 먹물이 붓에 묻지 않았어요. "아이고, 언제 이렇게 먹이 굳었는가. 물 좀 붓게."

아버지의 붓글씨 쓰는 방법은 유별났죠. 글씨를 한 번에 내리 썼어요. 두 번 다시 쓰지 않았지요. 당시_{唐詩}며, 좌우명이며, 가훈 등을 자유자재로 써줬어요. 이런 일도 있었죠. 집에

서 가까운 간도중국 지린 성의 동남부 지역에는 우리 동포가 많이 살았
거든요. 그곳에 아버지 글씨가 여봐란 듯이 걸려 있기도 했어
요. 정작 나는 한 점도 갖고 있지 못한데 말입니다.

그놈의 삼팔선이 문제예요. 삼팔선을 넘어올 때 아버지 글
씨를 한 점도 챙겨오지 못했어요. 그걸 꼭 가져왔어야 했는데
그러지 못했지요. 안방의 서랍을 열면 수북이 쌓여 있는데 그
걸 못 가져왔지요. 딱 3년만 서울 생활을 하다가 돌아가려 했
기 때문이에요. 그러면 어떻게 아버지 글씨체를 모방해냈냐
고요? 붓글씨 공부를 하고 싶은데 아버지 글씨가 없으니 상
상으로 했죠. 기억을 더듬어 그려냈어요.

몇 년 전에 시각전을 가졌어요. 시각전이 뭐냐고요? 나무
에 시를 새기는 것 말입니다. 사람에 따라, 점각, 서각이라고
도 하죠. 그런데 시를 새기면 시각詩刻이라고 합니다. 얼추
200점 정도 만들어서 조선일보 미술관에서 전시를 했어요.
일단 사람들의 반응이 대단했지요. 한 점도 새기기가 힘든데
소리 소문 없이 200점을 했다니까 놀랄 수밖에요. 건강하지
도 않은데 몸이 가느다랗고 병약한 사람이 엄청난 일을 해냈
다고 혀를 내두르더라고요.

아무튼 2001년 1월 30일부터 2월 4일까지 시와 목각을 결
합한 시각전을 열었어요. 저의 시뿐 아니라 두보杜甫, 712~770,

김삿갓 김병연, 정약용, 한용운, 신채호, 김소월, 거기에 보들레르 Pierre Charles Baudelaire, 1821~1867 등의 시와 문장을 목판에 새겼던 거예요. 작업 동기는 아주 작은 우연으로부터 시작되었어요. 어느 날 팔만대장경을 보고 있노라니 시를 나무에 새겨 보존해야겠다는 생각이 들더라고요. 그리고 시각전을 통해 말의 소중함과 불립문자의 의미를 새롭게 깨닫게 되는 보너스를 얻게 되었고요.

알고 보면 오늘의 제가 존재한 데는 아버지의 영향이 크죠. 붓글씨도 그냥 쓰는 게 아니고 혼이 들어가야 한다는 게 아버지의 정신이었어요. 글씨는 단순한 기호가 아니고 혼이라는 뜻이죠. "글씨는 손으로 쓰는 게 아니다. 마음으로 쓴다." 그 얼마나 감동이었다고요. 아버지의 말씀에 따르면 다만 손이 심부름할 뿐이라는 거예요. "글씨를 새기는 것은 내가 아니라 혼이 하는 일이다." 아들인 나는 나무에 글씨를 한 자, 한 자 새기는 게 아버지의 서도 정신을 구현해보는 것이라 믿었던 거죠.

이제야 말인데 칼로 한 글자 한 글자 새길 때는 힘이 엄청 들어가지요. 그런데 한 번도 글자를 새긴다고 생각하지 않았죠. 혼을 새긴다고 믿었어요. 그야말로 온갖 힘과 정신을 집어넣어 새기는 거지요. 그러기에 한 글자를 쓸 때는 몇 초도 안 걸리지만 새기는 데는 20~30분이 걸렸어요. '아버지, 아들이 지금 혼을 새기고 있습니다.' 그래요. 아버지 생각을 하면서 10년 동안 혼을 새겨서 전시회를 했어요.

이쯤 되면 재능 없는 사람은 없다는 제 결론에 동의하실 겁니다. 김 아무개에게도 잘 하는 게 두 가지나 있다는 걸 눈치 챘죠? 첫째는 글쓰기, 둘째는 붓글씨 쓰는 것이지요. 붓만 있으면 글씨를 쓸 수 있고, 연필만 있으면 글을 쓸 수 있어요. 전에는 책보자기를 집어던지면 뒤도 돌아보지 않았는데 재능을 발견하고 보니 자꾸만 책을 찾고 연필에 침 발라가며 글을 쓰려고 노력했던 거죠. 소원이었던 선비가 된 셈이에요.

선비, 선비가 되고 싶었어요. 선비가 별거겠어요? 문장과 글씨에 재능이 있고, 나라와 민족을 생각할 줄 알고, 부모님의 은혜를 잊지 않으며, 매일매일 최선을 다하고 열심을 내는 게 선비죠. 전 남들이 알아주는 부자는 못 됐어도 시대를 배반하지 않은 선비노릇은 감당했다고 봐요.

재능을 찾지 못했을 때는 좀좀이가 부러웠지요. 학교 다닐 필요도 없고 공부 같은 것은 안 해도 되잖아요. 특히 학교에서 선생님께 회초리로 손바닥을 맞고 돌아오는 길에는 좀좀이가 엄청 부러웠어요. 선생님의 지명을 받지 않아도 되고 앞에 불려 나와 창피당하지 않아도 되고 위기를 모면하기 위해 신발을 잃어버렸다고 거짓말로 머리를 쥐어짜지 않아도 된다고 생각했으니까요.

그런데 그게 아니었어요. 글을 배우지 못하고 이치를 깨치지 못했으면 어땠을까 생각하니 소름이 돋아요. 외삼촌네 큰아들인 문학청년 김두헌 형님에게 감사해야겠지요. 저의 첫번째 문학 스승이었으며, 저는 그분의 작문 수제자였던 셈입니다. 아마 지금까지 그분은 북한에서 살고 있을 것 같네요. 어쩌면 이미 세상을 떠났을 수도 있고요.

남한의 동생이 시인이 되었다는 사실을 안다면 얼마나 기뻐하겠어요? 안타까운 현실이에요. 남북으로 헤어져 도저히 만날 수 없잖아요. 이 무슨 얄궂은 장난이란 말입니까. 서로 격려하며 창작에 불을 지폈을 사이인데 이렇게 막혀 있으니 고맙다는 인사 한마디 건넬 수 없는 겁니다.

사람은 자신을 인정해주고 믿어주는 사람의 기대를 저버리지 않기 위해 최선을 다하는가 봅니다. 정녕 노력하고, 아끼지 않고, 땀 흘리고 ,열심을 내고 그러죠. 그래서 발견이 필요하죠. 자신의 남다른 재능과 소질 말입니다. 자신의 소질과 재능을 발견하는 일은 인류 역사를 위한 발판이 된다고 봐요. 개인의 재능이 새로운 역사를 창조하는 밑거름이 되니까요.

기억나는 여선생님이 있어요. 담임 선생님이었는데 대단히 신경질적이었어요. 임신한 상태였죠. 거의 8~9개월 됐을 텐데 휴직도 하지 않고 계속 교단을 지켰지요. 매를 많이 맞았어요. "김규동, 너 나와 봐." 시도 때도 없이 불러냈어요.

"이것도 못 해?" "……" "나가, 저리 복도에 나가 있어!" 분필을 확 던지며 성질을 부렸죠. 친구들은 잘못 걸릴까 봐 수업 중에는 얼굴도 들지 못했어요.

그나마 뒷자리에 앉은 친구는 친구 뒤에 얼굴을 숨기는 거예요. 얼굴을 들고 있으면 지명을 받거나 꼬투리를 잡힐까 봐 숨죽인 채 시간을 보내는 거죠. 빨리 종이 울리기를 바라면서 말입니다. 아유. 종소리가 왜 안 들리는지. 속 타는 학교생활이었어요. 기가 막히죠? 학생들이 무슨 죄가 있다고 수업 중에 그렇게 겁먹고 살아야 합니까.

이게 다 어른들의 책임입니다. 부모 노릇을 간과하고 있다는 거죠. 자녀들이 학교생활을 어떻게 하는지 도통 관심이 없어요. 등교해서 무얼 하는지, 학교에서는 무얼 했는지 알려고 하지 않아요. 뒷바라지만 하면 된다고 생각하고 계시잖아요. 부모와 자녀에게는 서로 관심과 대화가 필요한 거예요. "아들, 오늘 학교생활 어땠어?" "요즘에 몸이 아주 좋아졌다." 자식을 위해서라면 이 정도의 관심은 보여야 한다고요.

묻고 싶군요. 댁의 자녀는 죄수입니까, 아니면 보배롭고 소중한 자녀입니까? 대답은 다음의 질문을 받고 보면 알 수 있죠. 자녀들이 부모님과 얼굴 맞대는 것을 좋아하나요, 아니면 얼굴을 마주치지 않으려고 합니까? "야, 너 자전거 그만 타라. 개하고 놀지 마라. 수학은 안 하고 영어만 하냐. 학원은 빼먹지 않고 다니고 있지? 돈만 내고 빼먹는 거 아니지?" 누구네 집안 풍경 아닌가요. 어째 얼굴이 화끈거리지 않기를 바랍니다.

사람에게는 누구나 특별한 그만의 재능과 소질이 있어요. 공부가 뭐 별겁니까? 자신의 재능과 소질을 극대화시켜 세상을 아름답게 하고, 사람 사는 훈훈한 사회를 일구어가는 게 공부일지요. 전 시인이 됐지요. 이게 하느님께서 나에게 주신 사명이라 믿은 거예요. 선생님으로부터, 부모님으로부터 공부 못한다는 핀잔을 받을 때마다 스스로를 칭찬했어요. "김규동, 너는 잘하고 있어. 앞으로 훌륭한 시인이 될 거야."

대한민국에는
시인이 많다 하는데
이 못난 자를 위로해줄 만한 시인 한 사람만 골라
소개해주구려
마지막 부탁이오

〈시인을 한 사람만〉의 일부

박대룡을 찾습니다

옛날에는 초등학교를 소학교라고 불렀지요. 그 소학교에 다닐 때예요. 지금도 그렇지만 반마다 남학생이 여학생보다 많았어요. 남자애들 중 꼭 성질이 사납고 고약한 애들이 있기 마련이죠. 걔들은 잔인한 장난을 재밌어 하는 고약한 버릇이 있어요. 혼자서는 일을 내지 않고 반드시 패거리로 몰려다니며 한 아이를 골탕 먹여요. 집단적으로 따돌리고 괴롭힌 거지요. 박대룡이라는 친구도 그 녀석들의 놀림감이 되었어요.

공부를 못할 뿐 나쁜 친구는 아닌데 지능이 떨어지고 말을 더듬으니 집단적으로 놀림을 받은 거예요. 목소리도 알아듣지 못할 정도로 우렁우렁 굵었어요. 게다가 머리가 큰 데다 상처가 둥그렇게 두 군데나 있어 대머리처럼 벗겨진 듯 보였죠. 거기가 햇빛에 번쩍번쩍하면 아주 우스웠어요. "거울이

따로 없네"라며 아이들은 배꼽을 쥐고 깔깔거리다 괴롭히고 놀려먹어요. "야, 대룡아 나도 좀 보자."

대룡이는 학교로부터 십 리 떨어진 곳에서 할아버지와 둘이 살았어요. 옷은 일 년 내내 까만색 단벌이었죠. 들리는 소문에 따르면 부모님은 병으로 일찍 돌아가셨대요. 걔 할아버지는 항아리를 만드는 독쟁이였어요. 판로가 신통치 않아 주로 주문 제작했던 걸로 알아요. 또 독립군에서 나팔을 불었대요. 그래서인지 퉁소를 기막히게 잘 불었어요. 대룡이도 할아버지에게 배워서 조금 불었던 걸로 기억되지요. 평소에는 말이 없지만 독립군가를 부를 때는 딴 사람이 돼요.

하나같이 너무 가난하고 어려운 시절이었죠. 애들 도시락이 그걸 증명하지요. 대룡이의 도시락도 변변치 못했어요. 옥수수나 감자 삶은 거 서너 개 신문지에 싸서 가져오면 그만이에요. 그것도 애들이 몰래 훔쳐 먹어요. 드러내놓고 많은 아이들이 보는 데서 훔쳐 먹어요. 그러나 누구 하나 말리는 아이가 없었어요. 도시락을 도둑맞은 대룡이는 우물을 찾아 냉수를 벌컥벌컥 들이마셔요. 지켜보는 아이들은 키득거리며 학교생활의 무료함을 달랬지요.

해도 해도 너무하다 싶으면 대룡이가 씩씩거리며 아이들을 공격해요. 졸지에 운동장은 전쟁터가 되지요. 쫓고 쫓기는 추격전이 벌어지거든요. 그러나 중요한 것은 한 번도 대룡이가 이기지 못했다는 겁니다. 아이들은 패를 지어 대룡이를 때리고 놀리고 짓궂게 해요. 반드시 울려야만 직성이 풀렸어요. 떼를 지어 달려드는 애들한테 얻어맞고는 울음을 터뜨려요. 큰 목소리로 슬프게도 울어대요. 애들은 덩치 큰 애가 우는 모습을 보고 더 재미있어 해요.

초등학생들인데 그렇게 무정하고 잔인한 데가 있더라고요. 자기보다 약한 사람을 놀리며 학대하고 못살게 굴면서 쾌감을 느끼는 심리가 어른 집단에만 있는 게 아니었어요. 아이들 세계도 어른들의 축소판이었죠. 더하면 더했지 덜하지는 않았어요. 집단의 힘을 빌려서 폭력을 일삼은 거예요. 쟤도 던졌으니 나도 한 번 던져보자, 쟤도 때렸으니 나도 때려보자는 심리 같았어요.

고향 어귀에 육진성이 있어요. 400년 전 김종서 장군이 오랑캐를 막는다고 두만강 변에 쌓은 성이래요. 성이 여섯 개, 남대문 모양으로 지은 누각도 있는데 남대문보다는 규모가 작았어요. 2층짜리 남문과 북문이 있었는데 북문은 허물어지고 남문만 남아 있었죠. 애들의 놀이터이기도 했어요. 하루는 대룡이가 남문에 올라갔어요. 아이들도 따라 올라가서 충동질을 했죠. 눈깔사탕을 사줄 테니 뛰어내려보라고 한 거예요. "야, 박대룡. 뛰어내려봐. 눈깔사탕 사줄게. 너, 눈깔사탕 좋아하잖아."

내려다보니 꽤 높거든요. 뛰어내리지 못하면 겁쟁이라 놀림을 받을까 걱정하는 눈치였어요. "바보, 넌 바보에 이젠 겁쟁이까지 됐다. 그것도 뛰어내리지 못해?" 애들의 놀림에 귀가 솔깃했나 봐요. 아득하니 내려다보이는 길바닥으로 콱 뛰어내렸죠. 뛰어내리면서 깨물었는지 혀 앞쪽이 조금 잘려나갔어요. 얼굴이 피투성이가 됐지요. 어른들이 뛰어와서 둘러업고 아버지 병원으로 달려갔어요.

　아버지도 대룡이를 알고 있었지요. 혓바닥이 반쯤 잘려나가 피투성이가 된 대룡이를 보고 있으려니 기가 막힌 거죠. "그래, 거기서 어떻게 뛰어내릴 생각을 해?" 느닷없이 개구쟁이 아들 생각이 났던가 봐요. "근데 우리 규동인 뛰어내리지 않았어?" 나도 몇 번 뛰어내린 전력이 있어요. 다행히 다치지 않아 아버지는 몰랐던 거죠.

　치료받고 며칠 만에 밖으로 나온 대룡이는 다시 아이들의 놀림감이 됐어요. 원체 말을 더듬는 데다 혀가 짧아져서 그런지 말을 더 못해요. 알아듣지 못하게 웅얼웅얼 하는데 애들은 그게 재미있다고 자꾸 말을 시켜요. 놀림은 언제나 그의 울음소리가 들려야 끝이 났어요. 애들은 우는 대룡이를 남겨두고 웃으며 교실로 들어가는 거예요. 지금 이 순간에도 그의 울음소리가 들리는 것 같아 많이 괴로워요.

　위해주고 보호해주는 친구 하나 없었으니 얼마나 외로웠

겠어요. 김 아무개도 아이들과 한패였어요. 무리에 끼어서 바보라고 놀리며 돌멩이를 던졌죠. 말뚝박기 놀이만 해도 그래요. 애들이 하나하나 엎드리면 줄을 서서 차례차례 올라타요. 돌아가면서 올라타는데 대롱이가 올라탈 차례가 오면 안 태워줘요. 아무도 엎드리는 사람이 없으니 한 번도 타본 적이 없어요. 나도 대롱이 등에 몇 번 타기만 했지 태워준 적은 없어요. 집단 속에서 세력이 센 쪽에 붙었지 약한 쪽에 붙지 않았던 거예요. 대롱이 쪽에 붙어야 정의로운 아이일 텐데 그러지 못했어요. 때리는 아이를 때려주기는커녕 말리지도 않았죠.

아이들이 싸움을 붙이려고 대롱이에게 물어봐요. "너, 규창이 이길 수 있어? 쟨 힘이 없어. 쟤랑 싸워볼래?" "규창이? 걔 내가 이길 수 있어." "네가 이기나 지나 보게 어디 한 번 붙어봐." "아이, 내가 이기지. 왜 못 이겨? 그러나 싸우긴 싫어. 걔가 먼저 덤비면 몰라도 난 먼저 덤비지 않아." 발뺌하는 대롱이를 두고 규창이한테 가서 충동질해요. "대롱이가 너 이긴대."

이쯤 되면 규창이도 가만있을 리가 만무하죠. "그까짓 자식이 나와 싸워봤어? 날 어떻게 이겨? 한번에 자빠뜨려버릴 테다." 달려들어 싸움을 걸어요. 대롱이는 어눌하고 동작도 느리니 금세 얼굴에 피가 난자해요. 피를 보면 아이들은 즐거워하며 환호성을 울렸어요. 역겹더라고요.

이런 애들과 공부해서 뭐가 되겠냐는 생각에 학교가 싫어졌어요. 거칠기만 하고 다정한 데가 없는 아이들이었어요. 여자애들도 남 피 터지는 것을 구경만 하지 달려가 피를 닦아주거나 선생님한테 이르지도 않았죠. 모두가 한패였던 거예요.

낫과 새끼줄을 가지고 풀 베러 가서도 대룡이가 낫질 잘해서 풀을 많이 베어놓으면 다른 애가 싹 가져가버려서 가져올 풀이 없어요. 신발도 감춰놔요. 그러면 십 리 걸리는 제 집까지 맨발로 걸어가요. 다음 날 할아버지 짚신을 신고 오면 그제야 신발을 내줘요. 숙제도 거의 못해 와요. 할아버지가 배운 것이 없으니 봐주지도 못했죠.

선생님한테도 사랑 못 받고 애들한테는 놀림 받고 집단적으로 얻어맞는 생활만 했어요. 그렇다고 대룡이가 아이들한테 해를 입힌 일은 없어요. 궂은일을 도맡아 하고 힘쓰는 일에는 항상 발 벗고 나섰어요. 대룡이 때문에 풀베기에서, 운동회에서 덕을 봤으면 봤지 손해를 본 적은 없어요. 반격으로 돌을 던져 한두 번 맞은 아이가 있었지만, 그건 자기 보호본능이었어요.

대룡이가 제일 무서워하는 건 일본 순사였어요. "오늘 학교에 순사가 너 잡으러 온다. 목에 때 끼고 더러운 옷을 입은 애들을 잡아간다." 그러면 교실에도 들어오지 않고 얼른 달아나요. 학교 뒤 소나무 밭으로 가서 조그만 피리를 불고 있어요. 몹시 구슬프게 들렸지요. 대룡이의 유일한 낙은 피리를 부는 일이었어요. 교복 안주머니에 피리를 감추고 다니다 외로우면 불어대요. 〈나아가세 나아가세〉 독립군가를 부는 걸 들은 적이 있어요.

세월이 지나 영원히 조선을 지배할 것 같은 일본이 패망하고 해방이 찾아왔어요. 고향에서는 해방을 축하하고 소련군 진주를 환영하는 8·15일 해방 대회가 열렸죠. 청년단체·여성단체 등 각 단체들과 수천 명이 운집해 행진을 했어요. 그런데 놀랍게도 맨 앞에 대룡이가 큰북을 치며 행진하는 거예요. '저게 누구야? 박대룡 아냐? 설마, 대룡이일까?' 행진 대열을 뒤따르며 앞뒤 좌우에서 확인에 들어갔지요.

틀림없었어요. '해방 만세' 구호가 적힌 띠를 두르고 춤추듯 북을 치며 행진하고 있는 거예요. 걸음걸이도 당당하고 의젓했죠. 어릴 적 대룡이의 모습은 찾아볼 수 없었어요. 바보라고 놀림 받은 대룡이의 달라진 모습에 한동안 말을 잊었죠. 어엿한 어른이 되어 있는 모습에 충격을 받았던 겁니다. 반면에 내 꼬락서니를 보니 한심하더라고요. '애걔, 나는 뭐야. 행진 꽁무니나 따라다니고.'

'야, 대룡이가 저렇게 성장했구나. 사람의 앞날은 참 모를 일이다. 집단적으로 놀림 받고 울보였던 애가 커서는 저렇게 의젓하다니.' 가슴 벅찬 감동이 밀려오데요. 할아버지의 재주를 물려받아서 어렸을 때부터 원체 피리도 잘 불더니 드디어 악대를 선도하는 인물이 된 것이지요. 대룡이가 작사하고 작곡했다는 〈해방가〉는 자신의 어린 날 아픔과 고통을 토로하고 있는 것 같아 더욱 의미심장했어요.

해방가

작사·작곡 박대룡

약한 자를 억압하던
일본이 망했네
삼천리 우리 강산 빼앗았던
왜놈 쫓겨 가고 새 세상 왔네
해방 만세 조선 독립 만세

총칼로 통치하던
왜놈이 망했네
삼천리 우리 강토 짓밟았던
왜놈 물러가고 새 세상 왔네
해방 만세 조선 독립 만세

간단한 노래지만 기가 막히잖아요. 그 뒤의 소식은 듣지 못했어요. 항간에는 항아리 장사로 돈을 모았단 말이 있어요. 또 할아버지를 도와 항아리를 지게에 지고 다니며 팔아서 전보다 나은 삶을 살다가 해방을 맞았다는 소문도 들렸어요. 북쪽에서는 토지 개혁과 화폐 개혁을 단행했는데 가난하고 놀림을 받으며 성장했기에 자연히 공산당의 흐름에 합류했을 것 같기도 하고요.

지금 그의 근황이 몹시 궁금합니다. 혹 만난다면 어린 날 받은 마음의 상처는 치유됐는지 그것부터 물어보고 싶어요. 말 더듬는 증상을 고쳤는지 밤을 새우며 얘기를 나누고 싶기도 하죠. 그런데 정권의 입맛에 따라 통일의 지상 명령이 오락가락하니 한갓 꿈으로 끝나겠지요?

경성고보 시험에 낙방하다

살아오면서 크고 작은 깨달음을 느낀 경우가 많았어요. 부언하면 어느 누구도 대신해줄 수 없는 게 있다는 것이지요. 공부만 해도 그래요. 공부는 자기가 노력해야 하는 거지 남이 대신 해줄 수는 없는 거지요. 당연히 이 사실을 자각해야 하죠. 저의 경우 6학년쯤 되니까 정신이 번쩍 들더라고요.

그간의 생활에 회의가 생긴 거지요. '앞으로 상급학교도 진학해야 하는데 지금 상태로 진학할 수 있을까.' 은근히 걱정이 됐어요. 다른 애들처럼 밤새 공부도 해봤지요. 반딧불에 의지해 책을 읽지는 못했지만 나름대로 원칙을 세워 공부해나갔어요.

시절도 수상하고 민심은 흉흉했어요. 국제 정세는 일본 군대가 중국을 침략해 무차별적으로 상하이, 베이징, 난징, 광둥을 점령했을 때였지요. 일본 제국주의의 승전보가 매일같이 들려오던 어두운 죽음의 시절이었어요. 어른들이 주고받은 귓속말을 어깨너머로 들을 때가 많았어요. 얘기인즉 중국의 장제스蔣介石, 1887~1975가 이끄는 국민군은 자꾸 후퇴를 한다는 거예요. 중국 내부 사정도 그리 안심할 상황이 아니라고 하더라고요.

팔로군八路軍과 국민군이 항일 투쟁의 공동 전선을 형성하고 있지만 부대의 이름에서 느껴지듯 서로가 이념과 사상이 맞지 않는다는 거지요. 차라리 팔로군에게 정권을 내주면 일본과의 전쟁에서 이길 수 있는데 장제스 총통이 권력을 내놓지 않고 자꾸 마오쩌둥毛澤東, 1893~1976 군대와 불화를 일으킨다는 겁니다. 전쟁은 일본 군대와 하는데 공산군과 국민군이 원수가 되어 으르렁거린다는 거지요.

국내는 어땠냐면 전시 상황이라 모든 사람이 황국신민이 되어야 했지요. 학교마다 일본의 진짜 신민이 돼야 한다며 다그치고 윽박질렀어요. 아침저녁으로 "우리 조선은 일본과 한 몸이다"를 앵무새 지껄이듯 외워댔죠. 천황을 위해서 몸을 바쳐야 한다는 일종의 정신교육이었어요. 갈수록 상황은 급변했어요. 조선어 교육도 중지되고 집에서도 일본어로 얘기하라고 교육했어요.

아니, 어떻게 평생 쓰던 조선말을 중지하고 일본말을 스스럼

없이 사용할 수 있겠어요? 그게 말처럼 되나요. 가족끼리 어떻게 일본어로 대화를 하겠어요. '해도 해도 유분수지. 뭐 이건 통째로 조선을 집어삼키겠다는 거 아냐.' 철부지 어린애였으나 애국심 비슷한 감정이 꿈틀거리더라고요. '뭐 할 수 있나. 나라 잃은 백성인데.' 자책해보기도 했지요. 그런데도 욱하는 게 있어요.

이름도 일본식 이름으로 바꾸라고 했죠. 창씨개명 말입니다. 이를테면, 김가는 '가네야마', '마루야마'로 고치라는 거죠. 주권을 빼앗긴 식민지 학생들이라 너나없이 이름을 바꿨어요. 집안에서도 의논이 있었지요. 저는 전주 김가로 종씨가 평양에 있어요. 아마 북한의 김일성도 전주 김가일 거예요. 문중에서 회의를 해서 전주 김씨는 전부 '가네야마'로 한다는 통지를 보냈어요. 하루아침에 조상들이 물려준 성씨가 바뀌게 되었죠.

김규동이 '가네야마 규동'이 됐지요. 왜, 김씨가 가네야마가 돼야 하지요? 너무 울화통이 나고 씁쓸하더라고요. 고민도 됐어요. '상급 학교에 진학해야 하는데 어쩌지? 그렇다고 남들처럼 창씨개명을 할 수 없잖아.' 그래서 지혜를 짜냈죠. 될 수 있으면 일본 학생이 없는 학교에 가고 싶었어요. 대개는 조선 학생과 일본 학생이 학교마다 절반씩 섞여 있었어요.

간혹 일본 아이들만 다니는 학교는 있었지만 조선 아이들만 다니는 학교는 극히 드물었지요. 여기저기 수소문해보니 딱 한 군데가 있더라고요. 바로 함경도 경성에 '경성고등보통학교'가 있는 거예요. 아니죠. 비슷한 학교가 각 도에 하나씩 있었어요. 서울에는 경성 제2고보, 전주는 전주고보, 부산은 동래고보, 광주는 광주고보, 함흥은 함흥고보가 있었던 거예요.

이상의 학교들은 조선 아이들만 다니니까 분위기도 그렇고 학생들의 자부심도 대단한 걸로 회자되었지요. 높은 민족의식과 굉장한 사상 교육을 받는다고 들었어요. 한마디로 학생들의 수준이 높았죠. 단적인 예로 학생들이 학교에서 전적으로 조선말을 사용한다고 하더라고요.

일본인 선생은 일본말로 강의를 하지만 학생들은 답변을 조선말을 쓴다는 거예요. 그런 학교에 가고 싶은 거예요. 저만의 생각은 아니었는지 우리 학교에서 네 사람이 시험을 봤어요. 그런데 셋은 떨어지고, 한 학생만 붙었지요.

달랐어요. 합격한 친구는 공부하는 법을 아는 아이였어요. 공부에 열심 있는 것 같지 않았는데 공부를 잘했어요. 공부하는 요령이 달랐던 거죠. 그 방법이란 게 간단했어요. 참고서는 거들떠보지 않고 교과서를 통째로 외우다시피 해요. 교과서가 몇 권 안 되잖아요. 그걸 다 외우는 거예요. 어느 페이지에 무슨 내용이 있다는 것을 꿰뚫고 있을 정도로 교과서를 독파했어요.

나는 참고서를 많이 봤거든요. 서울 영창서관에서 만든 국어교과 참고서나 해설서를 주문해서는 읽고 또 읽었지요. 그것을 보는 데 시간이 많이 걸렸어요. 결과는 낙방이었고요. 목표로 했던 학교를 낙방하고 돌아오는 길이 죽을 맛이었죠. 그러나 좌절할 수만은 없어 다짐했어요. '일 년 더 공부해서 내년에는 반드시 합격할 것이다.'

쉽게 포기할 수 없었어요. 먼저 합격한 친구에게는 마음으로 선전을 당부하는 인사를 잊지 않았어요. "너는 내가 입학하면 2학년 되겠지만 내가 있다는 걸 잊지 마라." 줄곧 머리를 싸매고 공부했죠.

나는 그 친구가 부러웠어요. 방학이 되자 경성고보 교복을 입고 우리 집에 다니러 오면 그렇게 부러울 수가 없었어요. 나는 재수생이잖아요. 퍼뜩 잠언 같은 경구가 떠오르더라고요. "시간은 절대 사람을 기다려주지 않는다. 오늘이 가면 다시 오늘은 없다." 뼈저리게 절감했었죠.

경성고보에 낙방하고 한 일 년이 지나가는데 그 시간이 그렇게 귀중하더라고요. 자연스레 밥 먹고 나면 공부하게 됐죠. 공부가 조금씩 재미있어졌어요. 국어 같은 건 술술 외우다시피 했지요. 산수도 교과서 중심으로만 문제를 풀었어요. 학교 생활도 재미가 붙었어요. 교장 선생님이 전교 회장을 시켜주

기까지 했어요.

공부라면 질색이던 녀석이 아침마다 단상에 올라가서 호령했죠. "선생님께 경례! 뒤로 돌아, 출발!" 어때요? 폼 나잖아요. 아직 어려서 성대가 발달하기 전인데 어찌나 큰 소리로 말했던지 목이 쉬어버렸어요. 큰 소리로 호령하라는 선생님들의 성화가 문제였어요. 이때 성대가 이상 발달해서 지금도 목소리가 커요.

전교생들의 반응도 달라졌어요. '후후.' 존경하는 눈치더라고요. 공부를 못하던 아이가 회장이 됐으니까 그럴 법도 했죠. 목표로 한 경성고보를 가는 데 문제가 없을 것 같았어요. 숫제 공부에 취미가 생겼지요. 학교에서나 집에서도 막말로 코피 터지게 공부했어요.

6학년 재수반에서는 모르는 게 없게 됐지요. 상황이 바뀌었어요. 전에는 눈치 봐가며 물어보러 다녔는데 이제는 다른 아이들이 이것저것 물어왔지요. 결국 상급 학교에 갈 15명 그룹의 일원이 되어 거기서 리더가 됐죠. 입학시험에 체육 시험도 있어 아이들을 인솔해 100미터 달리기, 수류탄 던지기, 높이뛰기도 했어요. 그거 합격 못 하면 안 되거든요. 연습을 참 많이 했어요. 추위와 더위도 잊고 뛰어다녔어요.

3월이 되어 경성고보에 가서 시험을 봤지요. 아버지께선 병원 문을 닫고 동행해주었어요. 이틀 동안 필기와 실기(체육)를 시험 봤죠. 이틀 후에 곧바로 합격자를 발표한다 하더라고요.

전날 밤에 보던 책을 내일 보겠다는 심산으로 밀쳐놓고 자버리면 다음 날 새로 시작해야 하는 경우가 되었어요. 마저 보고 자야 하는데 그걸 남겨놓고 잤으니 고스란히 오늘 몫이 되었지요. 1,600년 전 중국 도연명 陶淵明, 365~427이란 시인이 쓴 시가 있어요.

> 젊은 시절은 거듭 오지 않으며
> 하루에 아침을 두 번 맞지 못한다.
> 때를 놓치지 말고 부지런히 일하라.
> 세월은 사람을 기다리지 않고 지나간다.

어때요? "때를 놓치지 말고 부지런히 일하라." 그 일이 제게는 다분히 공부인 셈이지요. 젊은이들에게 책을 손에서 놓지 말라는 당부를 드리고 싶네요. 변화무쌍한 문명의 흐름을 알라는 것이에요. 농부는 때를 놓치지 않고 밭을 갈잖아요. 밭 가는 시기를 놓치면 풀이 무성해지지요. 시간은 사람을 기다려주지 않거든요. 이걸 절감하게 되었지요.

2부

시인을 꿈꾸다

시인 김기림 선생을 만나다

　운명의 디데이 저녁이었어요. 하숙집에서 아이들과 노닥거리고 있는데 밖에서 인기척이 났지요. 아버지가 문을 슬쩍 열고 나오라고 손짓하더군요. '왜 날 나오라고 그러지?' 주섬주섬 일어나 밖으로 나갔지요. "너 됐다. 합격했어. 학교에 가서 몰래 물어봤어. 네 이름이 합격자 명단에 있다고 하더구나." 아버지는 뜨겁게 껴안아주시며 기뻐하셨지요. 아들은 주먹을 불끈 쥐고 하늘에 주먹질을 해댔고요.

　병원 때문에 아버지는 먼저 돌아가셨어요. 시험을 봤던 일행은 다음 날 돌아가기로 했고요. 그때까지 고향이 배출한 경성고보 합격자는 겨우 세 명이었어요. 함경북도 전체 초등학교 1~2등을 하는 아이들만 진학할 수 있을 만큼 경쟁률이 높은 학교였거든요. 보통 6 대 1이었지요. 때문에 경성고보에 들어갔다 하면 함경도에선 나름대로 수재로 봤죠.

　교복만 봐도 학부모나 학생들은 기가 팍 죽었어요. 꼼짝 못했죠. 더욱이 조선인만 다니는 학교라 자부심도 유별났지요. 심지어 일본 아이들도 경성고보 학생들이 나타나면 슬금슬금 자리를 피해버렸어요.

　간혹, 기차간에서 통학하는 일본 학생들과 시비가 붙을 때가 있어요. 다투다가 안 되겠다 싶으면 일본 학생들은 단도를 꺼내서 찌르기도 했죠. 저도 서너 번 싸움을 했어요. 그럴 때면 일본인 교장은 어김없이 일본 학생들 편을 들었어요. "니들이 왜 우리 일본 아이들을 괴롭히느냐!" 버럭 화를 내기도 했지요. 속상한 일은 철부지 일본 아이들의 버르장머리였죠. 얕잡아보면서 조센징(조선인)은 노예근성밖에 없다는 막말도 서슴지 않았어요.

　쌍욕도 해댔어요. "고노 여보노야로." 번역하면 '이 여보 놈아!' 라는 뜻인데 부부간에 호칭인 '여보'가 저희들 보기엔 상스러운 말이었나 봐요. 남편이 아내를 향하여 '여보' 하는데, 이를 상스러운 말로 알았던 거죠. 또 조선 사람은 일 년 내내 목욕을 안 하다가 설날 하루 목욕하는 불결한 민족이라는 얘기도 해댔어요.

　걔네들이 했던 말들을 소개할라치면 시간이 부족하지요. 옷이 흰옷 한 벌밖에 없다, 밥 먹을 때 턱 밑에 구멍이 나서 밥을 절반은 흘린다, 이를 안 닦는다, 공중도덕을 지키지 않는다, 화장실이 더러워서 갈 수가 없다는 등등 드러내놓고 흉을 보고 수군거렸지요.

진짜 열 받게 하는 얘기는 따로 있어요. 노예근성이 많아 불결하고 게으르고 뭘 시켜도 하는 둥 마는 둥 한다는 거예요. "조센징은 일본 사람 따라야 배울 게 많고 발전하는데 말을 잘 듣지 않으니 큰일이다." 이게 말이나 되는 소리예요?

남의 나라에 들어와서 주인 행세를 하는데 어느 누가 고분고분 말을 듣겠어요. 독립을 하고 싶어도 총칼로 위협하고 소, 돼지처럼 부려먹고 쌀이며 콩이며 하다못해 놋그릇까지 빼앗아 가는데 어떻게 고분고분하겠어요. 약소민족인 게 억울할 뿐이지요. 지들은 1등 국민, 조선은 2등 국민, 중국인은 3등 국민으로 분류하기도 했어요. 경찰도 헌병이 제일 높은데, 일본군 헌병이 제일 높고 그 다음은 조선인 헌병, 셋째는 중국인으로 쳤지요.

일본으로 인한 스트레스를 빼고는 학교생활은 재미있었어요. 학교 분위기도 좋고 전교생 500명 모두 형제 같았죠. 그런데 감상주의자인 나는 곧잘 고향을 찾고 싶었어요. 기차로 네 시간이나 걸리는 집이 너무 그리워서죠. 장난치고 놀던 앞산도 보고 싶고, 까치집 뒤지러 올라가던 나무도 보고 싶고, 어머니도 보고 싶었어요.

그리움은 일과로 나타나기도 했죠. 일요일이면 바닷가에 앉아 멍하니 수평선을 바라보면서 찔끔찔끔 눈물을 흘렸어요. 당시의 일과가 지금까지 계속될 줄을 누가 알았겠어요. 살아오면서 부러웠던 사람들이 몇 있어요. 그들이 누구인지 아세요? 고향을 찾고 고향을 다녀왔다는 사람들이에요. 김 아무개 시인은 꿈속에서나 고향을 찾기 때문입지요.

> 함경북도
> 우리 마을 아득한 고향
>
> 행준네 넓은 콩밭머리에
> 이 아침 장끼가 내렸는가 보아라
>
> 칙칙거리기만 하고
> 아직 못 가는 이 기차
>
> 해는 노루골 너머에서
> 몇 자쯤 떴는가 보아다오
>
> 〈아침의 편지〉

내가 하도 가족들을 보고 싶어 하는 걸 아신 아버지는 곧

잘 병원을 쉬고 아침에 기차 타고 왔다 같이 자고 다음 날 돌아가곤 했어요. "우리 아들 생선 같은 것도 먹여주고 잘 봐주세요. 부탁드립니다." 돌아가는 날에는 꼭 하숙집 아주머니에게 가욋돈을 줘요. 하숙집 주인은 허리를 굽혀가며 고마워하죠. 나중에는 아예 기다리는 눈치였어요. "아버지 언제 오신다고 안 해요?" 그러니 속으로 밉더라고요.

'하숙비 꼬박꼬박 내고 있는데 왜 아버지를 기다리나.' 아버지 보고 말씀드렸지요. "아버지 이제 경성 오시면 하숙집 아주머니한테 돈 주지 마세요. 자꾸 주니까 이제는 은근히 기다려요." "그래도 할 수 없지. 네가 몸이 약한데 끼니를 걸러 병이라도 나면 어쩌냐. 걱정돼서 그러니 개의치 말아라." 짐짓 공부도 못하는 아들이라고 생각하시는 줄 알았는데 아니었어요. 마음에서 지울 수 없는 피붙이였던 거예요.

죄송한 말씀인데 아버지는 참 순진하셨어요. 얼마나 순진하냐면 교장 선생님한테도 우리 애 합격시켜줘서 감사하다고 꼭 인사를 하겠다는 거예요. "아버지, 교장 선생은 일본인입니다. 그리고 이제 1학년인데 아버지가 인사해봤자 내가 누군지 모릅니다." "아니, 그렇지 않아. 500명 학생이라도 학생의 학부형이 인사하려고 하는데 교장 선생님이 마다할 리가 없다." 이만하면 알 만하죠. 그리고 모든 걸 선하게 생각하세요. 아버지는 일본 교장도 착한 사람일 거라고 생각하신

거지요.

"내가 인사함으로써 이 학교 명예를 높이는 거지 해 끼치는 것은 아니다. 학교의 영원한 발전과 새로운 기풍을 위해 인사드리고 가겠다는 게 뭐가 나쁜 일이냐?" 기어이 교장 선생님을 만나 1학년 가네야마 규동의 아버지라고 했대요. "내가 인사하면 너를 불러 얼굴을 보려고 할 줄 알았는데 그러지 않고 그냥 가라고 하더라. 그래도 기분은 좋더라." 어떻게 담배 몇 보루 사왔다고 교장 선생님이 절 부르겠어요. 아마 담임 선생님도 안 그러실 텐데 말입니다. 그만큼 순진했어요. "이젠 모든 것이 잘 풀릴 게다. 넌 공부만 하고 아무 걱정 말아라."

2학년 때였어요. 시인 김기림 선생이 경성고보에 영어 선생으로 부임해왔죠. 《조선일보》 학예부장을 지냈는데 1941년 총독부가 한글 신문인 《조선일보》와 《동아일보》를 폐간시켰어요. 일본어 신문만 남게 된 거죠. 선생은 신문에 소설, 시, 평론 등을 많이 실었어요. 시인에 영문학자에 기사도 능숙하게 잘 쓰는 기자였어요. 그런데 신문사를 정리하고 고향인 함경북도 성진으로 내려왔던 거예요.

김기림 시인은 졸지에 백수가 되었지요. 그러다가 경성고보 영어 선생으로 취직을 했어요. 조선의 유명한 시인이 왔다니까 전교생들의 환영이 대단했죠. 전교생이 조회하는 자리에서 교장이 소개를 하데요. 단상에 올라가 연설하는데 아주 말씀을 잘 했어요. 순간 멋쟁이라는 걸 깨달았지요. 그때 선생님의 말씀이 지금도 기억나요.

"희망이라는 것은 자기 자신이 창조해가는 것이다. 우리가 살아가는 현실이 암담하지만, 암담하고 밝고는 각자의 마음에 달렸다. 각자의 마음에서 희망은 싹트기도 하고 죽기도 한다. 매일 생활에서 희망을 가꾸어가야 한다."

뭔가 암시적인 말 같았어요. 해석해보면 일본 제국주의가 울적하고 암담하지만 자신이 희망을 만들고 노력해가는 가운데 현재 고통을 해소해야 한다는 의미 같았어요. 일본인들은 몰랐겠지만 우리는 알지요. '역시 조선인이구나. 시인이구나.' 감격했지요. 영어 발음도 영국식 발음이었어요. 일본식 발음은 문제가 많았지요. 이를테면 이래요. 떼레비(텔레비전), 고희(커피), 다바꼬(담배), 츄잉감(껌), 바스(버스), 도란꾸(트렁크). 알아듣겠어요? 우리는 하나도 못 알아들었어요.

그런 영어를 배우다 김기림 선생님한테 배우게 되니 우습기도 하고 재밌기도 했어요. 영어만 잘하는 게 아니라 시도 잘 썼어요. 학생들은 앞다투어 어떤 시를 쓰나 찾아보았지요. 이상, 이태준, 박태원과도 친분이 막역하다는 풍문이 돌았어요. 이들과 '구인회九人會'라는 동인 활동도 한 걸로 알고 있어요. 그중 이상과 가장 친했다고 했죠. 이상은 스물일곱 살에 죽었는데, 김기림 선생은 이상의 천재적인 시를 쉽게 해설해 줬어요. 한편으론 한국의 시가 어떻게 나아가야 하는지 시론도 많이 소개했어요.

"야, 이건 우리가 수지맞은 거다. 언감생심 이런 선생님을 어떻게 시골에서 초빙할 수 있겠느냐. 이건 하늘의 선물이다. 잘 배우자. 이분을 잘 활용해야겠다." 다들 선생님한테 꼼짝 못했어요. 너무도 존경스러웠거든요. 선생님이 무슨 말 한두 마디만 해도 아이들은 중요한 얘긴가 하고 귀를 밝혔어요.

영어를 가르치면서도 간간이 문학 얘기를 해줬어요. 제일 강조하는 것은 지금 나이에 건강이 최고라는 말씀이었어요. 아침에 일어나면 반드시 밖에 나가서 체조를 하라는 거예요. 가볍게 걷고 좋은 공기 마시고 가슴을 절대 압박하지 말라고 했어요. 걸을 때도 허릴 쭉 펴고, 눈은 수평으로 앞을 보고 걸어야지 밑을 본다든지 위를 본다든가 하지 말라는 세세한 것까지 당부해요. 귀찮을 정도로 건강을 강조했죠. 말뿐이 아니었어요. 그분만큼 건강한 삶을 실천하는 사람을 못 봤어요.

친구 이상의 죽음에 충격을 받았기 때문일 거예요. 이상은 밤에 자지 않고 낮에 잤다는 겁니다. 남이 일할 때 자고 밤에 깨서 일하고 술 마시고 이러니 어떻겠어요? 우선 해를 못 보잖아요. 일 년 내내 햇빛을 못 보니 신선한 공기를 마실 기회도 없고요. 밤에 하는 일이라고 해야 책 보거나 글 쓰거나 술 마시는 거밖에 더 있겠어요. 자연히 웅크리고 구부리는 퇴행적인 생활로 몸이 나빠져 폐병에 걸린 거지요.

이상은 좀체 생활을 고치지 않았대요. 어쩌면 세상이 그토록 귀찮고 저주스럽고 신물이 났다 봐야지요. 뒤집어쓰고 자는 것도 아니고 누워 있는 것이 이상의 세계였던 겁니다. 그렇다고 돈이 있는 것도 아니고 입고 나갈 반듯한 옷이 있는 것도 아니었죠. 친구가 많은 것도 아니고 오라는 데가 있는 것도 아니고 세상에 버림받은 거나 마찬가지였대요. 그러다 스물일곱 살 젊은 나이에 세상을 떠났지 뭐예요.

선생의 각오는 대단했어요. 절대 이상처럼 되면 안 되겠다는 결심이었어요. 학생들한테도 생활을 고치라고 다그쳤어요. 일요일엔 하숙집 앞 쭉 뻗은 도로에서 마라톤 연습을 했어요. 진짜 마라톤 선수라도 되는 양 연습에 열중이었어요. 아이들은 그 모습을 보고 키득키득 웃지요. 그러나 그분은 조금도 우습게 생각하지 않았어요. 아주 진지한 얼굴이었어요. 지나다가 허리 쭉 뻗고 걷는 사람을 보면 틀림없는 김기림 선생님이었죠.

수업 중에는 손수건을 꺼내서 꼭 안경을 한 번씩 닦아요. 티가 하나도 없이 해서 써요. 영어 해석을 하는 데도 빈틈이 없었어요. "아차, 가만있어 봐, 이거 아닌 것 같다." 교단에서 내려와 앞에 앉은 아이 사전을 찾아봐요. "아까 내가 계제라고

했는데 이 계제는 시간으로 고쳐야겠다." 이 정도로 단어에 자신 있고 정확했어요. 반면에 어지간한 일본 선생들은 그냥 넘어간 경우가 많았어요.

선생은 성진에서 결혼을 했어요. 일본 유학 시절 만난 멋쟁이 신여성과 결혼하려고 고향에 갔대요. 아내가 될 사람에게 조부모님께 아침저녁 밥상을 갖다드리라고 했대요. 신여성이 하루 이틀 하다 고백하더래요. "이런 생활은 못 하겠다. 왜 사람이 밥상을 날라다 줘야 하냐. 옛날식이다. 나는 봉건사회에 봉사할 수 없다. 난 신교육을 받은 여성이라 안 되겠다." 이렇게 둘 사이가 틀어져서 보내버렸지요. 결혼이 물거품이 된 것이죠.

이후 선생은 부친의 소개로 시골 처녀와 결혼을 했지요. "저 동네에 참한 아가씨가 있는데 공부는 못 했다. 집에서 착하고 부지런하게 가사일 돕는 아가씬데 그렇게 얌전할 수가 없다. 너 한번 선이라도 보면 어떻겠냐." "아버님 뜻대로 하십시오. 저는 아버님을 따르겠습니다." 얼마나 대단해요. 부모님이 원하신다면 아무래도 괜찮다는 겁니다.

그래서 기초교육밖에 못 받은 여성과 결혼을 했어요. 선생은 때로 상당히 외로웠다고 해요. 부인이 맘은 진실하지만 문학을 잘 모르니 대화가 안 되고 문학 예술에 관한 대화는 불가능하기에 일상의 얘기밖에 나눌 수 없었던 거지요.

선생한테 5학년까지 영어를 배웠어요. 선생 덕분에 경성고 보 학생들은 발음이 좋고 대학도 많이 들어간 듯해요. 선생 공이 크다고 볼 수밖에요. 키가 훤칠하게 크고 몸은 마르지도 비대하지도 않고 표준이었어요. 허리가 곧고, 아주 절도 있게 걸어요. 걸음걸이도 빠르지도 늦지도 않아요.

항상 웃음을 머금은 얼굴을 하고 걸으라는 말씀을 하셨어 요. "사람을 보면 약간 미소를 지어줘라." 어떻게 생면부지 의 사람에게 미소를 지어줘요. 선생은 자기 자신을 위해서 얼굴에 노력을 하라는 겁니다. 상대방을 기쁘게 해주면 나 자신이 기뻐진다는 뜻이죠.

"내가 미소 지을 때 상대방도 같이 미소 지어주면 그것처럼 뜨거운 감격이 어디 있냐. 사람끼리 통하는 거다. 그 맛이 얼 마나 좋으냐. 남녀불문하고 길에서 사람 만나면 웃어줘라. 잘 못 웃어서 따귀 맞지 말고 보일락 말락 웃어줘라." 갖가지 생 활의 지혜를 알려주었는데 헤아릴 수가 없을 정도예요.

"너무 자주 구두를 닦을 필요는 없으나 흙만은 털고 다녀 라. 팬티는 자기가 직접 자주 빨아 입어라. 사춘기니까 밤에 잘 때 고통스러우면 소변을 자주 눠라. 그럼 잊을 수 있다." 진짜 그렇게 해봤어요. 아주 효과가 있더라고요.

내게 김기림 선생 이상의 선생님은 없어요. 근데 김기림 선 생은 나보다 열세 살 더 많았어요. 그때 스무 살이었는데 선생이 서른세 살이었어요. 그런 분을 인민군이 잡아갔지요. 공산당에 협조하지 않는다는 이유에서죠. 선량한 사람을 잡아다 어떻게 한다는 겁니까. 지금 그들은 계급을 타파했다면서 새 권력으로 특권 계급을 만들고 저들은 배불리 먹고 인민은 굶깁니다. 무지가 저지른 악입니다.

악이라는 게 사람 죽이는 겁니다. 보들레르가 〈악의 꽃Les Fleurs du mal〉이란 시를 썼지만 인간에겐 양면성이 있거든요. 선과 악. 내가 볼 때 공산주의는 악의 축에 지나지 않아요. 물론 자본주의에도 악이 있지만 숨어 있진 않아요. 공산주의 악은 땅 밑에 숨어서 얼굴을 보이지 않아요. 그러면서 대중을 선동해 정신을 못 차리게 하지요.

그들의 제식훈련 보셨어요? 땅바닥을 딱 치며 다리가 어떻게 하늘로 그렇게 올라갑니까. 온갖 힘을, 밥 먹은 힘을 다해 올려요. 구두가 뭐가 돼요. 변변치 못할 공업일 텐데 구두창이 버티겠어요? 구두창이 다 망가질 걸요. 그게 선동이거든요. 히틀러도 그렇게 했잖아요. 사람들을 선동해서 프랑스, 러시아, 폴란드로 쳐들어간 거지요.

인민의 나라를 건설한다면서 군사력을 길러서 국민의 의사를 누르고 알 권리를 주지 않고 정치범을 만들어 수용하는 일밖에 더 했어요? 우리 고향에도 5만 명을 수용하는 정치범 수용소가 지어졌대요. 두만강에서 한 40리 되는데 거기에 거

대한 구역을 만들어 정치범을 수용한대요. 그곳에는 고사포 부대가 있고 비밀 처형장도 있고 시체 매장장 등 온갖 시설이 다 갖춰져 있대요. 탄광에서 일하다 죽는 정치범이 있으면 갖다 묻고 반동으로 낙인찍힌 사람을 비밀 처형장에서 처형한대요. 사실인지 아닌지 모르겠지만 전해지는 이야기가 그래요.

일본 어느 출판사에서 책을 냈는데 그 속에 정치범 수용소 지도가 있어요. 딱 보면 우리 고향인 걸 금방 알 수 있어요. 산·면·동 이름이 똑같아요. 상당히 진실성 있는 자료인데 내 고향이 정치범 수용소가 되다니, 기가 막힐 노릇이지요. 서럽고 안타까울 수밖에요.

스물세 살 때부터 여태 꿈 아닌 꿈을 꿀 때가 많아요. 그건, 통일이 되면 부모 형제를 어떻게 만날까 무슨 말부터 할까 그것이 마음에 걸려 미리부터 연습에 들어갈 때가 많아요. 늙은 시인의 일과라고 봐야지요. 더구나 북한 동포들이 기근과 가뭄과 식량난으로 고통 받는다는 소식을 접할라치면 고향 생각에 잠을 설치는 경우가 허다해요. 제 심정이 이래요.

이 손
더러우면

그 아침
못 맞으리

내 넋
흐리우면
그 하늘
쳐다 못 보리
반백년 고행길 걸은
형제의 마디 굵은 손
잡지 못하리
이 손 더러우면

내 넋 흐리우면
아, 그것은
영원한 죽음.

〈아, 통일〉

경성고보 친구들

　지금 우리는 쌀이 넘쳐나서 별 가치가 없다고 생각하지만 쌀은 무엇보다 귀한 가치가 있는 거예요. 북한은 지금 쌀 한 톨이 없어 굶주려 죽어가는 동포가 너무 많잖아요. 보도를 접할 때마다 가슴이 싸해오고 살아 있음이 부끄럽지요. 의식주라는 말이 있잖아요. 의식주 문제가 가장 중요한 것이지요. 우리나라도 지금처럼 부족함 없는 시대가 된 것은 불과 몇 십 년도 안 돼요. 흔히 일제 강점기라고 일컫던 때에는 쌀이 무척 귀했어요.

　당시는 배급제로 쌀을 조금 나눠주고 보리쌀을 많이 줬어요. 그마나 쥐뿔 같은 권력이라도 있는 사람은 가족 숫자를 불리거나 이중으로 탄다거나 해서 쌀 배급량이 많았지요. 그러나 일반 민중들은 그렇지가 못했어요. 다행히 우리 집은 백부님이 농사를 지어 늘 쌀을 보내주었죠. 아껴 먹으면 충분히 먹을 정도였어요. 경성고보 3학년 겨울방학을 맞아 집에 다니러 갔는데 어머니가 트렁크 속에 쌀 닷 되 정도를 자루에 담아 넣어주었어요.

쌀이 귀한 때라 하숙집에서 죽으로 끼니를 때울 때가 많았거든요. 아마, 하숙집 주인에게 밥도 해 먹이라는 일종의 부탁이었던가 봐요. 금싸라기 같은 쌀을 보면서 많이도 울었어요. 어머님의 사랑이 물씬 느껴졌기 때문이지요. 돈보다 귀한 게 쌀이었거든요. 물론, 하숙집 주인은 좋아하셨어요. "어머나, 쌀을 다 보냈네. 학생! 모처럼 쌀밥 먹게 생겼어." 지금도 흰 쌀밥을 보면 그때가 생각나지요.

쌀이 든 트렁크를 가지고 서울행 기차를 탔다 경험한 얘기예요. 기차는 통상 청진, 함흥, 원산을 지나 서울로 가지요. 언제나 만원이었어요. 입석까지도 초만원 상태였어요. 기차에 오르기 무섭게 트렁크를 선반에 얹어놓고 자리를 잡았어요. 옆자리에 또래 여학생 셋이 타데요. 여학생들은 경성고보 학생을 무척 좋아했어요. 조선 학생들만 다니고 공부도 잘한다는 소문이 났기 때문이죠. 아니나 다를까 얼마 후 한 여학생이 수작을 걸어왔어요. 영어책을 가져와 해석해달라고 하더군요. 아는 대로 성심성의껏 대답해줬더니 아주 좋아하는 눈치였어요.

기분 좋은 날이었어요. 그런데 형사 녀석이 기분을 잡쳤지 뭐예요. 여느 때처럼 기차 안을 훑으며 다녔지요. 떡하니 빵모자 쓰고 시퍼런 안경까지 걸치고 살모사 눈으로 여기저기를 살피며 다니더라고요. 수상한 사람을 만나면 다짜고짜 심문을 하기 위해서였죠. "어디 가냐, 어디 사냐." 그들이 뱀보다 징그러운 건 당연했어요. 대개 조선 사람이 형사 나부랭이 노릇을 했어요. 가슴 아픈 현실이었죠. 어디 할 짓이 없어 일본 경찰 앞잡이 노릇을 합니까. 귀신처럼 문제 인물을 잘도 알아봤어요.

일본 사람이라면 속이겠지만 조선 사람으로 조선 사람의 심리를 속속들이 알고 있기에 선뜻 속일 수가 없었어요. 저만치서 형사가 다가오더니 먹이를 찾는 짐승처럼 한참 서서 노려봤어요. 그러더니 큰소리로 명령하는 거예요. "일어서!" 뭣도 모르고 일어섰지요. "황국신민의 서사 한 번 해봐." 아찔했지요. 울컥, 부아가 치밀어 오르기도 했고요. 그게, "나는 황국신민입니다. 일본을 위해 온갖 노력을 다하여 헌신하겠습니다. 죽을 때까지 그렇게 하겠습니다." 뭐 이런 내용의 선서였는데 이게 말이나 됩니까? 이걸 매 조회 시간마다 외웠어요.

얼굴을 빤히 쳐다보며 다그치는 형사가 죽이고 싶었지요. 그런데 간신히 첫 줄을 말하고 나니 갑자기 머릿속이 멍해졌어요. 다음 줄이 생각나지 않았죠. 곁에 있는 여학생이 쳐다

보며 입으로 무어라 하는데 알아들을 수가 없었어요. 황소 눈처럼 멀뚱하게 쳐다보며 우물거리자 녀석이 부지불식간에 따귀를 올렸어요. 와락, 눈물이 다 나더라고요. "너 이놈, 보따리 어디 있어?" "저기요." "내려. 열어봐." 먹잇감을 찾는 고양이처럼 트렁크 안을 샅샅이 뒤지데요.

홍명희의 《임꺽정》 두 권이 나왔어요. "학생이 이런 조선 책을 봐도 돼?" "집에 있던 걸 가져가는 길입니다." "물렁물렁한 이건 뭐야?" "쌀입니다. 어머니가 하숙집에 갖다 주라고 해서 가져갑니다." "안 돼. 다음 정거장에 내려." 큰일 났죠. 오도가도 못 하게 생겼어요. 귀중한 쌀까지 빼앗기고 유치장에 갇히게 될까 봐 걱정됐어요. 가슴이 철렁하더라고요. 하느님을 얼마나 불렀는지 몰라요. 천만다행으로 자리를 뜬 형사는 다시 나타나지 않았어요. 그 뒤로는 기차를 타는 게 무서웠어요.

친구들 얘기를 할 차례가 됐네요. 같은 반에 신상옥이라는 친구가 있었어요. 나중에 영화감독이 되었지요. 영화배우 최은희 남편 말입니다. 그는 청진에서 기차로 통학을 했어요. 근데 매일 아침 지각을 해요. 첫 시간 수업을 진행하고 있으면 슬그머니 나타났어요. 매번 수업도 못 받고 복도에서 벌을 섰지요.

추울 때는 발이 시리죠. 발가락을 꼼지락거리며 한 시간이
나 서 있는 거예요. 고개를 축 늘어뜨리고 말입니다. 가만히
있을 내가 아니죠. 거기다 벽 쪽에 앉을 때면 복도에 있는 상
옥에게 유리창을 딱딱 두드리며 놀려댔어요. "너, 왜 빨리 오
지 않고 그러냐." "빨리 와도 그래." 알 만했어요. 어찌 그리
동작이 굼뜬지 서둘러도 만날 지각인 거예요.

그에게도 총알 같이 빠른 때가 있어요. 학교가 끝나면 핑 하
니 영화관으로 가는 겁니다. 그땐 쏜살같아요. 한 번 본 영화
를 다시 또 봐요. 보통의 경우 한 번 본 영화는 다시 안 보잖
아요. 그런데 걔는 같은 영화를 계속 봐요. 한번은 궁금해 물
었어요. "넌 질리지도 않니? 어떻게 같은 영화를 몇 번이나
볼 수 있어?"

그의 대답이 걸작이었죠. "비행기가 떨어지지 않냐? 조종
사가 낙하산 타고 떨어지나 그냥 떨어지나 보는 거야." 관심
이 남다른 친구임이 분명하죠. 비행기 떨어지는 것까지 관심
깊게 보더니 결국 영화감독이 됐지요. 그에 얽힌 일화가 많아
요. 관심 분야가 남달랐어요. 말끝마다 우리들에게 핀잔을 던
졌지요. "물론 기하, 수학, 물리, 화학을 공부해야겠지. 그렇
지만 그림, 영화, 연극, 그런데도 관심을 가져. 너희들은 너
무 취미가 없어. 그런 무취미한 생활을 해서 나중에 뭘 할 거
야. 이러다간 너희들과 친구가 되지 못할 것 같아 마음이 아

프다."

평소 관심처럼 해방이 되자 영화 공부를 한 적도 없는데 서울에 올라와 취직을 했지요. 이름 있는 감독을 찾아가 무작정 매달렸다고 하데요. 처음엔 배우가 되고 싶다고 말했대요. "배우가 되든 영화감독이 되든 여기선 심부름만 있지 월급도 없다." "월급은 필요 없습니다. 심부름도 좋습니다." "그럼, 어디 심부름 좀 해봐라. 저 카메라 보이지? 저거 메고 아래층까지 계단을 내려갔다 올라오길 열 번 해봐라." "예?" "글쎄, 말 들어. 네가 어떻게 메고 걷는가 보고 싶어서 그런다."

별수 없이 기관총보다 무거운 카메라를 둘러메고 내려갔다 올라왔다가를 열 번 했대요. 감독은 흐뭇한 표정을 지으며 칭찬을 아끼지 않았대요. "음, 괜찮다. 쓸 만한 녀석이야. 너 카메라를 벽에다 한 번도 안 부딪쳤지?" "그럼요, 귀한 카메라를 어떻게 함부로 부딪칩니까?" "맞았다! 맞았어. 넌 앞으로 감독 수업 할 만하다. 카메라를 아끼는 사람만이 감독이 될 수 있어." 이것이 그가 감독이 된 내력이지요.

처음에는 이것저것 심부름을 하는 조감독으로 들어갔죠. 그러다 영화를 직접 만들었어요. 대략, 200~300편을 만들었다고 들었어요. 당대의 최고 배우 최은희와 결혼도 하고 기반을 잡는가 싶더니 일이 터졌지 뭐예요. 그 유명한 최은희 납치 사건이 터진 거지요. 아마 1978년쯤 일일 거예요. 홍콩에서 북으로 납치된 거죠. 남아 있던 그도 반년쯤 있다 붙들려 갔죠. 그러고는 북한에서 8년쯤 김정일 지시에 따라 영화를 만들었어요. 용케 탈출을 해서 세상을 또 한번 놀라게 했어요.

여론의 관심이 수그러들기를 기다려 그를 만났죠. "고향에 갔으면 청진에서 그냥 살지, 왜 나왔냐?" "고향 가보니 살던 옛집은 흔적도 없고 아무것도 안 보여. 그게 무슨 고향이냐. 그냥 평양에 살며 김정일이 만들라는 영화나 만들며 눈치만 보다가 이렇게 나온 거다. 김정일이 우리 부부를 환대했던 게 아니야. 우릴 이용한 거지. 그는 어느 누구도 절대 신임하지 않아. 살 수가 없었어." 그는 4년 전쯤 세상을 떴어요. 문제의 인물 신상옥이 몇 해 전 자서전을 쓰고 싶다며 자문을 구해왔지요. 사양했어요. 괘씸하기도 했고요. 꿈에 그리던 고향을 다녀왔다는 사실이 못내 부러웠거든요.

시인 이용악의 아우 이용해도 동급생이었어요. 나는 영어를 잘 못하는데 그 친구는 영어에 뛰어난 소질이 있었어요. 영어에 능통했지요. 김기림 선생이 아주 사랑했죠. 영어사전이 너덜너덜해지도록 단어를 외웠어요. 도시락을 먹을 때도 단어를 찾아가며 밥을 먹어야 직성이 풀리는 친구였어요. 그러니 영어를 잘할 수밖에요. "너 머지않아 내 실력을 넘어서

겠다." 김기림 선생도 혀를 내두를 정도였으면 알 만하죠?

친구 이용해는 해방 후 장질부사장티푸스로 죽었어요. 그의 형 이용악은 《오랑캐꽃》이란 시집을 냈지요. 용해는 형에게 늘 삐딱한 감정이 있었어요. "형 때문에 우리 집안은 망했어. 생각해봐. 집안에 돈이 조금만 있으면 몽땅 챙겨 서울 가 술 먹고 내려오지 않나, 낮잠으로 하루를 보내지 않나. 이러니 집안 꼴이 뭐가 되겠어. 경제력 없는 아버지를 대신해서 가정 경제를 책임져야 하는데 오히려 자기가 집구석을 말아먹으니 말이 돼? 하여튼 나는 형이 싫다." 그의 원망에는 세상과 소통하지 못한 형에 대한 원망과 애증이 담겨 있었지요.

중학교 때
한반이었던 이용악의 아우 용해는
우둔할 만큼 공부를 잘했는데
그는 벌이를 못하고
누워자빠졌기만 하는 시인 형님을
나직한 말로
우리 집은 형님 때문에 망했다며
히죽 웃었다

점심시간이 되어

왁자지껄 모두 도시락 먹을 때도
그는 찬 보리밥 덩이를 두어 번 입에 물고는
콘싸이스를 보느라고 종내 얼굴을 들지 않았다
이용악의 시를 별로 좋게 여기지 않는
시인 김기림이
영어시간이면
그에게 반짝이는 격려의 미소를 던졌으니
모두는 그 애를 다시 볼 밖에

소크라테스라 불린
인내심 강한 용해는 해방 뒤에
아깝게도 장질부사로 죽었지만
게으른 시인 형님을 원망하며
지독히도 공부하던 그 애의 어수룩한 모습이
가끔 생각난다

〈기억 속의 비전〉의 일부

또 한 친구가 김철이라는 학생이죠. 나중에 사회당 당수를
지냈죠. 사회당 아세요? 낯설지요. 고생을 많이 했으나 빛을
못 봤어요. 사람들의 이해를 얻는 데도 실패했고요. 아들 중

한 사람이 국회의원을 지낸 김한길이죠. 그는 자기가 일등 한다고 책상을 맨 앞에 가지고 나가 앉을 정도로 유별났던 친구였어요. 좀 웃기는 친구죠. 공부도 열심히 했어요. 수업 중에는 선생님 말씀을 하나라도 놓치면 안 된다는 눈치였어요. 문득 그 친구들을 만나고 싶습니다. 나이가 들었다는 증거인가요? 아닙니다. 성정을 가진 인간의 속성인 거죠.

순탄치 않았던 학교생활

　신상옥, 이용해, 김철, 거기에 날 포함해서 말썽꾸러기 넷이 잘 어울렸어요. 나에게는 백백교라는 별명이 붙었지요. 백백교? 당시 사회를 떠들썩하게 했던 사이비 종교 집단이지요. 신문에도 나왔어요. 교주는 축지법을 이용해 하루아침에 천 리를 간다는 거예요. 형사들이 들이닥치면 그냥 없어지지요. 신도들 100여 명을 거느리고 쏜살같이 없어져요. 어떻게 사라지는지 아무도 몰라요. 유명했죠.

　그렇다면 왜 날 '백백교'라고 불렀냐고요? 교련 시간에 군사훈련을 받아요. 집합해 총 메고 교문을 걸어 나가잖아요. 살펴보면 김규동이가 없는 거죠. '흐흐.' 교문을 나서는 순간 소변을 보는 척하고서는 혼자 슬쩍 빠져나와 교문 옆에 자리한 화장실에 총을 놔두고 지하실에 내려가지요. 거기서 소설

책과 시집을 보았어요.

저녁 5시쯤 되면 훈련이 끝났다는 나팔소리가 울렸어요. '빰빠빰~~' 친구들은 땀을 줄줄 흘리면서 얼굴이 시뻘개져서 돌아오죠. 일단 운동장에서 해산하여 총을 인수인계해요. 이때다 싶어 잽싸게 달려나가 총을 돌려놓지요. 아무도 몰라요. 친구들만 아는데 하나같이 눈감아줬어요. "야, 이 백백교야, 너 오늘도 또 빠졌구나. 참 용하다. 어디서 어떻게 빠졌나?"

그도 그럴 것이 같이 교문까지 나갔는데 나가보니 없더라는 거죠. 분명히 함께 운동장에서 출발했는데 교문쯤에서 사라지더라는 거예요. 화장실에 들어간 건 말 안했지요. 조금 고통스러운 건 화장실 냄새인데 그건 군사훈련에 비하면 아무것도 아니었어요. 그렇다고 이유 없이 농땡이를 친 건 아니에요. 다 사연이 있어요. 4학년 때 늑막염에 걸렸거든요. 잘 먹지 못해 생긴 영양실조가 원인이었어요. 병원에서 치료를 받았지만 주사 한두 대 맞고 냉큼 회복할 상태는 아니었어요. 기운도 없고 열도 나고, 뭘 먹고 싶어도 먹을 게 없으니 건강은 더욱 좋지 않았어요.

경성에서 함경도 주울 온천까지 70리 야간 행군을 하게 되었지요. 총을 메고 완전히 군대처럼 밤에 이동하는 거예요.

그것도 일 년에 여름·겨울 두 번 하는 군사훈련이었어요. 으레 하는 훈련으로 알고 총을 메고 떠났는데 한 20리쯤 가니 비가 막 쏟아졌어요. 비에 흠뻑 젖은 상태로 행군을 하는데 기침이 나고 열이 올랐죠.

목적지 온천까지 걸어가면 쓰러질지도 모르겠더라고요. 친구들은 몸 상태를 몰랐어요. 몸이 아픈 걸 말하지 않았지요. 엄살부린다 생각할까 봐서요. 마냥 총을 메고 걸어갔죠. 30리쯤 가니 5학년 형의 집이 생각났어요. 마침 불이 켜져 있더라고요. '옳지! 형 집에서 하룻밤 자고 집합할 때 시간 맞춰 가면 되겠다.'

풀숲에 총을 숨겨 두고 뒤로 쳐졌다가 형 집으로 숨어 들어갔지요. 형은 놀란 얼굴로 군사훈련에 이렇게 빠져도 되냐고 물었지만 어쩔 수 없더라고요. 물론 불안했어요. 가슴이 새가슴마냥 팔딱거렸지요. 여름인데도 머리에서 모락모락 김이 나는 거예요. 눈을 동그랗게 하고 형이 물어왔어요. "야, 너 왜 그래? 머리에서 김이 올라와." "몸이 너무 아파."

대답과 동시에 자리에 누워버렸지요. 이때 늑막염에 걸린 듯해요. 하룻밤을 앓고 나서 다음 날 버스를 타고 종점인 온천을 찾아갔어요. 난리가 난 거예요. "야, 큰일 났다. 배속장교가 너 탈락한 걸 알았어. 지금 행방불명 처리돼 있다." 점호를 했는데 내가 없거든요. 친구들만 혼이 나고 야단을 맞았지요.

군사훈련 장교의 얼굴이 완전히 일그러져 있데요. 딱 쳐다보더니 버스를 타고 학교에 가라는 거예요. "너, 이 길로 돌아가." 버텨봤죠. "행군하겠습니다." "아니, 용납 못 해. 탈주자가 무슨 행군이야." 별 수 있나요. 칼자루를 쥔 사람은 내가 아니고 그인데, 버스를 타고 학교로 돌아갔어요. 기다리고 있는 건 청천벽력과 같은 소식이었죠. "너는 퇴학이다. 군사훈련을 탈주하다니 용납할 수 없다." 장교 녀석을 머리로 들이받고 싶었어요.

졸지에 학교도 다닐 수 없게 됐어요. 담임에게 애걸복걸했지요. "사실은 몸이 아파서 그랬습니다. 선생님이 힘 좀 써주세요." "그렇지 않아도 많이 얘기해봤는데 당장은 어쩔 수 없으니 일단 집에 가서 쉬고 있으면 연락해주마." 마지못해 한 달을 놀았어요. 고향 집엔 알리지도 못했어요. 하숙집엔 학교에 간다고 도시락 받아서 나왔고요. 어디 갈 데가 있어야지요.

근처 남대천을 찾았어요. 개울 끝에는 바다가 있었죠. 물이 얼마나 맑은지 바다뿐 아니라 고기들 노는 것까지 훤히 보였어요. 바다와 개울을 잇는 외나무다리를 종일 왔다 갔다 했죠. 시간은 왜 그리 더디 가는지 하교 시간은 좀체 다가오지 않더라고요. 간혹 학교에서 사이렌 소리가 들리기도 했어요.

'아, 한 시간 끝났구나.' 잠시 후 또 들려오지요. '아, 지금은 수학 시간이구나.' 너무나 학교에 가고 싶은 거 있죠.

안 되겠다 싶어 죽으면 죽으리라는 마음으로 학교에 들렀지요. "선생님, 반성 많이 했습니다. 몸도 많이 좋아졌어요. 어떻게 하면 학교에 나올 수 있습니까?" "고향에 연락해 부모님 모시고 와라." "알겠습니다만 그런데 어머님이 바빠 가능할지 모르겠습니다." 아버님은 이미 돌아가신 상태였어요. 난감하더라고요. 사촌 형님이 생각났지요. 고향에서 면장을 지냈죠. 평소 절 끔찍이 아끼고 믿어주셨어요. 그래서 더 연락을 못하겠더라고요.

친구 이용해와 상의를 했어요. "담임이 학부형을 불러오라는데 어떻게 부르냐. 열심히 공부하고 있는 줄 아는데 정학 맞았단 소릴 어떻게 듣게 하느냐." "좋은 수가 있다." 역시 그는 머리 회전이 빨랐어요. 그의 하숙집 아저씨가 시골 면사무소에서 근무하고 있었죠. 친구는 나를 위해 머리를 썼던 거예요. 하숙집 주인한테 학부형이라 하고 십 분 동안만 교무실에서 있어 달라고 부탁했어요. 대신 아저씨한테는 사례를 약속했죠.

서로 의기가 투합한 아저씨는 내 주소와 이름과 입학일자를 다 적어갔어요. 물어본 대로만 대답하기로 모의를 했죠. 어른을 모시고 담임에게 갔더니 배속 장교에게 데려가데요.

"이 녀석 왔구나. 그래, 반성 많이 했어?" 아저씨가 거들고 나섰어요. "죄송합니다. 원체 얘가 정직한 앤데 그날 몸이 아파서 그랬대요. 앞으론 절대 그런 일이 없도록 하겠습니다. 부디 학교에 복학하도록 선처해주십시오." "알았어요. 하루 더 생각해보고 내일 통지해드리리다." 다음 날 등교하라는 연락이 왔어요. 무려 한 달 만에 등교하게 됐지요.

그 후로는 학교생활이 무탈했냐고요? 이미 말씀드렸지요. 경성고보는 사상적으로 반일 감정이 높은 학교라고요. 입학 후 얼마 안 돼 5학년 학생들이 데모를 일으켰어요. 한밤중에 교장 사택에 몰려가 박살을 냈죠. '군사훈련 시간 줄여라'라는 펼침 막까지 걸고 돌멩이 세례를 퍼부었어요. 세간에는 '경성고보 돌총 사건'이라며 난리법석이었지요. 사택은 박살 나고 포탄을 맞은 것처럼 전쟁터를 방불케 했어요.

헌병대가 출동해 5학년 학생들을 모두 잡아다가 무지막지하게 고문하기 시작했어요. 학생들은 고문에 뼈가 으깨지고 피투성이가 됐죠. 결국, 주동자로 지목된 5명을 색출해서 퇴학시키고 형무소에 보낸 걸로 사건은 마무리됐던 걸로 기억됩니다. 그 후에는 별일 없었냐고요? 반일 감정이 높아질 수밖에요. 폭풍전야 같은 나날이었어요.

5학년 때였어요. 조회 시간이었지요. 몸 좋고 기운 센 일본인 유도 선생과 경성제대 출신 생물 선생 사이에 시비가 붙었나 봐요. 욕지기가 오가더니 유도 선생이 생물 선생의 반 학생을 사정없이 때린 거예요. 생물 선생 때문에 기분이 상했나 보죠. 가만 있을 생물 선생이 아니었어요. "왜 우리 반 학생을 내 상의도 없이 때리느냐"며 따졌어요.

더 화가 난 유도 선생이 막무가내로 소리를 질렀어요. "이 조센징이 뭐라고 대드는 거냐. 넌 아직도 조선인 근성이 있다." "무슨 말을 그렇게 하냐. 난 조선인이라서가 아니라 학생 담임이니까 그렇다. 걔가 뭘 잘못했냐. 여기서 밝혀라." 서로 멱살을 잡고 주먹다짐 일보직전이었지요.

운동장이 찬물을 끼얹은 듯 조용했어요. 그것도 조회 시간에 조선인 선생과 일본인 선생 사이에 싸움이 일어났으니 큰일이라 볼 수 있죠. 훈시를 하던 교장도 당황한 기색이 역력하더라고요. 누가 시키지도 않았는데 자연스레 학생들이 야유를 보냈어요. "우~" 하늘이 무너져 내리고 운동장이 주저앉을 만큼 소리가 컸어요. 선생의 멱살을 잡고 상소리를 지껄인 유도 선생에 대한 분노의 표출이었을 거예요.

조회는 흐지부지 끝났어요. 아니 서둘러 학생들을 흩어 보냈어요. 물 만난 고기처럼 학생들은 와글거렸지요. 교실로 쫓겨 들어가면서도 야유를 보냈죠. 그러자 배속 장교가 칼을 빼들고 뛰어나왔어요. "너희들이 이러면 헌병대 부르겠다." 야유는 더 커졌어요. 그전까지만 해도 사람의 마음은 모두 하나라는 것을 미처 몰랐어요.

그날 우리 모두는 조선인이었던 겁니다. 학생을 변호하다 유도 선생에게 멱살이 잡힌 생물 선생님도, 그걸 보고 분노의 감정을 표출한 학생들도 조선인의 피가 흐르고 있었던 것입니다. 아마, 헌병대에 잡혀가 볼기를 맞고 치도곤을 당했다 하더라도 누구 하나 억울해하지 않았을 거예요. 행동하는 양심이었기 때문입니다.

배일 감정만 빼놓고는 학교생활은 괜찮았어요. 학교 도서관은 넓었고 책도 많았죠. 도서관 주임은 김기림 선생이었지요. 졸업을 얼마 앞두고 《만유대계》(전집)란 책이 몽땅 없어진 일이 발생했어요. '만 가지가 있는 책'이란 뜻의 《만유대계》 30권짜리가 감쪽같이 사라진 거예요. 선생은 곤혹스러울 수밖에 없었죠. 심증은 가는데 물증이 없고, 설령 물증이 있다손 치더라도 학생을 범인으로 몰아세울 수 없어 아주 난처했지요.

어렵게 말문을 여신 선생님을 보기가 민망했어요. "제군들이 《만유대계》를 가져갔다고 의심해서 이 반에 들어온 게 아니다. 제군들은 최고 학년이니까 이 사건에 관심을 두어야 한다. 책을 찾지 못하면 교장은 경찰서에 의뢰하고, 경찰이 수사할 텐데 얼마나 창피하고 번잡스럽겠나. 그래서 여러분이 찾아서 반납할 수 있게 노력해주었으면 한다. 만일에, 정말 만일에 제군들 중 이것을 두고두고 보고 싶어서 가져간 사람이 있다면 그걸 달리 생각하지 않겠다. 공부하겠다는 마음이니까. 단 오늘 밤 나는 내 하숙집에 불을 켜고 자고 있을 테니 갖다 놓았으면 좋겠다. 그럼 내일 학교에 반납해서 없던 일로 하겠다."

학생들 사이에서는 누가 범인인지 짐작하는 눈치였어요. '아, 걔가 가져갔을 거야.' 범인으로 지목된 시인 지망생인 친구는 독서광이었어요. 《세계문학전집》을 일찌감치 독파하고 철학책을 섭렵하고 있었던 때였지요. 《만유대계》도 몇 번씩이나 뒤적거렸던 것으로 알고 있었죠. "무슨 책이야?" "응, 여긴 없는 게 없어. 생물학·화학·역사·문학·예술·천문학·과학…… 그야말로 만 가지가 다 있는 백과사전이야."

그 친구는 이명철이었죠. 선생의 간곡한 부탁을 들으면서 이명철을 생각한 사람은 비단 저만은 아니었을 겁니다. '아, 이명철이 가져갔구나.' 김기림 선생의 부탁에 따라 책은 제자리로 돌아왔죠. 얼마 후 그를 만나 농담 반 진담 반으로 넌지시 물어봤어요. "야, 그때 네가 가져갔지?" "내가 뭘 가져갔다고 그래. 난 아니야." 아니라면 그만이지만 솔직히 그 책을 읽은 학생은 그 친구가 유일했거든요.

그는 걸어 다니는 백과사전이었어요. 한국 시인들의 시집도 두루 읽어봤는지 모르는 게 없었어요. 이육사·한용운·이용악·정지용·김광균·이상·임화 죄다 그를 통해 만난 시인들이었죠. 결국 그도 시인이 되었어요. 안타까운 점은 그의 시가 너무 어려워서 독자층이 얇았다는 점이에요.

그가 첫 시집을 상재하고서 시집을 선물로 주며 놀리더라고요. 표지를 들춰보니 '김규동 선생님, 이활 올림' 하고 썼지 뭐예요. 6·25 전쟁 통에 어렵게 서울로 피난을 나왔으나 아는 사람 하나 없어 고생이 많았지요. 또 수단이 없어서 취직을 잘 못했어요. 나는 그나마 수단이 나아서 취직도 했거든요.

재능은 많으나 시대를 잘못 태어났다고 봐야죠. 가엾은 사람이었어요. 삼팔선을 넘어 서울에 와서는 '이활'이라고 개명했고 타협하는 일 없이 고집스러운 시를 썼지요. 하지만 그 역시 모든 사람이 가는 길로 갔지요. 심장마비로 세상을 떠난 거예요.

이미 제게는 한 학년 아래인 남동생이 있다고 말씀드렸지요. 형제 중에서 제일 공부를 잘했어요. 나중에 의과대학에 진학했죠. 갑자기 무슨 동생 이야기를 하느냐고요? 학교에서 정학 맞은 때 얘기인데 동생은 태연하더라고요. 되레, 정학을 맞았으면 쉬지 뭘 그리 조급해하냐고 반문했어요. "형은 문학을 하고 싶다면서, 꼭 학교에 가서 배워야 문학을 할 수 있어? 집에서 읽고 싶은 책을 보면 그게 훨씬 유익하지 않아?" 정학을 당한 형이 의기소침할까 봐 일부러 말도 안 되는 소리로 형을 위로했다고 봅니다.

이런 일도 있었어요. 학교에서 소나무 옹이를 가져오라는 숙제를 내줬죠. 기름이 부족하자 군함용 기름을 만든다는 거예요. 여름방학 숙제로 그걸 두세 자루를 해오라는 겁니다. 방학 숙제를 하려면 나무에 올라가 송진을 채취하는 일은 기본이고, 일일이 수작업을 해야 하기 때문에 몹시 힘이 들었어요. 아무리 부지런을 떨어도 한두 자루밖에 만들 수 없었지요.

그런데 구세주가 나타난 거예요. 동생이 밤중에 학교 창고에서 옹이 세 자루를 들쳐메고 온 거죠. "형, 걱정 마. 이걸 가져가면 돼. 창고에서 가져왔어." 표정 하나 변하지 않고 능청스럽게 말하는 동생을 가만히 포옹했지요. 학교 가는 길도 즐거울 수밖에요. 동생 이름은 규천이죠. 그런데 1948년 1월 평양에서 헤어지고 나서 지금껏 소식도 몰라요. 동생뿐입니까? 손윗 누님들도 마찬가지지요. 이 넓은 천지간에 소식 하나 알 수 없어 애가 탑니다. 늙은이는 무임승차라는데 경로석을 달라는 부탁은 사양하겠으니 날 좀 평양에 보내줄 수 없소? 서산에 해 기우는 날이면 어머니의 모습도 강물처럼 멀어져갑니다. 아니 얼굴마저 가물거리니 흐르는 세월만 탓할 뿐이네요. 간혹 통일 전망대를 찾아 눈 크게 뜨고 두리번거려도 개성 땅은 커녕 인천 앞바다도 보이지 않아요.

규천아, 나다 형이다.

〈천(天)〉

한 여인의 잔향 殘香

　고향 땅 종성에서는 회령이 아주 가까워요. 또한 회령에 친구들이 있어 방학이면 꼭 들르게 되지요. 그리고 회령은 두만강 변에 위치하고 있는데 김일성의 첫 번째 부인 고향이 기도 하죠. 지금 김일성 이야기를 하고자 하는 게 아니에요. 첫사랑 진학순과의 만남을 얘기하고 싶은 거지요. 그녀의 집도 회령에 있었어요. 집에 가면 큼지막한 전축이 있었죠. 12인치짜리 클래식 레코드판이 쫙 꽂혀 있더라고요. 오빠의 애장품으로 생각돼요.

　음악광이었죠. 찾아가면 꼭 음악을 틀어줘요. 그때가 중3이었어요. 클래식 음악이란 걸 처음 들었지요. 주로 베토벤 교향곡을 들었던 걸로 기억돼요. 〈운명〉, 〈합창〉, 〈영웅〉, 기타 등등. 베토벤 음악이라면 무엇이든지 다 들었지요. 내가 베토벤 음악을 좋아하는 걸 알고 찾아가면 꼭 베토벤을 틀어 줬어요. 한 시간이고 두 시간이고 베토벤을 들었어요. 그렇게 좋을 수가 없더라고요.

식사 때가 되면 그녀의 어머니가 정성스레 점심이나 저녁을 차려줬어요. '여태까지는 바보처럼 살았구나' 하고 생각되었지요. '이렇게 좋은 음악이 있는 줄 모르고 책만 봤구나.' 그러자 갑자기 레코드 판이 갖고 싶어졌어요. 기필코 사야겠다는 생각에 맘이 아주 급해졌지요. 한 번 결심하면 일을 저질러야 직성이 풀리는 성격이거든요. 마침 회령에 레코드 가게가 있었죠. 그런데 일본인 주인이 현금으로는 안 팔겠대요. 쌀을 가져오라는 거예요.

어떻게 하겠어요. 어머니께 사정사정해서 쌀을 리어카에 싣고 가서 레코드판 30장을 덥석 샀지요. 베토벤은 물론이고 슈베르트, 하이든, 모차르트까지 몽땅 사왔어요. 그러나 집에 전축이 없어 손으로 스프링을 감아 레코드를 돌리는 축음기를 사다가 밤새 음악을 들을 수밖에 없었죠. 어머니의 성화가 계속됐어요. "애, 이제 좀 자라. 그러다 죽겠다. 아침부터 새벽까지 밥도 안 먹고 뭐하는 짓이냐. 정신이 어떻게 된 거 아니냐. 없는 쌀을 퍼다 시꺼먼 판때기 사서 그렇게 매일 듣고 있으면 밥이 나오냐 떡이 나오냐."

줄곧 계속되는 어머니의 핀잔을 들으면서도 음악의 세계로 빠져들었어요. 클래식의 세계가 얼마나 황홀하고 매혹적인지 예전에는 몰랐거든요. 늦게 배운 도둑질이 날 새는 줄 모른다더니 클래식과의 밀애는 해방될 때까지 계속됐지요. 감사하지요. 당시 그런 음악 세계를 접할 수 있었으니 얼마나 행복해요. 다른 친구들에 비하면 대단히 축복받고 선택된 사람임이 분명했어요.

필시 그런 환경에서 자란 사람이 얼마 되지 않을 거예요. 클래식 음악에 하고 싶은 글이나 쓰면서 읽고 싶은 책을 보며 산다는 건 분명 행복한 일이지요. 의사였던 아버지가 재산을 좀 남기고 돌아가셨기에 가능한 일이었어요. 아무튼 행복한 추억이 분명해요.

방학 때마다 만난 그녀는 말이 별로 없었어요. 외모가 특별히 예쁜 건 아니지만 어딘가 맘이 끌리는 여자였죠. 이성을 가깝게 대하긴 처음이라 많은 고민이 생겼지요. 음악을 듣다가도 그녀의 환영이 떠올라 괴로웠어요. 예쁘진 않은데 왜 자꾸 눈에 보이는지 모르겠더라고요. 자리에 누우면 그녀의 얼굴이 어른거렸어요. '이러면 공부에 지장이 가고 곤란한데 왜 자꾸 생각이 나지? 나 혼자 사모하는 거다. 이게 짝사랑이구나.'

짝사랑? 이거 무한 쑥스럽고 아프잖아요. 그런데도 그녀를 마음에서 지우지 못했어요. 자꾸 눈에 밟히는 거 있죠? 벼르고 벼르다 편지를 보냈지요. 속내는 감추고 괜스레 날씨 타령만 늘어놓았어요. "오늘은 비가 왔습니다. 비가 와서 온 마을이 물바다가 됐습니다." 그녀의 답장도 별거 없었어요. "회령에 바람이 많이 분다. 어제 회령 사람들이 두만강에 나가 수영을 했다."

경험해보신 분들은 아실 거예요. 답장이라도 오는 날에는 가슴이 콩닥콩닥 하죠. 행간에 숨은 뜻을 알아내려 무진 애를 쓰기도 했어요. 추측컨대, 나한테 관심이 아주 없는 건 아닌 듯했어요. 이성으로 느껴졌기에 그렇게 조심스레 편지를 썼겠지요. 글씨도 아주 잘 쓰려고 노력한 흔적이 역력했어요. '맞아! 이거야. 잘 맞춰나가면 되겠다.' 편지 오가는 횟수가 많아졌음은 당연지사였죠.

그렇게 편지가 오가는 동안 '이걸 어째!' 그녀의 어머니가 병으로 돌아가셨지 뭐예요. 그녀는 몹시 슬퍼하면서 눈물을 달고 살았어요. 딴에는 기회가 찾아왔다고 봤죠. 아버지가 돌아가셨을 때가 생각나더라고요. 상실감으로부터 벗어나고자 《죽음이란 무엇인가》라는 책을 읽었거든요. 몇 날 며칠을 절망에 싸여서 온갖 책을 다 찾아봤지요. 그런데 그 책 읽고 나서야 아버지를 보내드릴 수 있었어요.

책의 내용을 간추려 구구절절 편지를 보냈죠. 며칠 후에 답장이 왔어요. "참 좋은 정보를 알려줘서 고맙다. 기회가 되면 나도 한 번 읽어보고 싶다." 망설일 필요가 없었어요. 냅다 구해서 보내줬지요. 이를 계기로 한층 가까워졌어요. 격의 없는 친구가 되었던 거예요. 그녀도 일상으로 돌아온 듯 보였어요. 둘은 만나면 비장한 베토벤 음악보다는 봄날의 햇살 같은 쇼팽의 음악을 들었지요.

그런데 그녀가 여학교를 졸업하고 서울에 있는 사범학교로 진학을 했지 뭐예요. 당시 2년제로 교원 양성소 같은 학교였어요. 교원이 되고 싶었던가 봐요. 난 아직 고보를 다니고 있었거든요. 나이로나 학교로나 선배가 된 셈이죠. 맘이 초조하고 걱정되더라고요. 앞으로의 만남이 어떻게 될 것인가를 묻고 또 물었어요. 결혼까지 생각하고 있었는데 낭패다 싶었지요.

겪어보지 않은 사람은 제 심정을 몰라요. 살 떨리는 고문이었어요. 고통스러운 날들이 계속됐지요. 이틀에 한 번꼴로 서울에 편지를 띄웠어요. 학교를 다녀오면 하는 일이 편지를 쓰는 일이었어요. 걱정스러웠지요. 닭 쫓던 개 지붕 쳐다보는 일을 만날까 봐 두려웠죠. 눈에서 멀어지면 마음에서도 멀어진다는데 그러면 어떻게 하나 혼자 걱정하고 불안해하고 두려워했어요.

된통 사랑의 열병을 앓고 있었나 봐요. 시인의 흉내를 내어 노트에 불난 가슴과 마음을 적어나갔지요. 나중에는 시 비슷한 걸 많이 쓸 땐데 세 편을 그녀에게 보냈어요.

북경성에
눈이 옵니다.
산에 바다에 마을에
한 사내가 눈을 맞으며 길을 갑니다.
검은 등이
쓸쓸해 보입니다.
나는 잠이 옵니다.

〈눈〉

당신의 검은 외투는
언제나 눈부십니다.
어찌하여
당신의 외투는 이처럼 부드럽나요.
어쩌다 한번 나의 손이
그대 등을 스치면
황홀하여 두 눈은 감기고 맙니다.

〈외투〉

당신의 편지는 파랑새

푸른 하늘 날아옵니다.

잉크가 번진 알맞은 글씨는

나의 숨결

당신의 꿈을 바구니에 담습니다.

향수 어린 그대 눈동자에

등불 켜집니다.

가느다란 파문 일으키며

〈편지〉

키득키득 웃지 마세요. 저는 심각했어요. 그녀로부터 답장이 왔지요. "시에 소질이 있다. 김기림 선생한테 배웠기 때문에 잘 쓰는 듯하다." 보답이라도 하듯 그녀에게 책을 보내줬어요. 그녀가 다니던 학교는 일본인 학생들과 같이 다니는 곳이라 일본어가 국어 역할을 했어요. 조선어 책을 볼 기회가 별로 없었던 거죠. 이태준의 장편소설 《딸 삼형제》, 《제2의 운명》, 《청춘무성》, 그리고 《돌다리》, 《달밤》 등의 단편집과 이기영 《고향》, 한설야 《탑》, 홍명희 《임꺽정》을 보냈을 거예요.

반응이 궁금하다고요? 무척 감격해했어요. 답장을 할 때도 조선어를 많이 사용하더라고요. 전에는 전혀 못 썼죠. 서양문학은 나보다 더 많이 읽은 것 같았어요. 빅토르 위고 《레미제라블》, 앙드레 지드 Andre Gide, 1869~1951 《전원교향악》, 《말테의 수기》, 《좁은 문》, 도스토옙스키 Fyodor Dostoeveskii, 1821~1881 《카라마조프가의 형제들》, 톨스토이 Lev Nikolaevich Tolstoi, 1828~1910 《부활》, 《이반 일리이치의 죽음》 등의 책들을 소개해 주는 걸 봐서요.

서양 문학도 읽어보니 걸작이더라고요. 《죄와 벌》은 읽었지만 《카라마조프가의 형제들》은 읽지 못했거든요. 막상 읽으려 노력했으나 읽기 힘든 책이었어요. 순전히 그녀 때문에 기어이 독파를 했어요. 알료사의 기도하는 장면은 지금도 잊을 수가 없어요. 아무래도 그녀의 얼굴이 겹쳐져서일 것입니다.

간혹 고향에 내려온 이로부터 그녀의 소식을 들었지요. 서울에서 유학하는 집안 형님이 그녀 소식을 전해줬어요. 서울에서 가끔 만난대요. 얼마나 반가워요. 조심스레 어떻게 지내냐고 물었어요. 그런데 치과대학 학생과 사귀는 것 같다는 겁니다.

겨울이라 화로를 가운데 놓고 얘기하는데 눈물이 뚝뚝 떨어졌지요. 영문을 모르는 형님은 안절부절했고요. "얘, 너 왜 그래?" "정말 진학순이 대학생과 사귀고 있어?" 되물었지요. 같이 다니는 것을 직접 목격하기도 하고, 사람들에게 둘이 사귄다는 이야기를 듣기도 했대요.

더 이상 편지를 못 보내겠더라고요. 편지를 딱 끊었죠. 그녀에게서도 소식이 없었어요. 졸업을 하자 나는 연변의과대학에 진학을 하고 그녀는 회령 학교에 발령받았지요. 얼추 3년 가량이 걸렸어요. 그동안 한 번도 먼저 사랑을 시작하지 않았어요. 연애도 싫고 사랑도 싫었던 거죠. 가만 생각하니 부아가 나데요. 그동안 보낸 편지가 백 통은 넘는데 말이 안 되잖아요.

그것도 보통 편지가 아니고 순정과 혼이 담긴 편지였거든요. 결혼한다는 소문이 들려 황급히 그녀를 찾아갔어요. 쑥스럽지만 그녀가 보냈던 편지를 다 보자기에 싸갖고 갔다줬지요. 이제 내가 보낸 편지를 돌려달라고 할 차례가 되었지요. "편지 돌려주세요." "편지? 다 태워버려서 편지가 없는데……." "정말이야?" 대답 대신 고개를 끄덕였어요. 그러면서 자기가 보낸 편지도 뭐하려 돌려주냐면서 가져가 태워버리래요. 주저앉고 싶었어요. 그러나 마지막 한마디에 돌아섰지요. "나는 이제 한 남자의 아내야!"

얼마나 계면쩍어요? 돌아와서는 그날로 완전히 결별했죠. 이게 김 아무개의 첫사랑이에요. 자신이 초라하고 불쌍했지요. 아무리 생각해봐도 첫사랑이 실패한 이유를 찾을 수 없어 더 화가 났어요. 무너진 제방 같은 날들이 계속됐죠. 자연스럽게 무너져 내려요. 추어올리려 애써도 힘이 모자랐어요. 무너지는 기운을 당해내지 못했던 거죠. 치과대학생 그 녀석만 죽이고 싶도록 미워지는 거예요.

급기야 한여름 밤의 꿈과 같았던 시대에 안녕을 고했어요. 서정 시대와 순백의 아름다운 시절을 뒤돌아보지 않으려고 무진 애를 썼지요. 어줍은 습작에 지나지 않았으나 시를 편지와 함께 보내면 감격하고 좋아하던 그녀는 남의 아내가 되었기에 말입니다. 나는 여전히 그녀에게 차렷 자세를 취했는데 그녀는 훌쩍 떠나버린 거예요.

문학과 음악이 다 부질없더라고요. 성공과 출세 앞에서는 힘이 없었어요. 가는 사람 붙잡지 말고 오는 사람 막지 말라는 말이 하나도 틀리지 않았죠. 아니에요. 내가 무슨 능력으로 그녀를 붙잡아요. "그 길로 가면 안 돼요. 그런 법이 어디 있소. 인생은 그런 게 아니오." 아무리 외쳐봐야 그녀의 귀에 들어갈 리 없잖아요. 그날 이후 사람을 믿지 않기로 작정했어요. 실패한 첫사랑의 후유증 치고는 너무 혹독한 대가를 치른 게지요.

이제 나이 팔십을 넘어섰지만 아직도 여자에 대해서는 판단이 서지 않아요. 저 여자가 끝까지 견뎌줄 것인가. 잘 믿지를 못하겠어요. 아내만 해도 그래요. 여태 가정을 꾸려오면서 아내는 고생이 많았어요. 그러기에 더 염려가 되는 거 있죠. '혹시 저 사람 저러다 도망가는 거 아냐?' 걱정할 때도 있었지요.

아이 셋을 키워낸 아내예요. 이젠 지쳤다고 푹 주저앉을 때엔 겁이 덜컥 나요. 아이쿠, 내가 잘못했구나. 도와줘야 하는데 너무 나만 주장했구나. 한 번은 아내를 위해 시를 썼어요. 못난 지아비를 만나 고생한 아내를 어떻게 위로해야 할까요.

> 아내의 결혼반지를 팔아
> 첫 시집을 낸 지
> 쉰해 가깝도록
> 그 빚을 갚지 못했다
> 시집이 팔리는 대로
> 수금을 해서는
> 박인환이랑 수영이랑 함께 술을 마셔버렸다
> 거짓말쟁이에게도
> 때로 눈물은 있다
>
> 〈추억〉

세상에서 강한 동물은 여성이라고 하지만 저는 동의하지 않아요. 여성 역시 약해요. 남자가 다 만들어줘야 해요. 남자가 일으켜 세워야 하고, 남자가 거름이 돼야 하고, 남자가 울

타리가 되어줘야 커나가는 거지요. 그러므로 여성을 남성과 똑같은 힘이 있다고 보면 큰 잘못이에요.

한동안 영화 〈바람과 함께 사라지다〉를 보고 감동에 빠져 있었어요. 무엇보다 제목이 좋잖아요. 인생은 한갓 바람에도 사라질 수 있다는 걸 일깨워주는 것 같아요. 삶, 그것 대단히 허무하지요. 지금 그녀의 근황은 알 수 없어요. 잘 살았겠죠. 치과대학 출신 남편과 잘 살았을 거라 믿어요. 문학과 음악을 떠나 그냥 소시민으로 실질적인 생활을 했겠죠. 별로 유명한 사람의 아내는 못 되었을지언정 김 아무개 시인을 만나 고생하고 살아온 것보다 나았을 거라 믿어요.

갑자기 득도를 한 것 같네요. 그렇지만 인생은 마라톤이라는 말에 전적으로 찬성 한 표 던지고 싶습니다. 인생 경주는 끝까지 가봐야 알거든요. 절망스럽고 이쯤에서 포기해야겠다 싶을 때, 그 고비를 넘기면 새로운 세계가 열리는 거예요. 맑고 고운 세계가 펼쳐지는 거죠. 여태 나를 살아 있게 만든 건 바로 이 믿음이었어요. 그 믿음에 의지해 책을 읽고 시를 썼지요.

시인에 대한 단상

어느덧 여든 살을 넘기고 보니 눈이 흐려 글씨가 잘 보이지 않아요. 그래도 하루에 세 시간은 꼭 책을 봐요. 아니, 하루 세 시간으로는 모자라지요. 결국 자다가 깨면 책을 보고 또 자다 일어나면 다시 책을 읽어요. 전에는 하루에 6~7시간은 독서를 했지만 지금은 체력이 안돼요. 책을 읽다 보면 자꾸 기침이 나고 눈이 침침해져요. 그런데 이걸 계속하지 않으면 내 존재가 사라지는 것 같아 슬퍼요. 그리고 글을 도저히 쓸 수 없어요.

하루라도 책을 읽지 않으면 청탁받은 글을 쓰려고 해도 첫 줄도 쓸 수 없어요. 첫 줄을 떼면 쭉 써내려갈 수 있을 것 같은데 첫 줄 생각이 안 나면 영 쓸 수가 없어요. 그러나 책과 늘 살다보면 후딱 쓸 수 있지요. 요지는 글 쓰는 사람은 독서를 많이 해야 한다는 것이지요. 흔히 글을 쓰면 가난해서 밥을 못 먹는다고 하잖아요. 그건 일리가 있더라고요.

그렇지만 아예 밥을 못 먹진 않고 적게 먹게 돼요. 경험에 따르면 밥을 먹긴 먹는데 남보다 많이 먹지 못해요. 아니 밥을 먹되 진수성찬을 먹을 수 없는 게지요. 가난과 남루 그리고 궁핍이 훈장일 때가 많아요. 어디 이 땅의 문인들이 생활의 여유가 있나요? 호사는커녕 한 끼 식사를 걱정해야 하는 사람이 부지기수예요. 비행기 한번 못 타본 친구도 있을 거예요.

비행기 한번 못 타면 어때요. 남들처럼 동남아, 유럽, 미국도 여행하고 싶겠지만 꼭 그럴 필요가 있나요. 문학과 예술의 세계에 빠져들면 다 해결할 수 있어요. 책에 나오잖아요. 그곳 풍경과 거기 사람들이 어떻게 사는지 책과 영화와 음악에 나오잖아요. 그게 더 진실한 거예요. 그걸 마다하고 돈만 뿌리고 와서 문화인입네 하니 되지 못한 글과 영화와 음악이 양산되는 것 아니겠어요?

우리나라에 시인이 대략 5,000명 정도 된다고 하더군요. 시인이 많은 건 좋은 데 너무 많은 작품이 쏟아져 나오는 게 문제라고 봐요. 너무 많이들 써요. 매일 시를 쓰나 봐요. 매일 쓰는 건 연습이고 진짜배기 시가 되는 건 그중 몇 편밖에 되지 않아요.

쓰는 대로 발표하니 뭐가 되겠어요. 허섭스레기밖에 더 돼요? 읽을 만한 작품이 없다는 시정의 이죽거림이 틀린 말은 아니에요. 적어도 시인이라면 쓴 것을 고치고 한 달, 두 달 시간을 두고 묵힌 다음 다시 보고 또 다듬을 줄 알아야 해요.

나중에 읽어보면 느낌이 달라요. 그걸 완전히 다듬어 발표해야죠. 그러면 보통 한 달에 100권씩 나오는 시집이 한 20권으로 줄겠지요. 그런데 100권 이상씩 쏟아져나오니 독자가 무엇을 골라야 하는지 알 수가 있어야지요.

그렇다고 평론가가 진짜배기를 골라주는 것도 아니고요. 남 얘기는 그만두고 제 경우를 말씀드릴게요. 13년 만에 책을 냈어요. 보통 많이 참아도 3년인데, 13년 만에 시집을 낸 거죠.

첨삭에 첨삭을 거듭하면서 13년을 다듬었어요. 남들이 세 권, 네 권 낼 때 한 권 낸 거지요. 그렇게 나온 시집이 《느릅나무에게》(창비, 2005)예요. 시집을 출판하고자 기왕에 발표한 원고 400편을 쭉 꺼내놓고 골랐죠. 그중 여든세 편만 합격시키고 나머진 전부 버렸지요.

묻더군요. "아깝지 않냐? 애를 써서 발표한 건데 왜 버리느냐." 딱 잘라 대답했어요. "이건 시가 아니다." "그럼 쓸 땐 어떻게 썼냐." "그땐 시로 알고 썼지. 13년 후에 보니까 시가 아니라서 버릴 수밖에 없다."

여든세 편을 고르고 골라서 시집을 출판했으나 이것도 나 죽은 후에 보면 시가 아닌 게 절반일 겁니다. 그것까지 버려야 하는데 미련과 욕심이 많아 여든세 편이나 넣은 거죠. 문제의 여든세 편이 시가 되는지 안 되는지는 김 아무개 시인이 죽은 후에 심판이 날 거라 봐요. 진정한 문학은 세월이 지나가야 판가름 나기 때문이죠.

그저 아무개가 좋다 해서 책을 읽는데 그건 속임수에 놀아나는 거예요. 그 사람이 좋다고 하는 건 그 사람 안목에 좋은 거지, 좋다는 말 한마디로는 책이 될 수 없어요. 그래서 저는 광고가 질색입니다. 이래서 좋고 저래서 좋고 하는 광고는 그만뒀으면 좋겠어요. 독자가 알아서 골라볼 테니 책을 내기만 하라는 것입니다.

다시 말해, 책에다 무슨 광고 문구 집어넣는 건 삼가라는 거지요. 너무 4차원적인 주장이라고요? 전 독자의 수준과 의식을 믿어요. 그리고 문학이 지닌 힘을 신뢰해요. 독자에 대한 신뢰가 없으면 어떻게 책을 읽고 시를 써왔겠어요. 전 그렇게 살아왔고 앞으로도 그렇게 살고 싶어요.

잊히지 않는 선생님

　다들 선생님에 관한 추억이 있을 거예요. 아니, 잊히지 않는 선생님이 계실 거예요. 저의 경우입니다. 고보 다닐 때 와타나베라는 한문 선생이 계셨어요. 나이가 쉰 살로 알려졌는데 총각이었어요. 교과서 없이 수업을 해요. 다 외워서 책 없이 분필로만 칠판에 쓰고 해석하는데 알아듣기가 힘들었지요. '줄줄줄.' 외워 혼자 수업을 하기 때문에 무슨 소린지 도통 알아들을 수 없는 거예요.

　교수 방법은 기본적으로 일본식이지만 거기에 중국식이 섞여 있어요. 중국말을 섞어 수업할 때는 볼만했죠. 수업의 속도가 너무 빠르다 보니 1학년 때는 어리둥절했거든요. '줄줄줄'이 '좔좔좔'이 되었지요. 수업 중에는 여러 번 머리에 쥐가 났어요. 그런데 듣다 보니 참 재미있게 가르친다고 생각됐어요. 전후좌우, 배경 설명도 잊지 않았어요. 이를 야사 野史라고 해야 하나요?

예를 들어 시인이 나오면 시인과 관련한 일화를 들려줘요. 도연명만 해도 그랬어요. 아들이 다섯인데 모두 공부를 싫어해 골머리를 앓았다는 거예요. 한마디로 낫 놓고 기역자도 모른다는 거지요. 열다섯 큰아들은 도연명이란 자기 아버지 함자도 쓸 줄 모르고, 둘째는 밤낮 새를 잡는다고 들에 나가 놀고, 셋째와 넷째 다 그저 그렇고 그랬대요. 다섯째는 한여름에 얼음이 먹고 싶다며 아버지한테 자꾸 떼나 썼다는 거죠.

그 옛날 한여름에 얼음을 어디서 구하겠어요? 그렇게 다들 철이 없었대요. 글을 가르쳐야 하는데 아이들이 서당을 싫어하니 어떡하겠어요. 부인이 남편에게 직접 가르쳐보는 게 어떠냐고 물었대요. 도연명은 다른 사람하고 품앗이를 해서 가르쳐주면 몰라도 자기 자식은 직접 못 가르친다고 대답했대요.

"내가 다른 사람의 아이를 가르치고, 그 사람이 우리 아일 가르치는 방법은 있소. 그런데 선생을 모셔 오려면 쌀이나 보리 같은 곡식을 갖다줘야 하는데 우리가 곡식이 있소? 그러니 할 수 없지요."

안타까운 일이에요. 한탄할 수밖에요. "될 놈은 되고 안 될 놈은 안 된다." 자기는 세상 이치를 통달할 만큼 깨우쳤으나 자식이 문제라는 뜻이에요. 안 하려 드니 아무리 가르쳐봐야 어쩔 수 없다는 절규인 셈이죠. 선생님의 해석이 가슴에 와 닿았어요. "제 스스로 하려고 해야 공부가 되지 다른 사람이 하라고 해서 하는 것은 공부가 아니다. 재미가 있어야 스스로 한다. 자꾸 공부하면 책을 안 보고도 줄줄 외울 수 있게 된다. 한문 공부를 재미있게 해라."

어느 날은 수업을 생략하고 시험을 봤어요. 문학책만 봤던 때라 점수가 형편없을 것 같았죠. 거의 쓰지 못했거든요. 더럭 겁이 났어요. 가만있어서는 안 되겠더라고요. 선생을 찾아뵙기로 다짐했어요. "시험을 못봤는데 한 학기만 봐주세요. 그럼 다음 학기부터 열심히 하겠습니다." 채비를 했으나 돈이 있어야지요. 뭐라도 사서 들고 가야 하잖아요. 비상금을 털어 선물을 준비했죠.

어스름한 저녁, 20전을 주고 중국집에 들러 고기만두 열다섯 개를 샀어요. 설레는 마음으로 선생님 댁을 찾아갔어요. 마침, 아궁이에 불을 지피고 계셨지요. "선생님, 규동이 왔어요." "어." 눈물범벅이 되어 부엌에서 나오시는 걸 보고 웃음이 터졌어요. 교실에서 경험하지 못한 광경이라 새로웠지요. 글쎄, 제자 앞에서 눈물을 훔치며 웃는 모습이 사람답더군요. "무슨 일로 왔니?" 안 되겠다 싶어 거들고 나섰어요. "아니, 아궁이에 불이 잘 안 붙어요?" "어." 부엌에 들어가봤더니 젖은 나무를 넣고 불을 붙이기 위해 부채질을 하고 있었던 거예요.

젖은 나무를 아궁이에 넣으면 불이 붙지 않는 건 어린애도 알 만하죠. 먼저 마른나무를 넣고 불을 지펴야 해요. 그러다가 나중에 젖은 나무를 넣으면 불길은 아궁이 속으로 빨려들어가지요. 처음부터 젖은 나무로는 불을 피울 수가 없어요. 연기만 잔뜩 밖으로 나오는 거예요. 밖에서 마른나무를 준비해 불을 피워드렸지요. "봐요. 선생님, 불길이 타오르잖아요!" "어." 씩 웃으시더라고요.

불이 활활 타오르자 금세 온돌방이 따뜻해졌어요. 그땐 아궁이에 불을 때서 방을 덥히는 온돌 생활이었죠. 따뜻한 아랫목에 사 갖고 간 고기만두를 폈어요. 선생님과 같이 잘 먹었지요. 시험에 대한 얘기는 한마디도 안했어요. 도리어, 선생님이 시험 잘 못 쳤어도 걱정하지 말라고 해요. 다음에 성적 나온 것을 보니 80점이에요. 그 연유를 저는 잘 몰라요.

이런 일도 있어요. 목욕탕에 갔는데 쭈그리고 앉아 때를 밀고 계시더라고요. 목욕탕에서 선생님을 만난 건 처음인데 난감했어요. 벌거벗고 인사를 해야 하나 말아야 하나 고민되었죠. 그래도 선생님을 만났는데 어쩝니까? "선생님, 안녕하십니까." 선생님도 좀 거시기한가 봐요. "어어……." 쑥스럽게 인사를 받데요. 물론 등도 밀어드렸어요. 이런저런 연유로 선생님은 나를 무척 좋아했어요.

4차원적인 선생님이었어요. 특이하게 엄동설한에도 눈 쌓인 운동장을 속옷 바람으로 나와요. 건강을 챙긴다고 운동장을 막 뛰어다녀요. 추운 날씨라 콧등이 새빨갛죠. 한참을 뜀박질하시더니 땀을 훔치고 교실로 들어가요. 그러면 선생과 학생 모두 미친 거 아니냐고 웃어대요. 알고 보니 그게 다 일본 사람의 풍습이라고 하더라고요. 일본인에게는 겨울에 찬물에서 목욕을 하거나 다 벗고 씨름하는 풍습이 있나 봐요.

'아마 선생님 조상이 사무라이인가 보다' 하고 생각했죠. 애들은 일본 노총각이라고 자꾸 놀렸어요. 애들한테 선생님을 변호하고 나섰죠. "놀리지 마라. 저 선생님 좋은 사람이야. 나쁜 사람 아니야.""그런데 좀 모자라지 않냐. 겨울에 벌거벗고 운동장을 뛰잖아. 그런 선생이 어디 있어?""그게 아냐. 옛날 무사 집안인가 봐. 그 정신을 계승하는 뭔가가 있겠지. 결혼하지 않은 이유도 독특한 철학이 있어서 그러는 걸거야."

졸업을 하게 됐어요. 선생님은 당부를 잊지 않았지요. "인생은 자기 노력에 따라 크게도 되고 작게도 된다. 항상 노력하고 기회를 절대로 놓치지 마라. 사람에겐 반드시 몇 번의 기회가 온다. 그 기회를 타고 더욱 높이 비상하라." 저를 한쪽으로 불러서는 대학 교수들의 명단이 적힌 쪽지를 건네주었

어요. "서울에 가게 되면 도움이 될 만한 교수님이다. 필요할
때 찾아뵈면 도움 받을 길이 열릴 것이다." 당장 서울로 가지
는 않았지만 고마웠어요. 호주머니 깊숙이 넣어두었지요.

　지금도 선생의 영향으로 시 낭송회를 할라치면 외워 암송하
지요. 한문 외에도 동서양을 넘나들며 가르치셨던 일본인 와
타나베 선생님. 60년이 지난 오늘도 얼굴이 선해요. 대머리도
생각나요. 이게 스승과 제자 사이의 교분 아니겠어요? 잊히
지 않는 선생님 중에 한 분인 셈입니다. 그분은 조선 사람을
차별적으로 보는 의식이 조금도 없는 휴머니스트였지요.

　또 한 분의 선생님이 기억납니다. 초등학교 시절 최창국이
라는 젊은 선생이 계셨어요. 공부도 잘 가르치셨고 매사에 깔
끔하고 행동도 민첩했어요. 학교에 부임하시자마자 돼지를
키웠죠. 학생들이 당번을 정해 죽을 끓여 먹이게 했어요. 일
년 내지 일 년 반만 지나면 새끼를 낳아 목돈을 마련하게 됐
죠. 그러면 그 돈으로 또다시 돼지를 사 숫자를 늘렸어요.

　가을에는 방과 후에 고학년들은 책보자기를 들고 나오라
고 해요. 운동장에 집합하면 밭으로 출발했지요. 학교 운동
장을 조금 벗어나면 콩밭·조밭이 있어요. 고향에서는 두부를
만드는 대두 콩이 특산물이었죠. 농부들이 콩을 수확해 쌓아
놓으면 볕에 콩이 딱딱 소리를 내며 터져서 튀어나와요. 쌓

아놓은 콩더미 주변에 콩알이 수도 없이 떨어지지요 그걸 줍는 거예요.

얼추 한 시간 반의 작업으로 돌아올 때는 모두 주먹 두 개만큼의 분량을 보자기에 싸 묶어 돌아오게 되죠. 수확의 결과에 따라 많이 주워온 아이에게는 연필 한 자루를 상으로 주었어요. 나는 연필을 받아본 일이 없죠. 한군데 쏟아놓으면 수두룩해서 어지간한 산만큼 돼요. 이걸 첫눈이 올 때까지 계속하는데 거의 20일 정도 일을 했어요. 지난번에 동쪽 밭을 갔으면 다음엔 서쪽 밭에 가고, 이렇게 인근 십 리를 다니며 콩알을 줍는 거예요. 학교 창고에 콩이 꽉 차면 트럭이 와서 싣고 갔어요.

수입은 어디에 썼냐고요? 교장 선생님과 상의해서 책을 샀어요. 《푸르다크 영웅전》, 《나폴레옹》, 《잔 다르크》, 《에디슨 전기》 같은 영웅전, 위인전, 동요집, 동화집들을 주문해요. 이게 다 아이들을 위한 선생님의 사랑이었어요. 책이 들어오는 날 아이들은 환호성을 지르며 책 읽기에 바빠요. 그 선생님 덕에 애들은 책도 읽고 공부도 많이 했죠.

그런데 아직도 잘 이해되지 않는 게 하나 있어요. 뭐냐면, 여름에 한 시간씩 개울로 목욕하러 가거든요. 개천에 나가면 남녀가 따로따로 목욕을 하지요. 남자는 아래쪽, 여자는 위쪽에서 해요. 그런데 최 선생님은 꼭 여자 쪽으로 가요. 초등학생 애들이 팬티나 수영복이 있겠어요. 벌거벗고 목욕하는 거죠.

김 아무개는 사춘기가 빠른 편이어서 조숙했어요. '선생님은 남잔데 왜 여자애들 목욕하는 데로 가나.' 아무리 생각해도 이해가 되지 않았어요. 더 이상한 것은 남자애들이 조금이라도 그쪽으로 올라가면 쫓아내고 그러더라고요.

또 능수능란하게 위기를 잘 넘기고 과장도 심해요. 들어보실래요? 남북을 통틀어 우리나라에서 제일 큰 강이 압록강인데 본인이 거기서 수영을 했대요. 그곳에서 어떻게 수영을 해요? 거짓말이지요. 그런데 다른 애들은 다 곧이들어요. 난 눈치가 빨랐던가 봐요.

한참 수영을 하는데 저쪽에서 뗏목이 내려오더래요. 백두산에 큰 나무가 많은데 그걸 잘라서 신의주까지 가야 하는데, 마땅한 교통수단이 없으니 뗏목꾼들이 뗏목을 길게 엮어 물에 띄워 며칠씩 밥을 해먹으며 실어 나른대요. 그럼 신의주에서 그걸 잘라 제재소에다 집 짓는 데 쓰라고 판대요.

선생님 말씀이, 뗏목이 머리 위로 쑥 지나가길래 얼른 잠수했다가 한참 만에 머리를 들었는데 여전히 떠내려가고 있었다는 거예요. 물살이 빠른데도 뗏목이 얼마나 길면 그렇겠냐고 그럴듯한 거짓말을 했어요. 뗏목을 실제로 보지 못한 아이들에게 실감나게 알려주려고 거짓말까지 보탠 머리 좋은 선생님이라 생각돼요.

고향에 미인이 한 명 있었지요. 처녀였는데 최창국 선생님을 조금 좋아했어요. 당시 선생님은 부인이 계셨어요. 그런데 선생님이 밤에 오토바이 뒤에 미인을 태우고 가다가 사고가 나 오토바이에 불이 붙어서 여자를 태운 채 콘크리트 다리 밑으로 뛰어내렸대요. 둘 다 다치진 않았는데 불이 나니까 사람들이 보고 동네에 소문이 났지요. 동네 미인을 몰래 태우고 가다가 불이 나서 다리 밑으로 뛰어내려 죽다 살아났다고 말입니다.

학교에서 콩 줍고 돼지 키우는 거 말고, 또 잘 시키는 것이 있어요. 여름에 아이들에게 전부 새끼줄과 낫을 들고 인근 산의 풀을 베어 잔뜩 쌓아놓으라고 해요. 대개 쑥이에요. 키가 큰 풀을 전부 베어서 남자애들은 새끼줄로 묶어서 지고 오고, 여자애들은 머리에 이고 오지요. 두어 시간 하면 두 단, 석 단씩 하게 되죠. 운동장 구석에 쌓아두고 여름에 비를 맞으면 다 썩어서 퇴비가 돼요.

그걸 학교 밭에 학생들을 동원해서 뿌려요. 선생님이 하라는 대로 뿌려주면 비료 기능을 해서 토마토·양배추·쑥갓·무·배추 이런 채소가 잘 자라요. 벌레도 잡으라고 했죠. 종이를 말아서 만든 봉투와 조그만 나무 꼬챙이를 들고 양배추에 기어 다니는 퍼런 벌레를 잡으러 다녔어요. 많이 잡은 아이에게는 역시 연필을 한 자루씩 줬죠.

그렇게 채소를 키워서 마을 사람들에게 나눠줘요. 가을 김장철이 되면 학교에서 채소를 가져갈 수 있어 마을 사람들은 몹시 고마워했어요. 어찌 보면 마을의 은인이지요. 최창국 선생님은 우리가 졸업할 때까지 학교에 계속 계셨어요. 그런데 어느 날 학교를 그만두고 서울에 가서 공부를 계속해 대학교수가 되고 싶어 한다는 얘기가 들렸어요.

교장은 놓아주지 않았죠. 교육청에서도 선생님의 평판을 익히 알고 있던 터라 그만두게 하지 않았어요. 그러자 꾀를 부렸어요. 몇 사람을 불러내 술을 사놓고 학교 돼지를 몰래 잡아먹고 술주정을 부렸죠. 그리고 학교 돼지를 잡아먹었다고 본인이 소문을 퍼뜨렸어요.

실상 나쁜 놈이라는 겁니다. 그러자 학부형들도 들고일어났어요. 어떻게 선생이 학교 돼지를 잡아먹나 항의하자 교장이 결국 선생님을 그만두게 했죠. 선생님은 뜻대로 서울에 올라가 공부해서 나중에 사범대학 교수가 됐대요. 한참 후에 마을 어르신들한테 안부를 물으며 교수가 됐다는 걸 편지로 보내왔어요. 한편으로는 무서우면서도 뜻이 깊은 선생님이었어요.

콩을 모아 위인전과 영웅전을 나눠 읽게 하고, 비료를 만들어 돈 안 들이고 풍요롭게 농사를 짓게 하고, 그만둘 때는 학

교에서 기르는 돼지를 잡아먹었다는 소문을 퍼뜨리게 해서
기어이 대학 교수가 된 선생님 이름을 잊을 수가 없어요. 앞
서 언급한 한문 선생님과 같이 잊히지 않는 특별한 선생님이
지요.

내남 없이 일상생활에서 남에게 잊히지 않는 사람이 되고
싶어 하지요. 그렇게 되려면 남들보다 특별한 재주가 있거나
마음씨가 달라야겠지요. 그런데 우린 그렇지 못해요. 일생 만
나는 사람들 중에는 별별 사람 다 있어요. 그중에서도 생활에
도움을 주고 배울 점이 많았던 사람은 몇 안 되요. 여러분은
어떠세요?

3부

대한민국에서
시인으로 살아가기

해방과 함께 찾아온 이념 갈등

1945년 8월 15일, 기억하시죠? 마침내 해방이 됐어요. 일본은 무조건 항복을 했죠. 북한에 살고 있었기에 남한의 분위기는 알 수 없었으나 북쪽에선 난리였어요. 한마디로 경천동지였죠. 또 하나, 붉은 천을 찾아 헤맸어요. 모두 가슴에 빨간 리본을 달라는 소문이 퍼졌거든요. 시절이 시절인 만큼 붉은 천을 구하기가 그리 쉽지 않았죠. 사방팔방 돌아다녔어요.

무엇보다 태극기를 게양하고 싶었죠. 그런데 36년 동안 태극기를 모르고 살았는데 어떻게 해요? 눈대중으로 만들어서 만세를 부르고 손에 쥐고 흔들면서 고래고래 환호하며 몰려다녔어요. 인산인해였어요. 며칠 동안 만세 소리가 하늘을 놀래고 땅을 진동시켰어요. 움직일 수 있는 사람은 죄다 만세 대열에 동참했다고 봐요.

그런데 시간이 지나자 분위기가 영 이상했어요. 어른들은 수군거렸어요. "나라가 남쪽과 북쪽으로 나눠지나 봐." 역시 소련 군대가 내려왔어요. 삼팔선 이북엔 소련 군대가 산간벽지까지 밀려들어 왔어요. 그런데 군대의 문화 수준이 아주 낮았어요. 행진하다가 민가에 쳐들어가 옥수수 같은 먹을거리를 막무가내 빼앗아 갔죠. 심지어 닭이나 돼지도 약탈해 잡아먹었어요. 눈에 띄는 여자를 무조건 겁탈한다는 소문 때문에 밖에는 애 어른 할 것 없이 돌아다니기가 두려웠어요.

생김새도 달랐어요. 일본군은 비슷하게 생겼지만 소련군은 많이 달랐죠. 장교들은 백인 계열이었고 병사들은 하나같이 조그맣고 까맸어요. 소문에 따르면 스탈린은 죄수들을 전쟁터로 투입하면서 무공을 세우는 병사에게는 죄를 사해준다고 했다는 거예요. 그래서 그런지 교양이 없고 무식하고 우락부락했어요. 날마다 사람들을 들들 볶았어요. 청년 동맹과 여성 동맹을 만들어 매일 환영 대회를 열게 하고 만세를 부르게 했죠.

평양에서는 김일성이 인민위원회를 만들어 토지 개혁과 화폐 개혁을 단행했어요. 땅을 몰수하고 다시 배당하기도 했죠. 우리 집도 5,000평을 몰수당했지요. 가족들의 마음이 편할 리가 없었어요. "세상에 이런 날벼락이 어디 있나? 범 없는 고을 토끼가 왕 노릇 한다더니, 해도 너무하는구나. 글쎄 그 땅이 어떤 땅인데 한 푼 없이 내놓으라는 거야. 순 날강도들 같으니라고." 대항하고 반대해도 소용없었어요. 금싸라기 땅을 빼앗아 가더니 산기슭에 위치한 땅을 배분해주었지요. 맘대로 구획을 정리해 나눠줬던 거예요.

화폐 개혁은 통용되던 총독부 은행권을 거둬들이더니 새 지폐를 발행해 똑같이 나눠주었어요. 자루에 돈을 가득 담아 내놓은 사람도, 몇 푼 가져온 사람도 비율을 따지지 않고 무조건 6개월 쓸 만큼만 각자 나눠줬어요. 일단 겉으로 보기엔 공평하게 된 셈이죠. 그들의 말에 따르면 이제 부자도 가난한 사람도 없게 됐대요.

당시 나는 만주 연변의과대학에 다니던 중이었죠. 아버지의 유언을 좇은 겁니다. 아버지는 대를 이어 병원을 운영하라는 말씀을 하셨거든요. 아우는 '내과' 나는 손재주가 있으니 '외과'를 전공하라는 구체적 당부까지 잊지 않았어요. 의과대학에 갔지만 다니다 보니 의학을 하면서는 문학을 못하겠더라고요. 문학에 대한 관심이 없어지지 않았어요. 동생은 소질로나 품성으로나 의학이 맞는 것 같았어요.

어정쩡한 상태에서 한동안 고민을 많이 했죠. 그러다 결국 양다리를 걸칠 수 없다고 판단되었지요. 문학과 의학을 병행할 수 있는 길을 찾아봤지만 별 뾰족한 방법도 없었어요. 이론적으로는 어떻게 될지 몰라도 도저히 길이 보이지 않았죠. 평소 아버지는 환자 한 사람을 20분 내지 30분 정도 봤어요.

그렇게 하루에 보통 40~50명을 보면 저녁이 됐어요. 어떤 땐 점심 먹을 새도 없었거든요. 그만큼 환자가 많았고 손은 모자랐어요.

요즘 의사들은 환자를 1분 내지 2분 정도 볼 겁니다. 그러나 아버지는 달랐어요. 대충이 없었어요. 환자를 파악할 시간을 충분히 가졌지요. 환부를 두드리고 만져보고 얘기하고 얼굴이며 몸 전체를 살펴봤어요. 별걸 다 물어보기도 했죠. '언제부터, 어떻게 어디가 아프냐? 언제 몇 시에 무슨 약을 먹었냐? 밥 먹는 건 어떠냐?' 한 사람 한 사람 그렇게 대하니 얼마나 힘들겠어요. 저녁이면 곯아떨어지셨죠.

환자도 대부분 농민들이라 추수하는 가을에만 돈이 들어왔어요. 봄·여름엔 하나 같이 병원비가 없어서 외상이었어요. 가을이 오면 수금원이 먼 시골까지 돌아다니며 병원비를 받아왔어요. 시간에 있어서나 생활에 있어 너무 빠듯하고 바빴죠. 아침부터 밤늦게까지 병원 일을 하시면서 신문을 보는 건 봤지만 책 읽는 건 못 봤거든요. 그러다 쉰 살에 과로가 겹쳐 갑작스레 뇌출혈로 돌아가셨어요.

허무했죠. 퍽 쓰러진 고목나무 같은 심정이었다고 보면 돼요. 아버지처럼 병원을 운영하면서 문학하긴 글렀다는 결론을 내렸어요. '안 되겠다. 의학을 포기하고 문학으로 가야겠다. 김기림 선생 같은 분을 만나 시를 써야겠다.' 결심이 서자

다니던 의대를 미련없이 그만뒀죠. 그러고는 1947년 평양으로 올라갔어요. 1946년에 문을 연 김일성종합대학(평양종합대학) 2학년 편입시험을 봤지요. 한번에 합격이 됐어요.

나중 알고 보니 사상적으로 성분도 좋고, 마르크스-레닌주의 유물사관 공부를 하는 사람이 다니는 학교라 하데요. 대개 당원이거나 그런 집안 아이들이 다닌대요. 시험 날 보니, 남쪽에서 좌익 활동을 하다 월북한 학생들이 적지 않았어요. 형사가 자꾸 잡으러 다니니까 삼팔선을 넘어 온 거죠. 당에서는 학생들을 구제하려고 편입시험 기회를 준 거예요. 특혜를 준 것은 아니고 성적이 우수한 학생에 한해서만 편입할 수 있었던 겁니다.

15명이 편입시험을 봤어요. 과목은 마르크스-레닌주의, 10월 혁명에 대한 사상적 의의, 볼셰비키당사였던 걸로 기억돼요. 조선어 문학과를 지원했지요. 시험 문제는 경향과 문학, 시집 《현해탄》에 대해 쓰라는 거였어요. 익히 알고 있던 영역이라 너무 쉬웠어요. 필시 만점을 받았을 걸요. 시험을 치르고 남쪽 학생들과 대화해보니 봉창 두드리는 소리만 하더라고요. 좌익 투쟁하느라 문학책은 못 봤을 거라 생각했죠.

김규동 한 명만 합격했더라고요. 참, 어리둥절했죠. 비로소 남녀공학 20명인 김일성대학 조선어 문학과에 들어갔지요. 대학 생활 동안 잊을 수 없는 이들을 참 많이 만났죠. 그중 제

일은 '유채룡'이라는 분을 사귀게 됐다는 겁니다. 청진에서 뱃사공을 하는 집안 출신이었죠. 평양에서 의대를 고학으로 다녔대요. 축구를 잘해서 선수로도 뛰었다고 해요.

그런데 의대를 졸업하고 의사로 살지 않고 만주에 가서 독립운동을 했대요. 의사들을 찾아다니며 독립운동을 고취했던 거죠. 식민 시대를 온몸으로 지내다 평양에 올라온 사람이었어요. 당시 의학계에서 독립운동을 한 사람은 유채룡 선생 한 분뿐일 거예요. 대개 의대를 졸업하면 의사로 살지 독립운동과는 거리를 두잖아요. 그런데 몇 번이나 붙잡혀 옥고도 치르고 고생해가면서도 독립운동을 했대요.

제 동생이 김일성대학 의학부 3학년으로 그분과 한 집에서 생활하고 있었어요. 당시 평양보건사회부 위생국장의 직함을 가지고 있었죠. 김일성도 가끔 만나는 대단히 높은 자리였어요. 나이는 십 년 위인데 키가 훤칠하게 크고 말 주변도 좋고 타고난 건강 체질이었어요. 성격도 활달해서 동생과 양복뿐 아니라 속옷도 네것 내것 없이 같이 입었어요.

먼저 입는 사람이 임자인 거죠. 덕분에 동생은 가끔 넥타이도 매고 깨끗하게 옷을 차려입을 수 있었죠. "너 어디서 그런 게 자꾸 나냐?" "유 선생 거야. 같이 입어." "선배인데 그렇게 해도 돼?" "자꾸 입으라고 하는데 뭐. 용돈도 주고." 동생은 유 선생이 줬다며 간혹 저에게도 용돈을 건네줬죠.

그분과 가까워질 수 있는 기회가 찾아왔지요. 어찌나 바삐 사는지 아침은 거의 거르고 밤 열한 시나 돼서야 돌아와요. 저녁에 한 잔 먹고 들어오면 꼭 내게 토론을 하자고 해요. "난 뭐 토론할 게 없습니다. 선생님께서 말씀하시죠." "규동 형은 가만 보면 자유주의자입니다." "네? 제가 왜요? 전 자유주의자가 아닙니다." 그분의 진단에 의하면, 내가 하는 말과 사고방식이 자유주의자래요. "자유주의자 맞습니다."

그러면서 자유주의자를 존경한대요. "지금 우리는 너무 메 말라버렸어요. 자유가 얼마나 좋은 것인데 자유란 단어가 쏙 들어가버렸어요. 모두 겁에 질려 부들부들 떨지요. 좀 더 너 그렇게 마음대로 발표하고 행동할 수 있는 표본이 필요해요. 김 형이 바로 그런 사람입니다. 다분히 자유주의자예요. 의학 을 포기하고 문학을 하는 건 일생의 혁명인데 아무렇지도 않 게 전과할 수 있다니 대단합니다. 근본적으로 자유주의자이 기 때문에 할 수 있는 겁니다. 자기 마음껏 숨 쉴 터전을 찾은 것이니 잘 생각했어요. 그런 마음가짐이 좋아요."

"그렇게 말씀하시면 그런지도 모르겠지만 제가 자유주의자 라서 그런 건 아닙니다." "내가 듣자니, 규동 형은 남조선의 이광수, 최남선 같은 친일파 책을 더러 보는 것 같던데 나쁜 거 아니에요. 이광수를 다 버려선 안 돼요. 거기에도 민족 유 산이 있어요. 초기 작품, 이를테면 《흙》, 《무정》은 훌륭한데 그것까지 어떻게 버려요. 다만 1940년 전쟁이 일어나고 일본의 책동에 순진하게 항복한 거, '제국을 위해 전쟁터에 나가다 죽어야 한다'고 연설을 하고 '가야마 미치로'라 창씨개명을 하고, 민족을 배신한 게 죄지, 그 전엔 감옥에 갇혀서 조선 문학을 썼어요. 최남선도 친일을 했지만 그가 개척해 놓은 국사 國史는 재산이에요. 책을 불태워 재산을 다 버릴 수는 없어요. 친일은 말로 했지 책에 친일 흔적은 없어요. 최남선의 책을 다 버리면 우리 국사는 알맹이가 없어요."

마르크스-레닌주의 이론만 강제적으로 교육받다가 그의 말을 들으니 꼭 자유주의자의 얘길 듣는 것 같았어요. 그분은 굉장히 사유의 폭이 깊고 넓어 선생과 아주 친해졌죠. 더욱이 나더러 문학하는 사람은 친일파, 자유주의자, 공산주의자의 저술도 광범위하게 읽어야 한다, 문학은 인간학이다. 소설은 인간 공부이기 때문에 다방면으로 공부해라, 푸시킨Aleksandr Pushkin, 1799~1837 톨스토이만 읽지 말고 친일 문학도 어느 정도 용서해서 걸러내야 한다고 주장했어요.

선생의 사상적 깊이 때문인지 공산 운동을 하지만 책을 많이 읽은 사람과는 금세 친해졌어요. 그의 목표는 인민위원회 조직이 잘 되어 계급이 없어지고 인권이 보장되는 사회를 건설하는 것이었죠. 중앙은 대강 틀을 갖춰가는 듯 보였으나 지방은 엉망이었거든요. 관료주의의 타성과 일제 때부터 권력의 맛을 본 기득권과 무조건 양지를 쫓는 사이비 공산주의자들이 한데 엉켜 매우 혼란스러운 상황이었어요. 이를 바로 잡으려면 시간이 많이 흘러야 한다는 얘기도 잊지 않았죠.

하루는 저녁에 잔뜩 취해 들어왔어요. 동생과 셋이서 차를 마시다 다짜고짜 고백하는 겁니다. "나, 오늘 울었어." 서로 친구처럼 지내던 동생이 정색을 하며 반문했지요. "그래, 왜?" "오늘 김일성 장군을 만났어. 나보고 뭐라고 했는지 알아?" "뭐라고 했는데?" "유채룡 동무, 왜 대낮에 평양 시내에 똥구르마를 돌아다니게 하시오? 보기 싫으니 야간에 다니게 하시오."

김일성의 지시를 받고 너무 감격해서 울었대요. 장군이 특별히 자기 이름을 부르며 그 많은 훈시 중에 똥구르마 얘길 하기에 감동받았다는 겁니다. 고금의 지도자들 중 똥구르마 얘기하는 사람이 어디 있겠냐며 되묻기까지 했죠. "이만큼 구체적으로 정치하면 나라가 되는 거다. 큰사람 아니면 이런 것 생각 못한다." 동생이 거들고 나섰어요. "울 만한 일도 되겠구먼. 그럼 똥구르마 낮에 안 다니니 잘 됐어. 밤에 다니게 됐잖아." 서로 쳐다보며 실컷 웃어댔지요.

나이 차를 잊고 어울려 다닌 일도 많았어요. 한 의사의 애기 돌잔치에 초대를 받아 셋이 갔지요. 마침 청진에서 유 선생 부인이 올라와 있었죠. 평양에 처음 올라온 거라 하데요.

그런데 오랜 별거 생활 때문인지 서로 내왕을 안 해요. 아이도 없었고요. 바로 옆방에 부인이 기거하는데 선생은 오히려 집에 안 들어오는 날이 많았어요. '저러면 안 되는데, 부인을 소박 놓은 이유가 뭘까?' 기회를 봐서 종용하고 싶었지요.

잔칫집에서 떡이며 국수를 먹고 술도 한 잔 하면서 가만 생각하니 아주머니를 빈집에 혼자 남겨두고 왔다는 사실에 자리가 편하지 않았어요. 우리는 이렇게 맛있게 먹는데 청진에서 올라와 남편과 대화도 못하고 뒷방에 홀로 앉아 지내니 얼마나 적적할까 싶어 음식이라도 잡숫게 할 양으로 모셔오고 싶었지요.

후딱 자리를 털고 일어나 전차를 타고 모시러 갔죠. "아주머니, 잘 아는 의사 선생님이 애기 돌잔치를 하는데 여기 혼자 계시지 마시고 같이 가서 음식 좀 드시죠." "괜찮아요." "저를 보고 같이 갑시다." 망설이는 걸 보니 생각은 있나 봐요. "아, 가십시다." 반강제적으로 모셔 갔죠. 웃으며 잔치 집에 들어섰더니 선생이 뒤따라 온 아주머니를 보고 싹 표정이 굳어지데요. 무섭더라고요. 별수 있나요. 엉거주춤 서서 소개했죠. "모두 초면이죠. 유채롱 선생님 사모님입니다."

사람들의 표정이 어리벙벙했어요. 모두 선생의 부인을 처음 보는 순간인 거죠. 딱 보기에 시골 아낙 같으니 눈을 둥그렇게 뜨고 놀라데요. 최소한 선생이 뭐라고 한마디 할 줄 알

앉어요. 그런데 벌떡 일어나더니 냅다 목청을 돋우는 거예요. "규동이, 나 좀 봐." 팔을 딱 잡아끌고 밖으로 나가데요. 성질이 불덩어리 같았어요. 단단히 화가 난 것 같더라고요. "누가 저 사람 데려오라고 했어?" 대답할 사이도 없이 손이 올라왔어요.

따귀를 얻어맞았죠. 딱 때리는데 눈에서 번쩍 불이 나오더라고요. 대항 한번 못하고 얻어맞았지요. "아주머니가 함께 자리에 있었으면 해서 제가 모시고 왔습니다." "왜 시키지 않은 일을 해. 나 여기 앉아 있지 못하겠네!" 그 길로 토라져 나가버린 거 있죠? 분위기가 싹 가라앉았어요. 음식을 나누기 위해 함께 모였지만 누구 하나 젓가락도 들지 못했죠. 뭐 별로 그럴 분위기가 아니었고요. 돌잔치가 쓸쓸히 끝나버렸던 거예요.

다음 날 선생이 손을 잡고 물어보데요. "용서했지요?" "……." 따귀를 때린 일이 몹시 미안했나 봐요. "난 아무렇지도 않습니다. 아주머니가 안 됐죠." "그 사람 얘긴 하지 말게. 내가 싫으이. 우리는 헤어진 지 오래됐어. 다만 시골에 있었을 뿐이지. 조혼을 했는데 서로 정이 없어." 남녀 간에 정이 없으면 저렇게 되는가 싶었지요. 차이를 극복해 대동 세상을 만들어보겠다는 공산주의의 결말을 보는 것 같아 쓸쓸하기도 했어요.

김일성대학은 저녁때면 학생들이 모여서 성토대회를 열어요. "김구·이승만 타도하자", "남조선 매국노를 쫓아내자" 곳곳에 현수막까지 걸어놓고 열성분자 한두 명이 나가서 연설을 해요. 앉아 있는 사람은 연설 시간 30분 동안 열 번은 박수를 쳐야 했어요. 우스운 건, 졸다가 다른 애들이 박수를 치면 덩달아 손뼉을 쳐요. 동료가 어떻게 볼지 모르기 때문이죠. 그런 단체 생활이 아주 고달팠어요. 염증이 났다는 게 정확한 표현일 거예요.

끌려다니며 하는 일이라 죽기보다 싫었어요. 행동도 자유롭지 못했죠. 생각할 여유도 주지 않았어요. 막 끌어내 연설하게 하고, 박수를 치게 하고, 노래 부르게 하고, 만난 적도 없는 사람을 규탄하게 하고, 규정지어 선언하는 게 순서였어요. 환장하겠더라고요. 학생들은 김구·이승만을 보지도 못했어요. 두 사람이 무슨 죄를 지었는지도 몰랐어요. 그저 매국노니까 타도하자만 반복하니 너무 싫은 거 있죠.

명색이 대학생인데 쉽게 납득도 안 되고 설득도 안 되는 그런 초보적인 연설만 자꾸 들으려니 진절머리가 나는 겁니다. 친구에게라도 속내를 털어놓으면 좋으련만 그럴 순 없었어요. "그런 말 마라. 혹시 다른 사람이 들으면 이상하게 말을 전하는 수가 있다. 마음에 없더라도 있는 듯 행동해라." "매일 어떻게 그러냐. 싫으면 싫은 내색을 하고 기쁘면 기뻐하는 거지. 여기서 언제까지 이러고 살아야 하나?" "너 그런 말 했다간 총살감이다." "난 뭐가 뭔지 모르겠다." 떠나고 싶었어요. 다른 세계로 탈출하고 싶었지요.

어렵게 학기를 마치고 겨울 방학이 되자 고향을 찾았어요. 어머니한테 그간의 말 못할 사연을 죄다 토로했어요. "해방된 지 3년인데 여기서 제가 할 일이 없습니다. 어머니는 어떻게 생각하실지 모르겠지만, 돈과 땅을 다 뺏겼는데 어머니는 이제 어떻게 삽니까? 그리고 나는 김일성대학을 다니지만 마음에 없는 공부를 하고 있어요. 공부라고 해봐야 마르크스-레닌주의, 볼셰비키당사, 러시아어를 공부하는 데 이걸 어디에 써먹습니까? 난 시를 쓰고 싶은데 그럴 시간을 안 줘요."

"네가 아버지 따라 의사를 해야 하는데 잘 다니던 학교를 그만 두고 김일성종합대학 다닌 것부터 나는 마땅치 않다. 그나저나 어떻게 하면 좋으냐?" "남조선에 가겠습니다." "야, 큰일 날 생각 마라. 잡히면 죽는다." "몰래 가지 나팔 불고 가겠습니까?" "남들도 잘 적응하고 생활하는데 너는 왜 그러느냐? 시간이 해결해줄 거다. 조금만 참자." "미칠 것 같아요. 하루하루가 지옥이에요." 기어이 어머니의 반대를 무릅쓰고 월남을 결심했죠. 문학을 하고 싶어, 시인으로 살아가고 싶어 고향을 떠나기로 한 겁니다.

딱 3년만 머물려고 했는데……

다니던 대학까지 포기하고 무작정 서울행을 결심했어요. 딱 3년만 기다리면 될 거라 생각했죠. 더도 덜도 말고 3년만 지나면 삼팔선도 없어지고 통일이 될 수 있을 거라 믿었던 거지요. 삼팔선은 임시로 생긴 거지 영원히 막혀 있는 경계선은 아니라 생각했거든요. 소련군이 철수하면 김구·이승만·여운형을 중심으로 통일이 될 거라 믿고 서울로 내려왔던 거예요.

"남조선 그 어른들이 빨리 여기에 와야 통일이 되겠지만 맘대로 안 될 것이다. 네 생각대로 해라. 하고 싶은 일을 말릴 수도 없고, 아무튼 잘 생각해라." 어머님은 아들의 각오와 다짐이 확고한 걸 눈치채고는 서울에 갈 수 있는 여비를 마련해 주셨지요.

어머니의 연세가 59세였어요. 불길한 예감이 들어 서둘렀죠. 장남으로서 회갑상을 차려드리고 싶었어요. "어머니 서둘러 회갑 잔치 합시다." "갑자기 무슨……." "아닙니다. 제가 가면 쉽게 못 옵니다." 급하게 누님에게도 알리고, 돼지를 잡고 당면도 사와서 부랴부랴 잔치를 했어요. 말이 잔치지 초상집과 다를 바 없었죠. 다들 밥상에 코 박고 아무 말도 없었어요.

동생과 함께 기차를 탔어요. 동생은 평양으로, 나는 철원으로 가는 기차를 탔지요. 기차에 물과 석탄을 넣는다고 한 시간쯤 서 있데요. 동생이 탄 기차가 떠나는 걸 보려고 서 있는데 어둠 속에서 동생이 통통거리며 달려왔지요. 종이에 싼 뭔가를 턱 건네는 거예요. "이거 형님 가져가쇼. 난 평양에 가면 유 선생이 도와주니 필요 없소." 그러고는 막 뛰어 기차에 몸을 실었어요. 꼬깃꼬깃한 봉투를 펼쳐보니 돈이 들어 있는 거예요.

어머니가 마련해준 동생의 학자금이었어요. 그 돈을 다 주고 가버린 거죠. 갑자기 부자가 되었어요. 그러나 기분은 그리 좋지 않았어요. 완행열차라 고원에서 철원까지 세 시간이나 걸린다고 하데요. 열차 안을 총 든 보안사원이 왔다 갔다 했죠. 교복을 입고 있으니 조사는 받지 않았어요. 드디어 내가 김일성대학을 버리고 남조선에 간다 싶으니 만감이 교차했어요. 언제 돌아올지 모른다고 생각하니 차창 밖을 스치는 풍경 하나에도 눈을 뗄 수 없었고요.

지금 철원은 남한 땅이지만, 그땐 북한 영토였어요. 6·25 전쟁 통에 국군이 밀고 올라간 거죠. 무사히 철원역에 도착했는데 삼팔선을 넘어가려면 산길로 가야 한대요. 더구나 안내하는 사람이 있어야 한대요. 아무에게나 통사정 할 수 없어 열흘간이나 머물렀죠. 1948년 1월 그믐께였어요. 천신만고 끝에 안내해줄 사람을 만났죠. "이제 늦었습니다. 작년까지만 해도 넘어갈 수 있었는데 지금은 경비가 워낙 심해서 잡히면 총살입니다." 뜻밖이었죠.

결심했는데 어떻게 하겠어요? 기어이 가겠다고 우기면서 삼팔선까지 데려다주는 계약금을 두둑하게 드렸죠. 밤 아홉시쯤 되니 눈이 소복이 쌓이데요. 안내원과 함께 꼬불꼬불 위험한 산길을 조심스레 걸어갔지요. 보안사원이 보일라치면 낮게 속삭였어요. "학생 엎드리시오!" 보초를 서고 있는 인민군을 피해 아슬아슬하게 빠져나가는 순간 너무 추워 엉거주춤 서 있었죠. "학생, 죽으려고 그러우?" 얼음판 위에 납작 엎드리는 수밖에요.

새벽 여섯 시쯤 되었을 거예요. 철원에서 포천까지 한 80리 가량을 걸어왔던 겁니다. 산길을 뺑뺑 돌아 오니 날이 훤히 밝아올 기세였어요. 안내원의 마지막 당부가 이어졌죠. "가만히 들어보시오. 저기 닭 울음소리 들리죠?" 숨을 죽이고 귀를 바짝 세우자 닭 우는 소리가 어렴풋이 들려왔어요. "꼬끼오~"

"저게 남조선 포천이오. 무조건 닭 울음소리를 쫓아서 가시오." "아저씨는요?" "나는 날이 밝기 전에 빨리 돌아가야 살아요." 졸지에 혼자 남게 됐죠. "아저씨, 기념으로 드립니다." "이거 뭐요?" "아버지 유품 시계인데 괜찮은 겁니다." "아이고, 고맙수다."

내가 삼팔선에 앉았구나. 북조선과 남조선 가운데 앉았구나 하는 감개가 솟아올랐어요. 솔직히 다시 돌아가고 싶기도 했고요. 뒤죽박죽이 된 감정을 추스르며 저벅저벅 닭 울음소리를 쫓아갔죠. 마을이 나오더군요. 조심스레 지나치려는데 누군가 불러 세우데요. "여보시오, 누구시오?" "아, 예. 여기 남조선이 맞습니까?" "예, 남조선 땅이오."

콩알만 했던 가슴이 풍선처럼 부풀어 올랐죠. "이북에서 온 학생입니다." "이북에서? 요즘은 넘어오기 어려운데 어떻게 왔소? 이리 들어오시오." 집주인은 교복과 모자를 보고 단번에 김일성대학 학생인 걸 알아보데요. 그리고 아침상을 차려주었어요. 흰 쌀밥을 참 오랜만에 먹어봤어요. 돈을 드렸더니 안 받아요. 대신에 손가락으로 한쪽을 가리키며 가서 신고해야 한대요. 경찰서였지요.

난롯가에 앉아 졸고 있던 순경은 엉덩이를 일으키며 눈을 부릅떠요. "아이고, 이거 김일성대학 아냐? 아, 어떻게 왔어?" 긴 몽둥이로 가슴팍을 확 찔러가며 심문하는 거예요. 의자에 앉으려다 바닥에 털썩 주저앉았죠. 숨넘어갈 듯 아팠어요. "무슨 스파이 노릇 하려고 남한에 내려왔어? 바른대로 말해!" 뜻밖의 상황에 정신이 없었어요. '이럴 줄 알았으면 안 내려오는 건데. 이렇게 무지막지한 대우받으려고 삼팔선을 넘었단 말인가.' 이건 일제시대보다 더 나빴어요. 정말 개 패듯 몽둥이로 때리고 발로 차는 것이 일본 순사보다 더했어요.

그렇게 가슴을 세게 맞은 건 처음이었죠. 심문과 구타는 계속됐어요. 왜 왔느냐, 어디서 왔느냐, 돈은 얼마 있느냐, 배낭엔 뭐가 들어 있느냐, 선전 삐라는 무얼 가져왔느냐, 간첩질할 것은 뭐냐. 몽둥이세례로 정신이 몽롱해지고 머리가 부서질 듯 고통스러웠어요. 얼추 세 시간 가량 조사를 받다 트럭에 실려 의정부 경찰서로 후송되었죠. 몇 번이고 어머니를 불렀어요.

"이 학생이야?" 김일성대학 학생이 포천 경찰서에 왔다는 것을 다 알고 있었어요. 취조실에는 나 말고도 일단의 젊은이들이 쭉 무릎 꿇고 앉아 있었어요. 조사 내용을 들어보니 좌익 청년들이었죠. 철도 동맹 파업을 하다 붙들려온 모양이었나 봐요. 취조하는 형사가 험하게 마구 대하데요. 몽둥이로 꿇은 무릎을 콱콱 내리치며 다그쳤지요. "다이너마이트는 어디 숨겼느냐, 불을 지른 건 누구냐." 젊은이들의 비명과 고함이 취조실을 진동시켰어요.

난 괜찮을 거다. 공산주의가 싫어 남으로 내려오지 않았느냐. 김일성을 반대해서 남으로 탈출했으니 사상적으로 문제 삼지 않을 것이다. 스스로 위안하며 불안한 심정을 달랬지요. 마음이 통해서일까? 형사가 웃으며 손짓을 하데요. "너희들이 지금 다이너마이트로 철도와 열차를 파괴하는데, 이 학생은 김일성대학을 다니다 김일성이 싫어서 나왔다. 너희는 김일성이 그리워서 이북에 가고 싶어하잖아. 너희들끼리 어디 한 번 얘기해봐라"하고는 저를 청년들 쪽으로 자꾸 떠미는 거예요.

내력 없는 사람을 붙들어놓고 때리고 소리치고 윽박지르니 어쩔 도리가 없었어요. 그렇다고 딱히 하고 싶은 얘기도 없었죠. "여러분들이 고생 많이 하십니다. 내 여러분 투쟁이 어떤 건지 잘 모릅니다. 난 이북에서 공산주의 사상을 받은 김일성대학 학생으로서 드리고 싶은 이야기가 있습니다. 그건 여러분이 상상하는 것처럼 북한은 이상적인 곳이 아니라는 겁니다. 거기도 여러 모순이 있고 기가 막힌 잘못도 많습니다. 시간이 지나면 진실은 밝혀질 겁니다." 모두가 귀를 기울이는 눈치였어요. 굶어가며 조사를 받고 본의 아닌 공산주의의 병폐를 얘기하면서 한 열흘 갇혀 있었죠.

"이쪽에 누구 아는 사람 없어?" 남에 아는 사람 있냐고 묻데요. 냉큼 김기림 선생을 말씀드렸지요. "고보 다닐 때 영어 선생님인데 서울에 살고 있다. 시를 쓰는 시인으로 선생의 제자다." 긴가민가하더니 연락을 한 모양이에요. 김일성대학에 갔는지는 모르겠지만 잘 안다고, 공부도 잘했다고 얘기해줘서 풀려났어요. 꿈만 같더라고요.

트럭에 태워 서울 을지로 입구에 내려줬어요. "여기가 서울이다. 잘 살아라." 서울 하늘 아래 혼자 내던져진 겁니다. 둘레둘레 눈을 굴렸죠. 수많은 사람이며 전차며 건물들이 감탄을 자아냈어요. 금세 낯선 곳이라는 불안감도 떨쳐버리게 했어요. 문득 담배가 피고 싶었죠. 호주머니를 뒤졌으나 담배한 개비 없는 거예요. 있던 비상금마저 탈탈 털어 형사에게주고 났더니만 빈털터리가 된 거지요.

고보 동창을 수소문해 며칠 밤을 얻어먹었어요. 하루는 작심하고 이화동에 사신다는 김기림 선생을 찾아갔어요. 깜짝놀라면서 질문을 퍼붓데요. "남조선에 왜 왔느냐." "북쪽이싫고 김일성이 싫고, 공산주의가 싫어 내려왔습니다." "여기꼴이 말이 아니다. 서민은 돈도 쌀도 없어서 살기가 힘들다. 있는 건 양키 물건뿐인데 비싸서 못 산다. 전기도 들어오다말다 해서 등잔불을 켜고 산다. 전차와 버스도 한 시간씩 기다려야 온다. 이런데 뭐하러 왔느냐. 그쪽에서 견디지 않고……." 아주 기가 차단 표정이었어요.

"이북에서 공부를 하는데 뜻에 맞지 않습니다. 여기 오면 선생님도 계시고 문학 공부도 할 수 있을 것 같아 내려왔습니다. 선생님을 기다렸는데 3년을 기다려도 소식이 없어 겸사겸사 내려온 것입니다." "글쎄 넘어가고 싶어도 조무래기가 다섯인데 애들 손목 잡고 어떻게 삼팔선을 넘어가나." 선생님의 심정이 이해되었지요. 선생님도 제 심정이 이해되었는지 저를 살갑게 대하셨어요. "어쨌든 넘어왔으니 밥은 먹고 살아야 하지 않겠나? 내 일자리를 알아볼 테니 이력서 다섯 통을 써 와라."

처음으로 이력서를 작성해봤죠. 김일성대학을 다니던 북조선의 김 아무개가 남조선에서 이력을 썼던 거지요. 급하게 세 통을 써 드렸더니 사흘 만에 전갈이 왔죠. 노량진에 자리한 경성상공중학교(현 중앙대부속고등학교)에 영어 선생이 필요하대요. "영어 가르칠 수 있겠나?" "가르치고말고가 있나요. 우선 할 수 있다고 말씀드려주세요." 일자리는 일사천리로 진행되었지요. 교장이 김기림 선생님의 친구였더군요.

선생님이 무조건 날 들이밀어준 거지요. 마침 좌익 선생이 쫓겨난 자리가 있다는 겁니다. 교장은 좌익은 아니냐고 물어요. "선생은 혹시 좌익에 대해 어떻게 생각하오?" 웃으면서 이북에서 내려왔는데 좌익이겠냐고 대답했어요. 취직이 됐죠. 교장은 지금 어느 땐데 좌익을 하느냐며 이전 선생에 대해 한마디 하고는 일자리를 허락했어요.

한 2년쯤 근무하자 전쟁이 나데요. 기억하시죠? 1950년 6월 25일 전쟁이 일어난 거죠. 생전 처음보는 탱크와 대포가 등장하고 시가전이 벌어졌어요. 지금은 담담히 그때를 회상하지만 지옥이나 다름없었어요. 인민군이 의정부를 지나 미아리에 들어왔다며 다들 피란을 종용했어요. 이불보따리를 짊어지고 돈과 금붙이 등 돈이 될 만한 것들을 챙겨 피란 간다고 아귀다툼이었어요.

교통수단이 없으니 무조건 걸어서 남쪽으로, 남쪽으로 내려가야 한대요. 개중에는 소달구지에 세간을 싣고 가는 사람도 있었어요. 공포에 질려 피란을 떠나는 일행을 지켜보던 나는 떠나지 않기로 작정했어요. 또한 교장이 학교를 지킬 것인데 같이 남자고 사정을 하더라고요. "김 선생, 같이 학교를 지킵시다." 이북에서 내려왔기에 인민군이 잡아갈 거라고 하는데도 붙잡는 거예요. "괜찮아요. 우익에 적극적으로 활동한 적도 없고 하니 아무 일 없을 겁니다. 또 내가 극히 선량한 선생이었다고 보장해주겠소." "절 믿어주신다면 학교에 남지요."

유채룡 선생과의 재회

막상 다들 피란을 떠나는 와중에 서울에 남기로 작정하니 마음은 편하더라고요. 학교에 남아 피란 가지 않은 좌익 학생들을 가르쳤어요. 고향 소식은 물론이고 가족들의 안부도 궁금하여 목 길게 하고 두리번거렸지요. 숫제 좌불안석이었어요. 신변의 안전도 고려하지 않은 채 수소문하러 다녔죠. 아니나 다를까, 지성이면 감천이라고 반가운 소식을 듣게 됐지요.

서울에 인민군이 들어왔는데 듣자 하니 유채룡 선생이 서울대학교 병원장으로 내려왔다고 하지 뭐예요. 6·25 나흘만인가 그 소식이 들려왔어요. 매일 시국 강연을 하고 의사들을 감독하고 부상자를 치료한대요. 부상자가 무척 많았어요. 눈길 닿는 곳마다 부상자들로 발 디딜 틈이 없었죠.

유 선생은 병원에 있던 의사, 간호사, 약제사 한 사람도 잡아가지 않고 우대해서 의료진으로 쓰고 있다고 하더라고요. 전쟁이 시작된 지 일주일 만에 선생을 찾아갔어요. 설마 남조선에 내려온 반동이라고 날 잡아가진 않겠지. 내가 은혜를 많이 입었는데 만일에 선생이 날 잡아간다고 해도 어쩔 수 없지. 이참에 동생 안부도 물어봐야겠다고 생각하면서 두근거리는 가슴을 진정시키느라 무진 애를 썼죠.

노량진에서부터 걸어 원남동에 자리한 서울대 병원에 도착했어요. 유 선생이 계셨지요. 강당에서 의사들을 모아놓고 시국 강연을 하고 계셨어요. 복도에 서서 열변을 토하는 선생을 바라보다 두 사람의 눈이 마주쳤어요. 반갑게 눈인사를 건넸지요. 기다리라는 듯 손을 들더라고요. 한 삼십 분 지나자 강연을 끝낸 선생님이 걸어 나왔어요. "이게 얼마 만이오. 남쪽에 나오려면 나한테 말해야지. 얼마나 고생했소. 뭘 먹고 살았소. 내게 말하면 의사 동창이 서울에 얼마든지 있는데, 소개장 써주면 밥은 얻어먹을 수 있는데 왜 얘기도 안 하고 몰래 나왔소?" 붙잡는 손을 놓지 않은 채 미주알고주알 물어왔어요.

몰랐지요. 선생이 저를 그렇게 깊이 생각하고 있었는지 전혀 눈치채지 못했거든요. 반갑고 죄송한 마음에 와락 껴안았어요. 서울에서 객지 생활을 하는 동안 그런 마음 깊이 생각해주는 얘기는 처음 들었거든요. "당신 어머니한테는 말해놓고 왜 나한테는 말하지 않았소. 어머니보다 못한 사람이라 그랬소?" 막 울었어요. 그간 고생한 일과 북한에서 가졌던 만남의 기억이 생각 나 소리 내어 서럽게 울었죠. 지금도 그때 생각을 하면 눈물이 나곤 합니다.

동생의 근황이 궁금했어요. "당원은 됐습니까?" "에이, 누가 보증해줘야지. 도장 찍어줘야 당원 되지 아무나 되나." 적이 실망되더라고요. '당원이라도 됐으면 안전할 텐데.' 한편으로는 안심도 됐어요. 시대에 휘둘리지 않고 의사 노릇만 할 수 있겠구나 해서요. "잘 있습니까?" "아, 잘 있지요. 똑똑해졌지요." 당원은 아니나 내왕은 자주하는 것 같았죠. "그간, 고생 많이 했는데 조금 기다렸다 점심 같이 합시다." "아닙니다. 바쁘신데 그만 갈게요." 옥신각신하다 눈물이 나서 가봐야 한다며 밖으로 나왔죠.

무거운 발걸음으로 병원 문을 나서다 하늘을 쳐다봤어요. 맑고 고운 구름이 하늘을 수놓고 있었어요. 자석에 이끌리듯 병원 뒤 구석을 찾아 한참을 통곡했죠. 이념이 무엇이기에 민족끼리 총부리를 겨누며 전쟁을 해야 하나? 하늘은 이리도 맑고 고운데 왜 인간은 서로 죽이고 때리고 고문하는 걸까? 어머니와 동생, 누나들은 뭘 하고 계실까? 오랜만에 가져본 현실 세계에 대한 인식은 저를 아주 처참하게 만들고 말았어요.

유 선생에 대한 인식도 새로워졌죠. '정말 위대한 사람이다. 이런 사람만 있다면 공산주의를 왜 마다하겠나. 이렇게 너그럽고 인자한 사람이 어디 있나. 모든 적을 용서하고 포용하는 사람, 그가 참 지도자다.' 그러나 유 선생을 다시 찾지는 않았지요. 전쟁의 상황도 바뀌었고요. 연합군이 올라와 인민군이 후퇴하게 된 겁니다. 후퇴하는 인민군은 서울에 있는 큰 병원의 값나가는 의료 기구를 싣고 갔대요. 간호사와 의사도 좌익에 가까운 사람을 다 데려갔지요.

서울대 병원만은 현미경 하나도 손대지 않았대요. "그대로 둬라. 한 사람도 데려가지 마라. 남아서 인민을 치료하는 데 복무케 해라. 단, 다시 만나기로 하자. 이게 인사다." 유 선생이 남긴 마지막 당부였대요. 국군이 돌아온 후 서울대 병원만큼은 붙들려간 사람도 없고 의료 기구도 제자리를 지키고 있었지요. 유채룡 그가 그립습니다. 지금 살아 있으면 100세를 바라볼 거예요.

그러나 생사를 모르지요. 하지만 이것 하나만은 자신 있게 말할 수 있어요. 그는 참 훌륭한 공산주의자였어요. 평생 그런 인품과 마음을 지닌 사람을 만나보지 못했거든요. 이런 실천적인 공산주의자가 이상의 세계를 만들어간다면 어느 누가 그 땅을 떠나겠어요. 이렇듯 휴머니즘을 바탕으로 인간을 위해 존재하는 삶을 살아간다면 누가 인류의 마지막 폐기물이 마르크스–레닌주의라는 주장을 펼칠 수 있겠어요?

아, 따귀를 맞은 일이 생각나네요. 그때는 창피하고 아프고 분하기도 했었죠. 이해할 수도 없었어요. 이제는 빛 바랜 추억으로나 기념하며 살고 싶어요. 말씀드렸잖아요? 경성고보 재학 중 기차간에서 황국신민의 서사를 못해서 형사한테 얻어맞은 일과 해방 후 유 선생에게 따귀를 맞았다고요. 평생 제가 따귀 맞은 경우는 이렇게 두 번이었어요.

1950년 6월 25일 전쟁이 발발하고 3개월 동안 서울은 인민군의 지배 아래 있었죠. 그러다 9월 28일 국군이 들어왔어요. 다시 3개월 뒤 1951년 1월 4일 인민군이 중공군과 함께 서울로 진입했지요. 수도 서울을 빼앗기고 빼앗는 날들이 계속됐어요. 짐보따리를 풀 만하면 상황이 엎어졌다가 뒤집어졌다가 하는 겁니다. 죽어나는 건 무고한 백성이었죠. 인민군이 다시 들어왔다는 소식이 퍼지자 민심은 술렁거리기 시작했어요.

사람들이 앞다투어 집을 비우고 피란길에 나섰지요. 1월이면 제일 추울 때인데도 길마다 사람들로 북새통이었어요. 그야말로 개미장 서듯 했죠. 운이 좋은 사람은 그나마 석탄이나 시멘트를 나르는 화물 기차에 매달리거나 군용 트럭을 얻어 타고 탈출하는 겁니다. 그러나 대부분은 걸어서 무작정 부산·대구·대전 등 남쪽으로 내려갔어요.

피란지 부산에서의 생활

용케도 저는 인천에서 배를 탈 수 있어 이틀 만에 부산에 도착했지요. 내려와서 보니 벌써 피란민이 와글와글거렸어요. 역사 이래 부산 인구가 몇 배로 불은 듯했어요. 부산 생활이 처음인 데다 맨몸으로 빠져나오고 보니 살아갈 길이 막막했죠. 하늘이 무너져도 솟아날 구멍이 있다는 신념으로 일자리를 찾아다녔어요. 며칠 시내를 쏘다닌 보람이 있어 대청동에 있는 《중앙일보》에 취직했죠. 새로 발행하는 종합 잡지 《중앙》의 기자가 된 거예요.

그간 선생 노릇을 2년 반 해봤는데 같은 걸 두세 번씩 가르치는 게 지루하고 고통스러웠지요. 학생들은 어떨지 몰라도 선생인 난 견디기가 어려웠어요. 우선 기운이 쪽 빠지고 재미가 없었어요. 학생을 가르치는 보람이 있다는 사람도 있다지만 저는 아니었어요. 뭐 창의적 일, 특히 시를 쓰고 싶어 견딜 수가 없는 거예요. 이상하게 학생을 가르치면 금방 싫증이 나는데, 시는 한 편을 열흘간 주물러도 싫증이 안 나는 거 있죠.

그 차이를 실감하고 싶었어요. 나이가 스물다섯 무렵인데 청년으로서 하고 싶은 일을 해야겠다는 다짐도 생겼고요. 일단 잡지사에 취직했기에 뭔가 마음껏 만들어보고 싶고 시도 쓰고 싶었죠. 그러나 피란 통에 정치가 많이 부패하고 군도 상당히 복잡한 것 같았어요. 후방에서 쌀을 횡령해 전방에 보내지 않아 여론이 들끓었어요. 연일 온갖 부정과 비리 사건이 어마어마하게 터져서 무척 혼란스러웠지요.

메뚜기도 한철이라고 전쟁 통에 일확천금 벌자는 건지, 권력의 부정부패가 극심했어요. 마침 잡지사로 익명의 투서가 배달되었죠. 많은 국민이 굶주리며 고생하는데 정치하는 사람들은 돈을 떡 주무르듯 하며 공금을 횡령한다는 투서가 들어왔지 뭐예요. 정치인의 치부상과 그 경로, 어떤 이가 제일 돈을 많이 모았는지 구체적 증거와 자료까지 기록되어 있었어요. 편집부에서는 보도를 하자는 쪽과 하지 말자는 쪽으로 패가 갈리었어요. 난 보도를 하자고 강하게 주장했어요.

사실인지 아닌지 모르고 냈다가 문제가 생기면 어떻게 하느냐 반대쪽의 주장도 만만치 않았어요. 물러설 내가 아니었

죠. 내가 조사할 대로 조사한 거니 한 번 내보자. 그리고 책임
도 지겠다고 하여 우여곡절 끝에 기사를 실어 3,000부를 발행
했어요. 충격적인 기사가 실려 있으니 당연히 화제가 될 것이
라고 기대했죠. 그런데 사장이 밖에서 압력을 받았나 봐요.
"시중에 판매할 수 없어. 그리고 이걸 내자고 한 기자들이 책
임을 져라."

기사 내용을 지우라는 겁니다. 기사 싣기를 주장한 사람이
지우라는 거죠. 꼼짝없이 걸려들었어요. 더운 여름에 둘이서
먹을 갈아 기사 내용을 까맣게 칠했지요. 책 한 권씩 펼쳐가
며 새까맣게 지우는 거예요. 파리는 자꾸 모여들지, 책이 좀
말랐나 싶으면 떡처럼 붙어버리지, 아주 곤란했어요. 아침부
터 점심도 건너뛰고 사흘 꼬박 600부를 먹칠해서 시중에 내
놨어요.

한 부분이 몽땅 지워져 있는데도 잡지는 팔리데요. 아직
창고에 2,000부 넘게 남아 있는데 언제 다 칠하나 아득했지
요. 아무리 생각해봐도 이건 아닌 것 같았어요. '더는 할 수
없어. 기자를 이렇게 막 대하는 발행인을 믿고 일을 할 수는
없다. 외부 압력에 굴복하는 것도 그렇고 한 번 손해 본 셈
치고 기자들 일 잘하게 북돋아줘야지, 사람을 노예로 부리듯
대하는 게 말도 안 돼.' 화가 머리끝까지 올라 냅다 사표를 냈
죠. 그만두겠다고 말했어요.

사장이 멍하게 쳐다보데요. 말은 않지만 먹칠을 마저 하지 않고 그만두나 생각하는 그런 얼굴이었죠. 벌레 씹은 표정이었다고요. 더 울화가 치밀고 기가 막힌 거 있죠. 한마디로 천하에 고얀 놈이었어요. 일하다 그만두니 암담했어요. 무직자가 되고 보니 아주 허탈했죠. 남의 눈을 의식해 출근하는 듯 송도 바닷가를 찾았어요. 거기서 실컷 놀고 쉬기를 반복했어요. 며칠은 견딜 만했죠.

소나무 숲이며 바위도 있고 바닷물은 출렁거리고 여름이니 수영하는 아이들도 있어 무료하지 않았어요. 그것도 무료하면 점심도 굶어가며 책을 읽었어요. 앙드레 지드, D. H. 로런스David Herbert Lawrence, 1885~1930 등 문인들과 놀았죠. 하루는 너무 더워서 옷가지를 벗어 가방에 넣어놓고 진탕 아이들과 물장구치고 모래찜질하고 뒹굴었지요. 한참 놀다 돌아와보니 모래밭 바윗돌 위의 가방이 안 보이는 거예요.

분명 누군가 훔쳐간 거예요. 헌 구두만 달랑 남아 있더라고요. 피란 때라 헌 옷이며, 가방 같은 것도 돈이 되었지요. 난감했어요. 집에 돌아가야 하는데 물에 젖은 팬티 하나 달랑 걸치고 있으니 어떻게 해요. 처지가 한심했지요. 퍼뜩 소설가 박연희가 송도에 산다는 생각이 났어요. 이집 저집 기웃거리며 찾아 나섰지요. 모래사장에서 바늘 찾는 격이더라고요.

젊은 사람이 대낮에 속옷만 걸친 채 이집 저집 기웃거리니 정신 나간 사람인 줄 아나 봐요. 다들 문을 쾅 닫아버렸어요. 몇 시간이 지난 후 간신히 집을 찾았죠. "박연희 선생 계십니까?" "안 계신데요." 부인으로 보이는 여자가 방문을 빠끔히 열고 나왔죠. 저를 보더니 화들짝 놀라 비명을 지르는 거지요. "에구머니나!"

웬 벌거벗은 사내가 남편을 찾으니 얼마나 놀랐겠어요? "근데, 웬일이세요?" "사실, 부군의 친군데 송도에 놀러왔다 옷을 잃어버렸습니다. 헌 옷이라도 있으면 한 벌만 빌려주세요."

박연희는 뚱뚱하고 키가 컸어요. 그에 비해 저는 작고 마른 편이었죠. 그런데 꼭 애가 어른의 옷을 입은 것 같았어요. 옷이 너무 헐렁했죠. 그러나 천만다행이다 싶어 안도의 숨을 내쉬었어요. 추억이 아름다운 건 이런 경우일 겁니다.

집안에 죽치고 앉아 있기가 무료해 역전에 나갔어요. 포스터 한 장이 눈길을 사로잡데요. 큼지막하게 '기자 모집'이라는 광고가 붙어 있더라고요. '기자라! 이거 한 번 도전해봐야겠다.' 경험 있고 글 잘 쓰고 신문 만들 줄 아는 사람을 환영한대요. 이거 나를 찾는 광고라 싶어 당장 찾아갔어요. 부둣가 이층집에 자리하고 있었죠. 곧바로 편집국장실에 들어갔어요.

즉시 면접이 시작됐죠. 시를 쓴다는 얘기를 듣고 이흡 시인을 물어봐요. 물론 알지요. 1930년대 등단했으나 등단 이후에는 작품 발표가 뜸했죠. 국장은 이 시인이 자신의 휘문고보 동창이라며 출근하라는 거예요. 문화부로 발령을 받았어요. 신문 경험은 없었으나 이흡 시인이 연결 고리가 되어 취직된 겁니다.

편집국장 정국은의 이력은 화려했어요. 일화도 많았고요. 해방 후 일본에서 건너왔대요. 젊을 때 판 짜고 글자 뽑는 문선공으로 신문사에 들어갔대요. 그 후 사회부 기자를 거쳐 주필(총 책임자)이 됐대요. 밑바닥부터 올라온 거죠. 결혼의 사연도 재미있어요. 사회부 기자 시절 이화여대 졸업식을 취재하러 갔는데 학생 답사에 감동해서 《매일신문》에 실었대요. 나중에 그 답사를 한 여학생과 결혼을 했죠.

기사를 작성하는 방법도 독특했어요. 혼자서 매일 정치·경제·문화 기사를 세 편씩 써요. 얘기를 하면서도 일사천리예요. 하루는 취재를 마치고 들어오는데 불러 세우더니 눈물이 쏙 날 만큼 면박을 줘요. "어이 김규동, 좀 보자." "네, 무슨 일 있습니까?" "이거, 문화면이 개 좆이다." 황당하더라고요. 개 좆이라니? 내가 쓴 기사를 이렇게 폄하할 수 있어요? 저뿐 아니라 다른 사람에게도 그랬어요. 그런데 그 사람한테는 누구도 이의를 제기할 수 없었어요. 다 맞는 말만 하거든요. 국장의 얘기는 기사가 읽히지 않으니 읽을거리를 찾아보라는 뜻이었죠.

부언하면 영화, 미술, 문학이 죽어 있다는 겁니다. 작가도 많고 감독도 많고 평론하는 사람도 많은데 아직 멀었다는 거예요. 프랑스에서는 사르트르Jean Paul Sartre, 1905~1980, 카뮈Albert Camus, 1913~1960의 실존주의 등장으로 국민의 문화의식이 고양되고 있는데 뭐하느냐는 거지요. 이 전쟁 통에 문화라니 이해가 안 됐어요. 그런데 국장의 얘기가 하나도 틀리지 않다는 것을 깨닫게 되더라고요. 정신이 번쩍 났지요.

국장은 일하는 것도 달랐죠. 신문을 편집하는 데도 일가견이 있었어요. 타고난 신문쟁이라고 봐야 돼요. 하루는 내 책상 앞을 지나가다 걸음을 멈춰요. 그러고는 손에 들고 있는 시집을 쳐다봐요. "어, 시집이네." 김남조 시인이 보내온 첫 시집이었죠. "여자 아냐? 여자 분이면 나한테 책 한 권쯤 보내지. 김 기자, 기사 잘 써줘." 그렇지 않아도 기사를 쓰려던 참이었어요. 국장의 부탁이 아니어도 정성껏 기사를 썼어요.

부산과 대구는 문인들의 집합소였어요. 대구에 60명, 부산에 100명 정도 있었는데 유유상종이라고 서로 오가며 만났지요. 박인환, 조향, 박목월 시인은 우리 신문에 기고도 했죠. 할 일도 없고 갈 데도 없으니 다방을 전전하며 죽치고 앉아 종일 커피 한두 잔 먹으며 시간을 보낸 거예요. 원고료라도 나오는 날이면 주막으로 몰려가 가슴 속의 응어리와 열정을 술로 풀어버리는 거죠.

괴상한 친구도 있었지요. 막걸리나 냄비 우동을 먹는 문인들을 보고는 빈정거리는 거예요. "야야야, 아무리 먹고 싶어도 문화인이 배추 장사처럼 밖에 걸터앉아 먹을 수 있냐." 그는 달랐어요. 곧 죽어도 찻집에서 커피나 코코아를 시켜 먹었어요. 배고파 죽는 한이 있어도 냄비 우동은 절대 안 먹어요. 그 주인공은 박인환이었죠.

후반기 동인 조향이 문총(문화단체총연합회) 해체론을 써 왔어요. 문총에는 박종화, 김광섭, 이헌구, 모윤숙, 이하윤, 오상순 등이 가담해 있었죠. 문화단체랍시고 정부로부터 돈을 우려먹는다는 거예요. 시인들 입장에서는 있을 수 없는 일이거든요. 조향의 글을 읽어보니 문총이 가만있을 것 같지 않더라고요. 더군다나 평소 안면이 있는 분들인데 실례될 것 같아 차일피일했죠.

조향은 바짝 붙어다니며 기사화할 것을 요구했어요. 귀에 못이 박히도록 왜 안 싣느냐고 독촉을 해요. 문화면이 밤낮 미미하게 가면 되겠느냐 칭찬만 하지 말고 비판하는 글도 넣어야 자극이 되고 신문도 팔린다고요. 솔깃하더라고요. 신문에 실었죠. 다음 날 신문사로 문총 멤버들이 몰려들었어요. 박종화, 모윤숙, 김광섭 등이 우르르 몰려와 해명을 요구하는 겁니다. "하루아침에 문총을 해체하라니, 《연합신

문》이 왜 이러느냐, 대표자가 누구냐, 긴 말 필요 없고 국장
을 만나자."

국장실로 안내했는데 오금이 저려오더라고요. 사태를 파악
한 국장이 오히려 저를 거들고 나섰지요. "우리 신문사에서
경솔하게 기사화했을 수도 있지만 젊은 사람들이 패기 있게
생각하고 실었나 봅니다. 어르신들이 반박문을 써오십시오.
내일 신문에 실어드리겠습니다." "그야 좋지, 우리가 가만있
을 것 같아? 반박해야지." 한바탕 소용돌이가 신문사를 휩쓸
고 갔지요. 약속대로 문총의 반박문을 실어주고서야 어느 정
도 정리가 됐어요.

대한민국 최초의 간첩 조작 사건

1953년 9월 28일 정부가 서울로 환도했어요. 《연합신문》도 따라 올라갔죠. 그런데 '정국은 간첩 사건'이 터졌어요. 갑자기 특무부대(대통령 휘하의 직속 군대)가 국장을 잡아갔지 뭐예요. 지금까지 신문사에 잠입하여 조총련의 심부름을 해왔다는 혐의래요. 군대와 청와대의 비밀을 캐내 조총련을 통해 북한에 보냈다는 겁니다. 신문사에 다시 회오리바람이 불었지요.

내막인즉,《연합신문》양우정 사장이 이승만 대통령과 가까웠죠. 자유당 중앙위원까지 지낸 대통령의 최측근이었어요. 차기 대통령 후보로 낙점되었다는 루머도 돌았지요. 반대파가 가만히 보고 있을 상황이 아니었죠. 대통령을 놓고 쟁탈전을 벌였어요. 원용덕, 윤치영, 손원일 등 라이벌들이 사건을 조작한 거예요. 양우정이 국제 간첩을 끼고 신문사를 운영하고 있다고 한 겁니다.

《연합신문》은 양우정을 대통령 만들기 위해 만들어졌다. 그 증거는 자유당과 각하를 공격한 걸 보면 알 수 있다. 북한의 지령을 받아 대한민국을 망하게 하려 한다. 양우정에게 모든 책임이 있다. 그는 일본에서 건너온 조총련 사람을 주필로 썼다. 문제의 편집국장은 자리를 이용해 신문을 쥐락펴락한다." 당국의 반응이 어땠을 것 같아요? 편집국장은 고문과 협박으로 만신창이가 됐어요.

심한 고문을 받았대요. 고문에 못 이겨 조총련의 자금을 받았고 양우정을 대통령으로 만들기 위해 암약한 간첩이라 자백했대요. 곧바로 사형이 선고되었지요. "모레 정국은 간첩죄로 사형"이라는 기사가 신문마다 나왔죠. 속전속결로 없애버리려는 수순이었어요. 양우정이 사형 집행 전에 대통령한테 진정했대요. "절대 좌익이 아니다. 내가 일본에서 불러왔다. 그저 한 사람의 기자에 지나지 않는다." 그러나 사형은 예정대로 집행되었죠. 양우정도 활동 반경에 치명적 영향을 받게 됐고요.

특무부대가 가족들 면회도 안 시키고 즉결 처형했대요. 시신도 수습하지 못하게 했대요. 어디에 매장되었는지도 모르지요. 아무 데나 묻어버렸겠죠. 대개 사형을 집행해도 시신을 수습하게 하잖아요. 조봉암 같은 정치인도 유해는 내줬어요. 그러나 정국은 국장은 사체도 안 내줬어요. 남아 있는 부인은 기가 막히죠. 삼십대에 사별했으니 그 비통함을 어떻게 달랠 수 있겠어요.

사건은 당시 크게 보도됐지만 너무 빨리 처형해서 사람들이 잘 몰라요. 《연합신문》 사원들만 가물가물 기억하고 있지요. 재판도 없이 열흘 만에 죽였어요. 1980년 즈음에 MBC 라디오에 출연할 기회가 있었죠. 정국은 편집국장의 간첩 사건을 얘기했어요. "천재적인 신문기자인데 억울하게 죽었다. 간첩이 아닌데 조작에 의해 정치적 희생물이 됐다."

보안사령부에서 곧바로 전화가 오데요. "선생, 안녕하십니까. 방송을 들었습니다. 정국은 사건은 선생이 확실히 알고 소신껏 한 얘깁니까?" "내가 조사관도 아니고 확실히 알 수 있나요? 당시 신문에 난 것과 사람들 입에 오르내리는 얘기를 종합해서 말한 것입니다." 다시는 얘기하지 말아달라고 못을 박아요. 보안사에서도 쉬쉬하는 거죠. 이건 뭔가 켕기는 구석이 있다는 뜻 아니겠어요?

아직 그 연유를 모르겠어요. 더 중요한 일은 사건의 내막은 커녕 사건의 존재 여부조차 기억하지 못한 세태란 걸 깨달았지요. 그 어떤 기록에도 없어요. 언론인들도 알지 못해요. 아직 숨을 쉬고 있는 저한테는 일개 자연인으로 진실을 위해 어떻게 싸워야 할까 하는 숙제가 남아 있는 셈이지요.

참고로 당시 《동아일보》에 난 기사 일부를 여기 첨부해봅니다.

고등군법회의에서 적색 국제간첩으로 낙인을 찍힌 정국은에 대한 총살형 집행 여부는 그 집행 예정일이던 지난 23일 이래 돌연히 실시된 '보도관제'로 말미암아 아직껏 풀리지 않는 수수께끼로 남은 채 항간에 구구한 억측만을 퍼뜨려주고 있다.

계사년을 뒤집어엎었던 정국은 사건은 이제 다시 그 총살형 집행 여부를 둘러싸고 일반의 관심을 송두리 째 집중시키고 있는데 이하 '사형수 최후의 날'로 알려졌던 지난 23일 이래 정국은에 대한 형 집행 여부를 둘러싼 표정의 이모저모……

국방부 보도과 직원 전원은 정국은에 대한 총살형 집행에 관하여는 일체 언급을 회피하고 다만 칠판에 적힌 '긴급보도관제'라는 흰 글자를 손질할 뿐으로 "정국은에 대한 형 집행은 중지나 연기도 아니며 실시도 아니고 다만 별도로 일체 언급할 수 없다"는 지시사항에 아침부터 보도과에 모여들었던 각사 기자들은 더욱 더 갈팡질팡…….

1954년 1월 26일자 《동아일보》

《연합신문》은 김성곤에게 넘어갔죠. 국회의원을 지낸 대구 사람으로 쌍용시멘트 사장을 지냈어요. 대표가 바뀌게 되자 전부 사표를 내고 나왔죠. 석 달쯤 다방에서 박인환과 잡담하면서 시간을 보냈어요. 하루는 명동에서 길을 걷고 있는데 누가 불러요. "이보게, 김 형!" 함께 근무했던 《연합신문》 사회부장을 만난 거예요. "나, 새로 창간되는 《한국일보》에서 일하게 됐소. 김 형은 어떻소? 함께 일해볼 의향은 없소?"

자기는 편집국 사회부를 맡았는데 내게 문화부장을 맡아 달 래요. 흔쾌히 수락했죠. 바로 신문사로 발길을 옮겼어요. 사무 실로 들어서자 뚱뚱한 체격에 야구 모자를 쓴 사람이 반갑게 맞아주데요. 장기영 사장이었어요. "당신이 김규동이오? 내가 사장이오. 정국은에게 배웠다면서? 얘기 많이 들었소. 그럼 믿을 수 있소. 우리 같이 일해봅시다." "언제부터 나오면 되겠 습니까?" "언제부터라니, 당장 일해야지." 즉시 자리가 배정되 고 일거리가 주어졌죠.

《한국일보》는 1954년 6월 9일에 창간됐죠. 당시 판매 부수 가《동아일보》의 삼분의 일 수준이라 하더라고요. 엄청난 발 전이지요. 기자들의 열정이 대단했어요. 취재 차량이 지프 Jeep 한 대밖에 없으니 맨발로 뛰면서 취재했어요. 하루는 마 포에 홍수가 나서 신문을 배달할 수 없는 상황이 됐어요. 그 러자 사장이 새벽부터 운전사를 데리고 가가호호 신문을 배 달하기도 했죠.

명동에 사람들을 만나러 나갈 때는 꼭 두세 부씩 갖고 나가 친구들에게 구독을 권유했어요. 사원들에게도 독자 확보를 독 려해, 구독자 열 명을 모집해 오면 월급도 올려줬어요. 저도 구독자를 올리려고 무지 애써봤는데 막걸리만 얻어먹고 말았 어요. 부장들은 아침에 출근해서 밤 열두 시까지 일했어요. 신문이 새벽 한두 시에 나오는데 그걸 봐야 집에 들어 갈 수 있었어요.

그냥 퇴근했다가 오타라도 나면 곤란하죠. 을지로 집까지 걸어가면 사람이 파김치가 돼요. 아침이면 고단해서 일어날 수가 없는 날이 비일비재했어요. 어지럽고 메스꺼워 밥도 못 먹고, 두부 한 모 잘라서 따끈하게 데워 간장을 찍어 홀랑 털어 넣고 출근하는 날이 많았어요. 그래도 매번 지각을 한 거예요. 회사 입구에 들어가면 왼쪽에 사장실이 있는데, 장 사장이 딱 버티고 앉아서 직원들 출근 시간을 하나하나 체크했죠. 아홉시 오 분 아무개 도착, 김규동 20분 도착.

그뿐이 아니에요. 매일 아침 회의를 하는데 당일 신문에 오자가 어디어디 났는지 아느냐고 물어봐요. 대답이 없으면 직접 신문을 펼쳐들고 각 면마다 오자 난 걸 죄다 잡았으니 확인하라며 돌렸어요. 정확했죠. 지면마다 두세 자씩 오자가 있어요. "여러분, 아침 먹을 때, 화장실 갈 때, 신문 가져가서 꼼꼼히 확인하고 잡아내세요." 신문에 목숨을 걸었다고 봐야죠.

《한국일보》에서 3년을 근무했어요. 다 좋은데 월급이 적어서 살 수가 없었지요. 찻값, 술값 제하고 나면 얼마 없어요. 게다가 가불 인생이라 막상 월급봉투는 쌀값 조금 될까 말까 했어요. 심란해 죽겠더라고요. 대책도 서지 않고 일할 의욕도 생기지 않고 야금야금 젊음은 닳아가는 것 같아 힘들었어요. 사글셋방에서 아이 둘을 키우는데 도저히 견딜 수 없었죠. 슬슬 다른 직장을 알아봤어요.

근처 출판사에서 연락이 왔어요. "실례될지 모르겠지만, 우리 회사에 오실 수 없겠습니까. 선생이 《한국일보》에서 일하는 걸 들었는데, 하루 세 번씩 명동을 걸어서 왕래하면서 취재하고, 원고 청탁하고, 사람들 만나러 다방에 가고 보통 노력이 아닙니다. 젊은 분들 중에 그만큼 노력하는 사람이 요즘 없습니다. 우리 회사에 오셔서 총감독을 해주십시오."

회사 사원이 30명인데 주간으로 모시고 싶다는 거예요. "우스운 이야깁니다만 월급은 얼마 생각하십니까?" "한 8만 원 드리지요." 신문사 월급이 2만원이었죠. 거의 네 배 많잖아요. 속에서 방망이질을 해요. 이런 횡재가 어디 있어요? 당장 오라는데 생각해보겠다며 즉답을 피했죠. 잠자리에 누웠으나 아침까지 뒤척이다 눈을 떴지요.

《한국일보》를 어떻게 그만두느냐가 문제였어요. '일하다 갑자기 돈 때문에 그만둔다고 하면 사장과 동료들이 어떻게 생각할까, 사원들이야 오다가다 술, 담배를 사다주면 되지만 사장은 무슨 낯으로 볼까 싶어 걱정이었어요. 사장은 문학을 이해하는 사람이고 신문을 정 국장한테 배웠다고 좋아했는데…….

사표를 쓱 내밀었더니 반문하는 거예요. "김규동, 웬일이

오?" "사장님, 저 그만둬야겠습니다. 요 옆에 삼중당 출판사 있죠. 자꾸 오라고 하는데 가기로 결심했습니다." "월급은 얼마 준대?" "8만 원 준답니다." "그럼 가쇼. 아이들 위해 가쇼. 당분간 우리는 그만큼 못줘요. 대신 이담에 《한국일보》 월급이 8만 원 됐을 때 다시 오겠소? 약속해요." "약속합니다."

삼중당으로 옮겼죠. 대뜸 첫 월급을 선불로 주데요. 무척 감격해서 일하다 말고 집으로 뛰어갔어요. "8만 원인데 이런 큰돈 당신 처음 받아볼 거요." 아내는 영문을 모르겠다는 눈치였어요. 절약하고 절약해서 거의 1년 만에 남산 근처에 2층짜리 조그만 목조 건물을 마련했죠. 대리석 문패까지 걸고 나니 세상이 달라보였어요. 월남한 지 10년 만에 집을 마련한 재벌이 된 거지요.

우리 집 맞은편에 외국 영화에나 나올 법한 저택이 있었어요. 성벽처럼 담을 쌓은 대궐집이었죠. 셰익스피어_{William} Shakespeare, 1564~1616 권위자인 영문학 교수가 살았어요. 일본이 패망하자 경성제국대 일본인 교수가 물려주고 간 집이래요. 그 교수가 아침마다 보자고 해요. 집 도랑에서 시궁창 물이 흘러 지저분하다는 겁니다. 복개 공사를 하라는 거죠. "선생 말씀은 알아듣겠는데 그게 어디 한두 푼으로 가능합니까?"

정부에서 해주면 몰라도 개인이 큰돈 들여서 복개를 할 수도 없잖아요. 여러 번 얘기해도 반응이 없자 자기 말을 듣지 않는다고 괄시를 하데요. 맞받아쳤죠. 곱게 인사하던 걸 그만 두고 불러도 집에 그냥 들어가버렸어요. 그랬더니 뒷조사를 했는지 살갑게 나오데요. 찬조할 테니 복개 공사를 하라는 거죠. 그래서 복개 공사를 했죠. 그 교수의 친일 행적이 싫기도 했어요. 그는 일제 마지막에 일본어로 글을 썼죠. 때문에 그를 싫어했던가 봐요. 그밖에는 남산 생활이 아주 즐거웠어요.

지대가 높아서 시내가 훤히 내려다보였죠. 경제 상태도 많이 나아졌어요. 삼중당에서 3년을 일했더니 살림살이가 풍족해졌지 뭐예요. 다만 시를 쓸 수 없어 고통이 심했어요. 죽을 것 같았죠. 깨달았지요. 배가 고프면 하고 싶은 일에 전심전력할 수 있는데 생활의 여유가 생기면 엉뚱한 궁리에 빠질 수 있구나 싶더라고요. 아내가 자꾸 양복을 하라고 해서 새 양복을 입으면 또 다른 새 양복이 탐나요. 전과 달리 유행을 좇게 되더라고요.

한 달 신문사 월급이었던 2만 원이 싹 없어져요. 이제 돈에 그만 끌려다니고 시를 쓰자고 마음을 먹어도 안 돼요. 황금이 영혼과 육체를 황폐하게 만든 거지요. 이건 제 경험에서 우러나온 고백인데, 시인은 가난과 궁핍을 훈장처럼 달고 다녀도 문제지만 돈이 너무 많아도 문제예요. 아내와 상의도 않고 냅다 그만뒀죠. 아내가 왜 그만뒀냐며 바가지를 긁었죠. 죽을 것 같아 그만두었다고 하니까 말없이 쳐다만 보데요.

숱하게 신문사와 출판사를 전전하면서 내린 결론이 있어요. 저는 안 팔리는 책을 좋아해요. 가장 안 팔리는 책이 뭔가 찾아보는 게 취미예요. 시인은 어차피 세상에서 고립된 섬 같은 존재거든요. 문학하는 사람이 출판사를 운영하면 대부분 실패하는 이유가 있어요. 문학 중심으로 하면 독자가 한정되니 안 팔려요. 책이 나빠서 안 팔리는 게 아니라 그 책들을 읽을 독자가 없거든요.

시집, 본질적인 문학론을 출판하고 싶어요. 물론 까다롭고 어렵고 재미없으니 안 팔릴 테죠. 출판사를 그만두길 잘했다고 생각해요. 줄곧 출판사에 자리 틀고 앉아 있었으면 완전히 멍텅구리가 됐을 거예요. 밥 굶는 시인들과 같이 어울리고 고생하고 뒹굴며 시를 쓸 수 있어서 행복했지요. 세상에서 가장 행복한 사람이 김 아무개 시인이라면 믿겠어요?

시신詩神이란 게 있어요. 조심스레 잘 쓰지 않으면 도망가버려요. 잘 구슬려 붙들고 있어야 시가 돼요. 지금도 청탁이 오면 커피 한 잔 놓고 마음속으로 기도해요. "시신이여, 내가 잘못했소. 앞으로 안 그러겠으니 도와주시오." 그러면 시가 막 터져나와요. 이쯤 되면 시를 쓰고 싶어서 8만 원 월급까지 거부하고 직장을 그만둔 나를 바보라고는 생각하지 않겠지요? 최소한 겉멋만 잔뜩 부리고 다방이나 전전하는 남쪽 문인들의 유산을 물려받고 싶지 않았던 겁니다.

고향에 가서

아는 이 없다 하더라도

먼 하늘 바라다볼 수 있는 이

앞산 뒷산 바라다보며

옛 생각에 잠기는 이

뛰놀던 언덕 위에 서서

어린 시절 동무들 얼굴

하나하나 떠올리는 이

봄 여름 가을 겨울

기쁘고 고달팠던 추억에

넋을 잃고 앉았는 저이

행복하여라

저이는 그래도 행복하여라

〈그래도 저이는 행복하여라〉

시인 천상병과 박인환

    태어나면서부터 천생 시인으로 태어난 이도 있어요. 10년 아래인 천상병 시인이 그 장본인이죠. 천 시인은 거의 매일 명동에서 살다시피 했어요. 그저 이 다방 저 다방에서 차 한 잔 얻어먹고 살았어요. 막걸리를 아주 좋아했어요. 별로 책도 보지 않고 공부도 안 해요. 시도 아주 넋두리같이 쉽게 써요. 그런데 절로 탄성이 나요.

    천상병의 시 중 다음과 같은 내용의 소박하기 그지없는 시가 있어요.

    "나는 부산에 가고 싶다. 추석을 맞아서 누님한테 가고 싶은데 부산 갈 기차표 살 돈이 없다. 그래서 못 간다. 누님은 나를 많이 기다릴 텐데."

    필시 초등학생 작품으로 이해할 수 있을 겁니다. 이런 시는 초등학생 국어 실력으로도 쓸 수 있어요. 별로 재주 부리는 말도 없고 말하고 싶은 대로 생각나는 대로 썼어요. 그런데 독자들의 반응이 대단해요. 사람들은 왜 이 시를 좋다고 할까요? 이 시에는 진심이 들어 있어요. 중요한 건 진심이에요. '추석이 되었는데 누님이 보고 싶다, 누님에게 가고 싶은데 기차표 살 돈이 없다, 누님은 나를 많이 기다릴 텐데. 기차표를 못 사서 안타깝다.'

오누이의 마음이 그냥 느껴지지요. 서로가 애달파 하고 걱정하는 마음이 담겨 있어요. 다른 깊은 뜻을 찾으려고 노력하지 마세요. 그런 건 없어요. 순진한 어린아이 마음이에요. 단오에 엿 먹고 싶다는 것과 똑같아요. 시인만이, 천상병 시인만이 쓸 수 있는 겁니다.

작품만큼이나 시인의 행동거지도 어린아이 같았죠. 길에서 친구를 만나면 손을 내밀어요. 동전 200원을 놓고 가라는 거지요. 멀리서 친구가 걸어오는 것을 보면 벌써 손을 준비하고 있어요. 누구도 그냥 지나칠 수 없어요. 동전이 100원밖에 없다고 하면 어떤 일이 벌어지는지 아세요? "됐어, 100원만 나." 그걸 받아서 후딱 주막으로 가는 거예요. 비싼 술은 못 먹고 고작 막걸리를 먹지요. 200원이면 두 사발은 줬죠. 주모가 사발에 막걸리를 따라줍니다. 그럼 앉은자리에서 그걸 쭉 들이킵니다.

다음엔 다른 거리로 갑니다. 아는 사람이 없으면 여기저기 왔다 갔다 해요. 결국에는 형님뻘 동생뻘 되는 사람을 다 만나요. 자기보다 나이가 많은 사람에겐 경례를 해요. 멀리서부터 하고 있어요. 길 한복판에서 손을 붙인 듯 들고 있는 사람은 영락없는 천상병입니다. 길 가는 친구나 지인들이 200원이고 300원이고 손에 쥐어줍니다. 그러면 또 고맙다고 경례합니다.

아주 시원하게 막걸리를 마시는 것을 몇 번 봤어요. 무교동에서 아무개 시인을 만나고 있었죠. 나와는 그렇게 가깝지 않았는데 여느 때처럼 멀리서 경례하면서 다가왔어요. 미안한 얼굴로 인사를 해요. 손을 내밀지 않고 아는 척을 했죠. "어딜 가십니까?" 익히 알고 있던 터라 먼저 맞아줬어요. "내 드릴게." 500원을 쥐어줬어요. "아이고, 미안합니다." 무척 고마워하더라고요. 구걸한 게 미안한지 선배에게 손을 내민 게 민망한지 어린애처럼 웃어요. 그 모습이 참 인간다웠어요. 하나도 감추지 않고 다 드러냅니다.

속곳이 다 보이고 목욕을 잘 안 해서 때가 시꺼멓게 끼어 있고 얼굴에 곰보 자국이 있고 네모반듯한 이마는 좁고 코는 납작하고 보기에는 영락없는 상거지예요. 게다가 키도 작고, 어른이지만 어른다운 구석은 전혀 없어요. 밤낮 새까만 옷에, 다 떨어진 신발을 신고도 즐겁게 웃으며 하루 종일 술에 취해 돌아다녔어요. 문학이 어떻고 예술이 어떻고 얘기하는 일도 없어요. 그러면서도 시를 써서 발표합니다.

그가 발표한 시들은 아이들도 이해할 수 있어요. 군더더기가 없고 핵심만 정확히 표현해요. 그렇다고 천박하거나 통속적이지도 않아요. 여기에 천상병 시의 비밀이 숨어 있을 거예요.

결혼과 관련한 에피소드도 많아요. 천 시인은 늦게 장가갔지요. 노총각일 때 여성 시인들을 만나면 그렇게 수줍어할 수 없어요. 하늘의 도움으로 현재 부인을 만나 살림을 차리게 됐죠. 결혼하고서 고무신이 운동화로 바뀌고 차림이 단정해졌어요. 부인은 인사동에서 '귀천'이라는 찻집을 운영하며 시인을 내조했죠.

이토록 천진난만한 시인이 세상을 떠났다기에 의정부에 마련된 빈소를 찾아갔어요. 많은 사람들이 빈소를 지키고 있더군요. 모여 있는 사람들을 보니 유유상종이라고 그를 닮은 사람들만 모여 있더라고요. 조문객들 중 일부는 술을 마시면서 시를 낭송하거나 천상병 시인을 추모하기도 하고, 일부는 갑작스러운 죽음을 슬퍼하며 통곡하는 사람들도 있었죠. 게다가 비도 주룩주룩 내린 날이라 엄청 싱숭생숭했어요.

나중에 들은 얘기론 천상병 시인의 어머니가 부조금을 잃어버릴까 봐 신문지에 싸서 아궁이 속에 두었대요. 여름이라

괜찮겠지 싶었던 거죠. 그런데 이튿날 천 시인의 부인이 비가
와서 눅눅해진 방을 덥히겠다며 아무것도 모르고 아궁이에
불을 지펴서 돈다발이 다 탔대요. 과연 시인의 장례식답지요.
그는 죽어서까지 훌륭한 시 한 편을 남겼던 거예요. 이 모든
게 연출한 게 아니라 그냥 그렇게 일어났던 거지요.

　각박한 시대, 시를 쓰겠다는 사람은 많으나 참다운 시인이
없는 시대이고 보니 새삼 그가 그립네요. 이런 감정이 비단
저만의 마음일까요? 아마 그는 세상 소풍 끝내고 천국에서
행복하고 아름다운 삶을 살고 있겠지요. 그나저나 그곳에서
도 막걸리를 먹을 수 있으려나 모르겠어요.

　친구 박인환 시인의 차례가 됐어요. 그는 아주 멋쟁이였죠.
가난하지만 늘 양복에 넥타이를 매고 구두도 반짝반짝 닦아
신었죠. 한껏 차려입고 명동에 나오지요. 그래봐야 반겨주는
사람이 없으니 만만한 다방을 찾았어요. 지금 명동에는 옷 가
게, 구두 가게, 액세서리 가게가 즐비하지만 예전엔 다방이
많았어요. 영화인, 연극인, 문학인, 화가 등 많은 예술인들이
명동으로 몰려들었어요. 그들의 해방구였고 아지트였다고 보
면 돼요.

　가만 보면 박인환은 배우들이나 가수와 친했어요. 그쪽 부
류들은 찻값도 있고, 우동도 사 먹고, 시인들보다 형편이 좀

나왔거든요. 자연히 그들과 사귀면 알게 모르게 보탬이 되죠. 그런 이유에서인지 박인환은 항상 반듯하게 차려입고 그들과 어울려 다녔어요. 돈 한 푼 없이, 아침부터 맨손으로 유유자적하게 몰려다니지요. 점심때가 되면 영화배우나 가수한테서 점심을 얻어먹어요. 그들도 인환한테는 담배도 사주고 차까지 시켜주지요. 노는 방법과 물이 달랐어요.

이해되지 않았죠. 시인이 연예인과 어울려 다니다니 납득되지 않았어요. '가수는 시인과 다르다. 시인은 유행가를 쓰려야 쓸 수 없다. 호흡이 다르다. 그들은 대중을 위해 살고 대중을 위한 것만 좇는다. 시인은 대중에 아첨할 수 없고 유행을 좇아서도 안 된다.' 뭐 이런 생각에 박인환을 이해할 수 없었던 거예요. 간단히 말해 시인의 격이 좀 더 높으니까 시인답게 생활하라는 거였지요.

속도 모르고 박인환이 가수 현인과 다방에 들어오면서 싱겁게 부르데요. "규동아, 너 현인 선생한테 인사 안 해?" 대꾸도 안했어요. 딴에는 자존심 비슷한 게 발동했어요. '시인이 어떻게 유행가 가수와 어울릴 수 있어.' 현인이 계면쩍어 하더라고요. 벼르고 벼르다 인환에게 따져 물었어요. "우린 젊은데 왜 너는 늙은이들과 놀려고 하냐?" 그의 대답이 걸작이지요. "너희들과 밤낮 놀아봐야 담배 한 개비가 나오냐 술 한 잔이 생기냐? 네가 나 담배 한 개비 사준 적 있냐?"

"그래도 그렇지." "아냐, 너도 나도 가난한데 가난한 사람끼리 만나면 생산이 없어. 생산적이려면 가진 사람하고 놀아야 돼. 그래야 담배 한 개비라도 얻어 피울 거 아냐. 너나 나나 신발에 구멍 난 상거지인데 어디 극장에라도 무료로 들어갈 수 있냐? 너도 옷 좀 갈아입어. 빚이라도 내서 양복 한 벌 해. 명동 나올 때 그래야 인정해준다. 너처럼 장작 패는 사람 같이 꾀죄죄한 옷 입으면 뭘 훔치러 왔나 하고 모두 경계한다 이거야." 되로 주고 말로 받았죠.

인환은 난해하고 어려운 예술을 좋아했어요. 그쪽 방면의 연극을 관람하고 책이며 잡지를 읽었죠. 자연히 프랑스, 영국, 미국 등 선진국의 문화를 흡수하고 새로운 것에 대한 정보가 누구보다 빨랐어요. 늘 세계 문화 예술의 흐름을 놓치지 않으려고 노력했어요. 모더니즘의 깃발을 들었던 거죠. 관심과 삶이 그렇듯 그의 시 작품도 어렵고 난해했어요.

자연히 시인들도 멀리했죠. 그게 모더니즘을 하며 겪은 고통이에요. 세상과 소통하기보다 생각하고 연구하고 새로운 것을 실험하는 일에 관심했기 때문일 겁니다. 내부적으로만 깊이를 가지려다 보니 고생이 심했어요. 반면에 천상병 시인은 있는 대로 살며, 쉬운 말로 시를 쓰니 대중성을 확보할 수 있었죠. 서로 반대라고 볼 수 있어요.

그는 천상병과 달리 어렵게 시를 쓰고 어렵게 살다 보니 모든 게 고통이었어요. 저는 이렇게 저렇게 취직도 잘했지만 인환은 잘 안 됐어요. 내가 신문사에 다니는 것을 보고 부러워한 적도 있어요. "매일 나가서 시간 다 바치고 힘들 텐데 어떻게 해내냐? 그런데 나도 제때 월급 나오는 월급쟁이 한번 해보고 싶다." 인환에게 그런 마음이 있었다니 놀랐죠. "아직 너의 때가 오지 않아나 보지. 너한테도 해 뜰 날이 있을 거야."

그런 인환이 한번은 《경향신문》에 취직을 했어요. "나 취직했다." 무척 기뻐하며 친구들한테 얘기하고 다녔어요. 사나흘 보이지 않다가 일주일쯤 지났을 때 다방에 힘을 다 빼고 눕다시피 앉아 있는 거예요. "너 웬일이야?" "나 신문사 그만뒀어." "아니, 왜 벌써 그만두냐?" "아휴, 사회부장과 싸웠어. 들어봐. 불이 났는데 소방차가 달려오고 사람들이 불 끄려고 양동이에 물 나르고 아무리 끄려 해도 불기둥이 하늘로 치솟는데 참 볼만하더라고 그래서 '야밤에 화산 뿜듯 치솟은 불기둥이 서울 하늘을 장식했다'라고 기사를 썼지." 이야기를 듣는데 웃음이 나오더라고요.

어이가 없는 사회부장은 신문기사 작성법에 대해 즉석 강의를 늘어놓았대요. 육하원칙에 입각해서 기사를 작성하라는 거죠. 누가, 언제, 어디서, 무엇을, 어떻게, 왜 했는지를 써야지, 불기둥이 솟았다든지, 서울 하늘을 환히 밝혔다는 게 말이 되냐며 정성스럽게 쓴 기사를 확 찢어버렸대요. "기껏 시적인 표현을 동원해 기사를 작성했는데 내 글을 찢어버려?"
당하고만 있을 그가 아니었죠. 용납할 수 없는 사람이라며
"이 무식한 놈아!" 하며 부장의 멱살을 잡았대요. 쫓겨날 수밖
에 없는 거지요.

 얘기를 하면서도 당시가 생각나는 듯 거친 숨을 내쉬며 분
을 삭이지 못하는 거예요. "사회부장이란 놈이 왜 그리 무식
하냐? 아, 불기둥이 솟았잖아. 야밤에 서울 하늘이 조명탄을
터뜨린 것처럼 환했다고 사실을 썼는데 왜 찢어버려?"

 황당하고 웃음이 터져 나왔으나 점잖게 거들고 나섰지요.
"네가 만리동에서 불이 났는지 광화문에서 불이 났는지 그걸
안 썼잖아. 왜 그랬어?" "그건 잊어버렸지." 싱겁게 웃으며 머
리를 긁적이는 거 있죠. 인환은 이렇듯 감성파였어요. 모든
것을 시적으로 생각했죠.

 결혼도 빨리 했어요. 아마 스물두 살 때쯤 결혼을 했을 거
예요. 부인이 굉장한 미인이었지요. 은근히 부인의 미모를 자
랑하며 결혼하려면 미인과 결혼하라고 으스댔죠. 상대방의
감정은 아랑곳하지 않고 미인을 부인으로 맞이하는 데도 많
은 노력이 필요하대요. "장가가는 데 무슨 노력이 필요해? 자
연스럽게. 그저 때가 되면 가는 거지." 그러자 정색을 하며
일장 연설을 하는 겁니다. "아니야. 결혼을 하려면 여자를 죽
어라 쫓아다녀야 돼. 그러면 결과가 나온다. 쫓아다니지 않으

면 안 돼. 그런데 인물이 받쳐줘야 돼. 내 이만하면 키도 적당하고, 몸도 표준 아니냐. 얼굴이 못생겼냐 말을 못하냐." 이쯤 되면 귀엽다고 해야겠지요.

미인을 아내로 얻는 그의 강의는 여러 날 계속됐지요. 인물 반반한 그도 몇 번의 고비를 맞았다는 거지요. "그런데도 여자가 날 아래위로 훑어보며 시험을 하더라. 내가 얼마나 힘들었겠냐. 팔을 척 끼고 덕수궁이나 창경궁을 찾았지. 여자들은 그런 분위기 있는 데를 좋아하거든. 돈이 없어도 괜찮아. 집에서 사발시계나 뭐 아무거나 집어와서 전당포에 팔아 돈을 만들었지. 미인을 아내로 얻기 위해서는 그보다 더한 일도 할 수 있어야 해."

'덕수궁과 창경궁이라?' 서울에 살면서 덕수궁은 물론이고 창경궁도 못 가봤거든요. 그런데 인환은 여자들과 숱하게 가봤대요. 그게 제일 쉬운 방법이래요. 그를 만나면 시간 가는 줄 몰랐어요. 재미있기도 하고, 시인의 참 모습을 보는 것 같아 유쾌했어요. 그런데 어느 날 그가 심장마비로 홀연 세상을 떠나버렸지 뭐예요.

그날을 기억하죠. 1956년 3월 명동에서 점심도 거른 채 같이 술을 마셨어요. 안주라고는 굵은 소금과 새우젓이 전부였어요. 배는 고픈 데다 안주도 없이 술을 마시고 아홉시쯤 헤어졌어요. 아홉시 반쯤 되었을 때, 인환의 집에서 연락이 왔어요. 심장이 멎었다는 거예요.

하늘이 노랗고 억장이 무너져내렸죠. 안주도 없이 술을 마신 일도 후회됐어요. 인명은 재천이라더니 참 무참하더라고요. 인환 같은 시인이 있어 한국의 문학계는 그나마 숨통이 트였어요. 설마 천국에서도 그렇게 여자들 꽁무니 쫓아다니지는 않겠지요. 차림새만큼이나 반듯하고 멋있는 박인환은 갔으나 그가 남긴 추억은 사람들을 늘 행복하게 하지요.

시는 두 가지예요. 쉽게 말해, 어려운 시와 쉬운 시로 나뉠 수 있어요. 난 둘 다 좋아해요. 천상병·박인환이 다 좋다는 겁니다. 다만, 어려운 시는 공부를 해야 쓸 수 있고, 쉬운 시는 진실한 생활에서 우러나온 거라 보면 돼요. 삶이 깨끗하면 작품도 거짓이 없어요. 순결한 마음에서 영혼 깊은 곳까지 건드릴 수 있는 시가 터져 나오기 때문이죠.

쉬운 시를 쓰다가 어려운 시를 써도 좋고, 그 반대로 해도 좋아요. 문제는 시를 쓰는 사람의 삶이라고 봐야죠. 어떻게 살아가느냐에 따라서 시가 달라진다는 겁니다. 누구나 시를 쓰는 길은 열려 있어요. 쉬운 시부터 써보세요. "난 부산에 가고 싶은데 차표 살 돈이 없다." 천상병처럼 솔직한 생각과 감정을 표현해도 시가 되거든요. 시를 쓰는 일은 어렵지 않아요. 읽고 생각할 줄 아는 사람은 모두가 시인이 될 수 있어요. 느낌이 얕거나 깊거나 하는 차이가 있을 뿐이지요.

김소월 시를 예로 들어보겠습니다. "나 보기가 역겨워 가실 때에는 진달래꽃 즈려밟고 가시옵소서." 사랑이 떠나감을 이렇게 노래했어요. 모르긴 몰라도 소월은 세 번은 울고 나서 〈진달래꽃〉을 썼을 겁니다. 울지 않고는 못 써요. 시인이 먼저 자기 시에 울어야 시를 읽는 사람도 따라 울게 되지요. 한 번은 소월과 사랑한 애인을 울리고, 다음엔 실연해서 사랑이 떠나가는데 사뿐이 즈려밟고 가라는 시인의 절창에 가엾어서 또 한 번 우는 거지요.

사랑·죽음·생명은 영원한 시의 주제가 되지요. 한마디로 삶을 떠난 시는 존재할 수 없다는 겁니다. 혹 있다 하더라도 형태는 시겠지만 생명이 없고 죽은 시에 지나지 않아요. 결론적으로 살아 있는 시는 무엇이냐? 펄펄 끓는 감정이 담긴 시라고 봐야죠. 그런 시를 만들어내는 게 시인의 존재 이유이고 살아 있는 목적인 거예요. 김 아무개 시인은 그런 시를 건지기 위해 평생을 살았고 그렇게 그 길을 걸어왔다고 봐요.

놀다 보니 다 가버렸어
산천도 사람도 다 가버렸어

제 가족 먹여 살린답시고
바쁜 체 돌아다니다 보니
빈 하늘 쳐다보며 쫓아다니다 보니
꽃 지고 해 지고 남은 건 그림자뿐

가버렸어
그 많은 시간 다 가버렸어
50년 세월 어디론가 다 가버렸어
이래서 한 잔 저래서 한 잔
먹을 것 입을 것
그런 것에나 신경 쓰고 살다 보니
아, 다 가버렸어 알맹이는 다 가버렸어
통일은 언제 되느냐
조국통일은 과연 언제쯤 오느냐

북녘
내 어머니시여
놀다 놀다

세월 다 보낸 이 아들을

백두산 물푸레나무 매질로

반쯤 죽여주소서 죽여주옵소서.

〈죽여주옵소서〉

대한민국 시인들

　문화 예술은 국가의 브랜드이며 미래를 나타내는 리트머스 시험지라고 봅니다. 이때 중요한 게 무엇보다 예술가들의 작품과 삶이라고 봐야죠. 오늘날 대한민국 초석의 한 귀퉁이에는 문화 예술인들의 고뇌와 질곡이 자리하고 있는 겁니다. 그들의 열정과 아름다움을 추구하는 혼이 국가 발전의 기본 토양이 된다는 거지요. 그렇다면 이들의 작품과 삶은 한갓 개인의 독특한 취향이나 유별난 삶이 아니라 국가적 자산이라고 봐야 합니다.

　대한민국에는 많은 시인들이 존재합니다. 예나 지금이나 시인들은 미래를 앞당겨 노래하고 현실의 부조리에 맞서 인간 본래의 삶과 가치를 추구했어요. 인문학의 죽음과 문학의 폐기처분이 회자되는 요즘도 일단의 무리들은 세상을 관통하는 문학과 예술의 세계를 꿈꾸며 온밤을 하얗게 지새우고 있지요. 부언하면, 앞서 간 시인들은 결코 시대의 어릿광대는 아니었다는 거지요.

박인환은 단순하면서도 날카롭고 생각이 많았어요. 그런데 그 생각을 대부분 실천하지 못했지요. 새로운 일을 시도하고 싶어도 힘이 모자라 용두사미로 끝나는 경우가 허다했어요. 그런데도 의욕적이었죠. "우리가 이러고 있을 것이 아니라 새로운 걸 해보자. 우리나라 영화·음악·그림·문학은 따져보면 너무 낡았다. 앞서가는 선진 문화 수준에 비해 무척 떨어져 있다. 이것을 인정하고 첨단 문학의 흐름에 동참하도록 노력하자. 새로운 걸 시도하려면 동지가 있어야 한다. 고락을 함께할 수 있는 진정한 친구를 모으자."

순교자적 자세로 사람들을 끌어모으고 만나러 다니며 포섭한 결과 뜻이 통하는 친구 여섯 명을 모았어요. 드디어 '후반기 동인회'가 결성된 거죠. 모임이 결성되자 1950년 봄부터 1953년까지 일주일에 두세 번씩 토론을 했죠. 토론이라고 해봐야 원초적인 수준에 지나지 않았어요. 이를 테면, 새로운 시나 소설을 읽고 세계 문학 경향에 대해 각자의 의견을 개진하는 거지요.

그러나 뭐니 뭐니 해도 제일 중요한 건 '전쟁 통에서 문화 예술인들이 어떻게 살아가야 하는가' 하는 문제였어요. 말씀드렸잖아요. 피란지 부산에는 문화 예술인들이 넘쳐났다고요. 문화 예술인들이 피란 와서 다방에 죽치고 앉아 한다는 일들이 그렇고 그랬어요. 예를 들어 청록파란 그룹이 있었어요. 조지훈, 박두진, 박목월이 주축 멤버였죠. 이들은 일제 시대의 유산을 그대로 물려받았어요. 낡은 감정, 정서, 언어를 그대로 쓰는 거예요. 전통문학이지요.

전쟁 통이었잖아요. 그런데도 처참한 현실을 외면하고 여전히 산천, 바람, 별, 꽃을 읊조리고 노래했죠. 참담한 현실과 역사를 외면한 거지요. 그에 대한 반동의 움직임도 뒤따랐어요. 전쟁에 대한 아픔과 비참함을 탄식하며 어떻게 하면 전쟁을 종식시킬 수 있을지 고민하는 작품을 쓰는 부류가 등장했어요. 그런데 그게 주의·주장처럼 쉽겠어요? 현실을 고발하는 것은 중요하지만, 그것을 형상화할 기법이나 언어가 부족했지요. 우선 새로운 문학에 대한 참다운 이해가 없었어요.

그런 와중에도 프랑스, 영국, 미국 등 앞서가는 선진 문학의 기법과 그들의 열정을 배우고 그 대열에 설 수 있는 기반을 만들자는 후반기 모더니즘의 활동은 대단했어요. 다방을 빌려 '이상 문학의 밤'도 두어 번 개최했어요. 박인환과 조향이 출연해서 이상의 시를 읽고 여러 시인들이 돌아가면서 각자의 시를 낭송하고 무당을 불러 춤추게 했죠. 박제가 되어

버린 천재 시인 이상의 혼을 불러내는 일종의 혼맞이굿이었
어요.

　친구 인환은 늘 무언가 새로운 걸 시도하고 싶어 했죠. 그
런데 여건이 안 돼요. 아버지가 일제 시대 광산을 했대요. 노
다지는커녕 쫄딱 망했지요. 광산업을 하려면 자본이 많아야
하는데 적은 자본으로 시작했기에 망하는 것은 시간문제였지
요. 아버지의 광산업이 실패하자 초등학교 4학년 때 고향 인
제를 떠나 서울로 이사를 왔대요. 그러고는 덕수공립보통학
교 4학년에 편입을 했어요.

　졸업하고 다시 경기중학교에 진학을 했는데 무슨 일인지 3
학년 때 자퇴를 했어요. 그러고는 한성학교라는 야간 학교에
적을 두었죠. 하지만 그것도 잠시 아버지가 황해도로 일터를
옮기자 가족과 함께 이사를 가서 재령의 명신중학교에 편입
을 하게 됐지요. 그러고는 평양의과대학에 입학했어요. 해방
이 되어 아버지가 서울로 내려오시자 다시 아버지를 따라 다
니던 의대를 그만두었죠. 초등학교부터 대학교까지 오래도록
적을 둔 학교가 없는 거예요. 자연스럽게 동창생이 없었지요.

　언젠가 동창을 만나 반갑게 인사를 했어요. 곁에 있던 박인
환이 부러운 듯 말하더라고요. "참 좋겠다, 너는. 난 동창이
없어." 인환의 얘기에 가슴이 살짝 아프더라고요. 서울에서
생활 하면서 사귄 사람은 많지만 죽마고우는 없었어요. 밝은

성격의 소유자인 줄 알았는데 그런 개인적 아픔이 있더라고요. 그러면서도 인환의 인간관계는 나이 든 사람이 중심이었어요. 보통 십 년 정도 윗사람과 내왕했죠.

1951년 여름이었을 거예요. 피란 생활 1년도 안 되었을 때니 아주 살기 어려웠죠. 너나없이 동가식서가숙할 때였어요. 비가 쏟아지기에 다방에 들어갔는데 인환이 손님이 없는 썰렁한 다방 한복판에 다리 한쪽을 소파에 걸쳐 올린 채 누워서 낮잠을 자고 있는 거예요. "야, 너 여기서 뭐하냐?" "너 이거 안 보여?"

양복 바지의 깃을 가리키며 한번 읽어보래요. "MADE IN ENGLAND" 일부러 바짓단을 말아 걷어서 손님들이 보게끔 누워 있는 거예요. "그거 영국산이냐?" "맞아, 영국산이야. 이런 거 처음 입어본다. 책 한 권 번역해주고 이거 하나 마련했어. 괜찮지?" "응, 괜찮다. 아주 좋아."

어린애처럼 주위 서선을 아랑곳하지 않고 막 자랑을 했어요. "내 양복 한번 볼래? 난 이거다. 이거 아니면 안 입어." 전쟁 통에 영국산이면 어떻고 국산이면 어떻겠어요? 아무거나 걸칠 수만 있으면 그만인데 인환은 달랐어요. 감각이 예민한 그는 매번 최고급 양복을 입어야 직성이 풀리는가 봐요.

박인환은 원래 서점을 운영했죠. 해방 이듬해인 1946년에 차렸지요. 해방이 되자 일본 학자들이 버린 책들을 모아 서점을 꾸렸던 겁니다. 적산가옥 입주자들이 수레에 실어 버리는 책을 주워 모았대요. 고본이며 유럽 철학부터 문학·미술 등의 책들을 모았어요. 그렇게 해서 낙원동 초입 골목에 '마리서사茉莉書肆, LIBRAIRIE MARI'라는 문학 예술 서점이 생긴 겁니다.

가게 이름도 잔뜩 멋을 부렸어요. 평소 시인이며 화가인 마리 로랑생Marie Laurencin, 1885~1956을 좋아했어요. 시인 아폴리네르Guillaume Apollinaire, 1880~1918의 애인이었죠. 두 사람은 7년간의 열렬한 연애를 하고서도 끝내 헤어졌대요. 그 사연을 안인환이, '마리'라는 이름에서 머리글자를 따서 마리서사, 곧 마리책방이란 서점을 운영하게 된 거예요.

박인환이 책방을 하는데 사는 사람은 없고 대부분이 빌려가기만 했죠. 너도나도 찾아와서는 술을 먹자고만 하니 1년반이 지나자 적자가 나더래요. 2년도 못 되어 문을 닫았어요. 인환에게도 문제가 있었죠. 손님이 시집을 사려고 가격을 물어오면 팔기 아까워서 엉뚱한 대답을 하는 거예요. "그 책 비매품인데요." 이런 방법으로 어떻게 서점을 운영해요.

서점을 그만두자 완전히 시인으로 돌아왔어요. 글도 원고지에 여성의 글씨처럼 한 자 한 자 정성을 다해 예쁘게 써요. 그에 비해 김수영은 막 휘갈겨 쓰지요. 능수능란하기도 했고요. 둘은 성격도 무척 달랐어요. 인환은 모든 면에서 멋을 부리고 책도 무척 애지중지했어요. 장정이 잘 된 책을 보면 쓰

다듬으며 자신의 일인 양 즐거워했어요.

심지어 문인들로부터 출간된 시집이나 소설집을 선물받으면 꼭 한마디쯤 거들고 나섰어요. "야, 표지는 나한테 부탁하지. 왜 이렇게 했냐? 내가 디자인하면 이보다 낫다." 혼자 아쉬워하는 때도 많았죠. 실제로 책 디자인도 했어요. 연필과 물감을 동원해 책을 디자인했죠. 그뿐 아니에요. 활자 배열부터 표지도 잘 만들었어요. 서점을 운영했던 경험과 그만이 가진 감각에서 나왔다고 봐야죠.

그림에도 일가견이 있었지요. 마네Edouard Manet, 1832~1883·모네Claude Monet, 1840~1926·피카소Pablo Picasso, 1881~1973 등의 화가뿐 아니라 미래파·큐비즘·야수파·표현주의 기타 등등. 뭐 모르는 게 없어요. 프랑스 화가들 내력까지 다 훑고 있어요. 그림도 척 보면 누구의 작품인지 금방 알아볼 만큼 조예가 깊었죠. 서점을 하면서 미술책을 많이 봤나 봐요. 그림을 언뜻 보고도 다 알아요. 작가의 그림이 또 어떤 게 있다는 걸 좔좔 말해요. 그 정도로 세밀하고 머리가 좋고 멋이 있었어요.

한편으론 돈을 아주 아껴 쓰지만 자신이 원하는 것을 살 때는 무척 과감해요. 가령 돈이 삼천 원이 있다고 쳐요. 만년필이 사고 싶잖아요, 그럼 삼천 원을 더 모아요. 지금 만년필이 있는데 왜 또 사느냐고 물으면 "만년필은 좋은 것을 써야 한다" 하며 기어이 새 만년필을 사요. 그러고선 다방에 죽치고 앉아 종일 그 만년필로 또박또박 원고를 써요. 반드시 파란 잉크를 넣어서 글을 썼던 걸로 기억해요.

여자들이 좋아할 성격인데 막상 접근해오면 꽁무니를 빼고 뒤에 숨어요. "야, 네가 만나." 일찍 결혼한 유부남이라 그러는가 보다 여겼지요. 아무튼 결혼하고서는 여자와 사귀는 것을 본 적이 없어요. 그저 아내하고만 어울렸죠. 어쩌다 아내와 다방에서 커피를 마시는 광경도 목격했어요. 한마디로 젠틀맨이었다고 봐요.

안타까운 건 부인이 살림 솜씨가 없었나 봐요. 주로 통조림을 많이 사 가요. 시장에 생선이 많은데 왜 통조림을 사느냐고 물으면 "그래서 내가 아주 고민이 많아. 아내가 살림할 줄 몰라. 귀엽게 자란 규수라서 그런가 봐"라고 답하죠. 이해되세요? 가뜩이나 빠듯한 살림에 고등어·참치 통조림만 사 나르면 어떻게 하겠어요? 그게 몇 입이나 해결하겠어요. 다음 날 먹을 게 없는 건 당연하지요. "자갈치 시장에 가면 생선이 많다는데 우리 집은 가본 일이 없다. 그렇다고 내가 시장 다닐 수는 없잖아."

먹을 게 떨어지면 다급해진 인환은 우리 신문사에 잡지나 소설책을 얻어가겠다고 들러요. "밤낮 남의 신문사에서 소설책·잡지를 공짜로 가져가면 우린 어떻게 해. 사장이 알면 큰일 난다. 신문사에 공짜로 보내온 거지만 보관해야 하는 거야." "이렇게 많은 데 좀 얻어가자." 듣는 둥 마는 둥 자기가 책을 골라내서 댓 권쯤 놓고 묶어요.

"이거 가져간다." "그거 가져가서 뭐하냐? 넌 안 볼 거지?" "나야 안 보지. 쌀가게 어르신 준다. 이걸 갖다주면, 외상값 갚으란 말도 안 하고 쌀을 한 말 정도 준다. 또 어르신에게 딸이 있는데 문학소녀야. 이거 아주 유용하게 쓸 수 있어." 그의 말을 들으니 통째로 주고 싶더라고요. 쌀 사라고 모르는 척하는 날이 많았어요.

직접 박인환의 시를 읽어보실래요? 1·4 후퇴가 배경이죠. 인민군이 삼팔선 이북으로 퇴각하고 국군이 물밀듯 추격했을 때 군용 트럭을 얻어 타고 고향에 갔던 모양이에요. 그때 쓴 시예요. 시인의 고향 인제의 모습이 그려졌어요.

고향에 가서

박인환

갈대만이 한없이 무성한 토지가
지금은 내 고향.

산과 강물은 어느 날의 회화繪畵
피 묻은 전신주 위에
태극기 또는 작업모가 걸렸다.
학교도 군청도 내 집도
무수한 포탄의 작렬과 함께
세상엔 없다.

인간이 사라진 고독한 신의 토지
거기 나는 동상처럼 서 있었다.
내 귓전엔 싸늘한 바람이 설레이고
그림자는 망령과도 같이 무섭다.

어려서 그땐 확실히 평화로웠다.
운동장을 뛰다니며
미래와 살던 나와 내 동무들은
지금은 없고
연기 한 줄기 나지 않는다.

황혼 속으로
감상 속으로
차는 달린다.

가슴속에 흐느끼는 갈대의 소리

그것은 비창 悲愴 한 합창과도 같다.

밝은 달빛

은하수와 토끼

고향은 어려서 노래 부르던

그것뿐이다.

비 내리는 사경 斜傾 의 십자가와

아메리카 공병 工兵 이

나에게 손짓을 해준다.

죽음을 각오하고 고향을 찾아갔으나 아무것도 없고 연기 한 줄기 나지 않는 겁니다. 군청도 학교도 자취 없이 사라졌어요. 허무하게 돌아오는데, 공병이 남 모르는 청년에게 손을 흔들어준다는 시예요. 왜 고향에 갔을까요? 묻는 사람이 바보지요. 인제는 인환이 4학년 때까지 살았던 고향이에요. 추억이 깃든 정든 고향이니 어련히 보고 싶었겠어요.

폐허가 된 줄 모르고 찾아갔던가 봐요. 막상 그런 광경을 보니 참 쓸쓸한 거죠. 친구 한 명도 못 만나고 빈집과 파괴된 집 사이로 병정만이 오가는 것만 보고 온 거네요. 역시 슬픔과 비정의 분위기가 물씬 풍겨나고 있어요. 술 한잔 하고 싶은 밤이지요?

다음 등장인물은 이봉래 시인이에요. 그는 생활이 넉넉한 편이었어요. 형님이 부산에서 원양어선 몇 척을 가지고 있었거든요. 하루는 배에 크고 작은 깃발을 달아야 한다고 동생에게 납품 의뢰가 왔어요. 대충 시장조사를 해보고 견적을 배로 불렀죠. 이봉래, 박인환, 김 아무개 시인 셋이서 잔머리를 굴린 거지요. 박인환이 졸지에 사장 노릇을 했어요. 넥타이까지 매고 양복을 차려입은 인환은 영락없는 사장님이었어요.

가격 문제로 몇 번 실랑이를 하다 10만 원에 낙찰을 받았죠. 비용 5만 원을 제외하고 거금 5만 원이 남게 되었죠. 셋이서 똑같이 나눠먹었지요. 당시 5만 원은 셋이서 며칠 생활하기에 충분한 돈이었어요. 모처럼 목에 기름칠도 하고 주위에 생색도 내며 두루두루 감사했어요. '고맙습니다, 형님. 고맙다, 이봉래.'

시인의 형님은 동생에게 온갖 애정을 퍼부었어요. 무엇보다 용돈을 잘 줬죠. 그 때문에 이 시인은 항상 새 구두를 신었어요. 자기만 새 구두를 사지 않고 박인환도 곧잘 사주었죠. 사주었다기보다 이봉래 시인이 벗어놓은 신발을 박인환이 신어버리는 거예요. 이봉래의 구두를 자기 것인 양 신고 나가는 박인환의 모습이 가관이죠.

몇 번씩 신발을 내려다 봐요. 걸음걸이도 힘이 있고 걷는 자세도 품위가 있어요. 흐느적흐느적 걷지 않고 곧추세우며 걸어가요. 그걸 보고 이봉래 시인은 아주 행복해했어요. 이렇듯 사람 좋은 이봉래는 나중에 예총 회장도 지내고 영화감독도 하고 시도 쓰면서 왕성하게 활동했는데 안타깝게도 고혈압으로 타계했지요.

하나같이 좋은 친구들이었죠. 후반기 동인에는 걸작들이 많았어요. 조향은 부산 토박인데 동아대학교 교수였어요. 키는 자그마한데 비가 오나 눈이 오나 까만 우산을 갖고 다녀요. 보통 때는 지팡이가 되다 비가 오면 우산도 되잖아요. 멋을 부리느라 가지고 다녔던 거예요. 길에서 아는 사람이라도 만나면 우산을 지팡이 삼아 탁 짚고 서서 인사해요.

그는 항상 문단과 세상을 비판하곤 했어요. "요즘 이게 되겠어? 완전 개판이야. 국제 시장 상인들보다 더 옹졸한 놈들이야. 전부가 뒤꽁무니로 해먹으면서 시 한 편이나 제대로 발표하겠어? 전부 블랙마켓암시장이야. 문단이란 데가 끼리끼리 발표하고 돈 벌고 나눠 먹고 이래서 되겠어? 이러지 말고 정말 실력 있는 작가를 발굴해 작품도 실어주고 책도 팔아줘야지. 이게 뭐가 문단이냐?" 제가《연합신문》문화부에 재직할 때 날카로운 필봉으로 '문총 해체론'을 썼던 바로 그 장본인이죠.

김경린은 〈태양이 직각으로 떨어지는 서울〉이란 시를 썼어요. 국제 열차는 타자기처럼 탁탁거리며 간다는 내용이에요.

'플라타너스가 하도 푸르러서 내 심장마저 염색될 것 같다, 파랗게 될 것 같다'라고 썼어요. "이것이 시다, 이미지를 독특하게 그려내는 것이 시다. 내용이 너무 무겁고 사상적이면 안 된다." 역시 새로운 경향의 시를 대표하는 동인 회원의 시인들은 달랐어요.

김차영은 좀 이상야릇한 주장을 펼쳤어요. "시는 사람의 심리를 드러내야 하고, 사회학적이어야 하며, 불가해해야 한다. 알 듯 모를 듯한 것이 시다." 이런 고답적인 말을 해요. 실제로도 알 듯 모를 듯한 시를 썼어요. 읽어봤는데 열 편 중 한두 편 말고 나머지는 모르겠어요. "왜 나는 박인환이나 조향이나 아무개처럼 유명해지지 못 하느냐" 한탄도 자주 했어요.

그때마다 저는 왜 그걸 모를까 반문했어요. 그 원인은 읽히지 않아서 그래요. 첫 마디부터 어려운 소리를 하는데 어떻게 읽히겠어요? 읽어봐도 내용이 좋다든지 어떻다든지 해야 하는데, 첫 줄부터 머리통을 쥐어짜게 하니 독자들이 외면한 거지요. "너, 너무 어렵게 써서 그래. 좀 쉽게 써라." 충고도 해 봤어요. "쉬운 게 무슨 시냐. 우린 모더니즘을 하는데, 난 죽어도 천상병 같은 시는 못 쓴다."

이제 이해되시죠? 천상병은 읽히는 시를 썼기에 유명해지고 김차영은 읽히지 않은 시를 썼기에 무명한 거지요. 너무도 간단한 이치인데 김차영은 그걸 몰라요. 이게 전부가 아니에요. 그는 결코 물러서지 않았어요. 자신의 소신을 절대로 굽히지 않았죠. 심지어, 말도 안 되는 얘기를 늘어놓아요. 파리에서는 난해한 시를 쓸수록 유명하대요. 장 콕토 같이 어려운 시를 쓰는 사람이 더 유명하고 학자로 대접받는대요. 아무말도 않고 가만히 듣고만 있었죠.

우린 쉬운 시만 시라고 대접하니 이거 되겠느냐는 겁니다. "형편없는 시골뜨기 정서다. 모더니즘이 전혀 먹히지 않는 낡은 곳이다. 나 같은 사람은 한국에 살지 말고 프랑스나 영국으로 가야 하는데 돈이 없으니 못 간다." 급기야 잠꼬대 같은 소리를 막 늘어놓았어요. 모르죠. 말마따나, 정말 선진국에서 태어났다면 노벨상 수상하는 영광을 받았을 줄 누가 알겠어요.

주지하다시피, 후반기 동인 여섯 사람은 작품 세계도 문학관도 너무 달랐어요. 그러나 만나면 즐겁고 행복했죠. 먹지 않아도 배부르고 벌거벗어도 부끄럽지 않은 관계였어요. 어렵고 힘든 시대를 온몸으로 관통하며 문학과 예술과 민족과 조국을 노래하며 존재의 이유와 삶의 목적을 시라는 매개체로 찾아보려 안간힘을 썼지요. 박인환, 이봉래, 김차영, 김경린, 조향, 김 아무개 시인이 그 장본인이었어요.

그들도 한 사람씩 차례차례로 세상을 떠났어요. 무슨 신의 축복을 받았는지 이제 김 아무개 시인 한 사람만 남았어요.

문뜩 먼저 세상을 떠난 후반기 동인 친구들을 위해 제사 한 번 지내야겠다는 생각이 드네요. 시인 몇 사람을 초청해놓고 다섯 영혼을 위해서 술 한잔 올리고 싶어지네요. 엎드려 절하고 싶어요. 그러고는 그토록 사랑했던 오늘 대한민국 문단의 현황을 미주알고주알 알려주고 싶어요.

김수영은 어떠냐고요? 김수영은 시를 많이 썼어요. 박인환과도 가까웠고 명동에 자주 나와 술을 마셨지요. 우이동에서 닭을 키웠죠. 당시에는 양계장이 기계화되지 않아 생산성도 낮고 약값과 사료 값 때문에 별반 소득이 없었어요. 일하는 사람 하나를 두기는 했는데 아침저녁으로 손수 돌보았어요. 낮엔 진흙이 잔뜩 묻은 신발을 신고 작업복 차림으로 다방에 앉아 커피를 마셔요. 유일한 나들이인 셈이지요. 깡마른 얼굴과 소 눈알 같은 눈동자가 그려지네요.

흔히 알려지듯 소시민의 대표주자는 아니에요. 생활을 꾸리려고 외국 소설이나 잡지 기사를 번역했어요. 기대했던 양계로는 벌이가 되지 않자 잡지사를 돌아다니며 소설이나 기사를 설명하고 편집장한테 번역거리를 얻어냈죠. 번역료도 아주 박했어요. 보통 원고료가 1,000원이면 번역료는 절반 정도였죠. 그런데 번역이 생각보다 어려워요. 수영은 그 어렵고 힘든 생활을 참고 번역을 잘했어요.

번역이 끝나면 원고를 챙겨 출판사로 돈을 받으러 다녀요.

바로 번역료가 나올 수 없죠. 며칠씩 기다리는 일이 비일비재했어요. "아, 큰일 났네. 오늘 닭 장사에게 지불해야 할 돈이 있는데……." 당장 발등에 불 떨어진 시늉을 해요. 번역료를 받아도 술 한 잔 사는 법이 없었어요. 출판사에서 원고료를 받는 걸 봤는데도 돈이 없다고 해요. 몇 푼 안 되는 원고료 받으려고 비가 오나 눈이 오나 잡지사·출판사를 전전했어요. 그때 시인들은 너나없이 그렇게 살았거든요.

얼굴만 봐도 시인의 얼굴이지요. 낡은 외투에 시커먼 모자를 쓰고 항상 놀란 얼굴이에요. 인민군에게 붙잡혀 죽다 살아났고 포로수용소에서 겨우 풀려나온 전력 때문인지 잘 놀랐어요. 빨갱이다 좌익이다 숱하게 주목받아 고생하다 보니 그런가 봐요. 빨갱이로 찍히면 죽는 세상이었으니 무섭기도 하지요. 수영은 세상이 자기를 이해해주지 못하는 것을 몹시 슬퍼하다 갔어요. 그러나 시를 쓸 때는 무서우리만치 치열하게 작품에 몰두했어요. 그 결과 대한민국 대표 시인이 되지 않았나 싶어요.

인환은 그래도 명랑하게 웃을 때가 있었는데, 수영에게서는 그런 모습을 본 적이 없어요. 둘 다 혹독하고 슬픈 인생을 산 사람인데도 분위기는 하늘과 땅만큼 차이가 있었어요. 인환이 따뜻한 양지의 사람이라면 수영은 음지의 사람이었어요. 수영은 혹독하게, 인환은 슬프게 살았던 게 아닌가 생각돼요.

망우리 묘지에 인환을 묻던 날이었어요. 흙으로 덮기 전에 아버지에게 마지막으로 절하라는 조문객의 요청에 시인의 여섯 살 난 큰아들이 아버지 닮은 소리를 했어요. "아, 난 싫어." 자기 엄마 치맛자락을 붙들고 뱅뱅 돈 거예요. 조문객들은 일시에 고개를 돌려 눈물을 훔쳤죠. 서른 살 젊은 사람이 가엾은 아내와 어린 아들을 두고 가다니, 얼마나 기가 찹니까.

종종 같이 술을 마시던 송지영 선생이 양주 한 병을 품에서 꺼내 관 위에 부어줬어요. "살아서 못 마신 술, 가면서 실컷 마셔라." 천국 가는 길이 외롭지 않았을 거예요. 그렇게 좋아하던 양주를 실컷 마시고 길 떠난 사람도 그리 많지 않잖아요. 그를 생각하면 아쉬움이 많아요. 서점 '마리서사'도 다른 사람이 운영했으면 잘 됐을지도 몰라요.

"친구, 천국생활은 평안하신지? 나 지금 너무 외로워. 너희들이 너무 보고 싶어."

괜한 심술과 어리광으로 노년의 삶을 물들이고 있지요.

최서해가
상허에게
이형이 냉수맛을 알려면
술이 좀 늘어야 할 텐데 하고

안타까워했다.

이상은
폐병 말기의 김유정보고
김형이 꼭 한달만 술을 끊는다면
병이 깨끗이 나을 텐데 하고 한숨지었다

6·25 전쟁 때
오장환이 서울로 나와
제일 먼저 찾은 건
시인 김광균이었다
숨어 사는 옛 친구에게
그가 내민 것은
탱크가 어쩌고저쩌고 하는 자신의 시집이었다

김광균이 한마디 했다
여보게 그건 자네 주머니에 넣어두게
내가 지금 그런 걸 읽을 형편이 못 되네
하고 쓸쓸히 웃었다

5·16 군사반란 때

까만 색안경 끼고
시청 앞에 선 박정희 장군을 두고
김수영과 나는 내기를 걸었다
수영은 미8군이 곧 나와
저 사람들을 진압할 것이라 장담하고
나는 미군은 나오지 않을 것이다 라고 점을 쳤다
지는 사람이 술을 사기로 했으나
내기에 진 수영이 종내 술은 사지 않고
박정희만 무서워하다가
먼저 가버렸다

사라진 시간 속에서
고개를 치켜드는 건
언제나
가냘픈 존재의 떨림이다.

〈존재와 말〉

큰 뜻을 품고 고향을 떠난 날부터 가난과 신고를 다 겪었어요. 스물세 살의 젊은이가 살아가기에 세상은 그리 만만하지 않았어요. 한숨 한 번 크게 쉬지 못하고 발버둥쳤죠. 다행히, 곱살스런 아내를 만나 세 아들과 손자 손녀를 두었지요.

고맙지요. 정녕 고맙지요. 서럽고 안타까운 일들도 많았으나
잊은 지 오래됐어요. 뜨겁고 아름다운 그간의 시간들이었다
고 봐요.

대한민국 대표 시인 김수영

어쩔 수 없는 생활을 계속하는 사람이 있어요. 벗어나려고 해도 도무지 벗어날 수 없어 다람쥐 쳇바퀴 돌리듯 삶을 살아야 하는 사람도 있다는 겁니다. 숨통을 옥죄는 삶과 이별하고 싶어도 식솔들의 생존이 걱정되기에 마지못해 지옥의 나날을 끌고 나가는 삶이 김수영의 삶이었다고 생각돼요. 고뇌하며 번민이 많았던 김수영은 역시 시인이었어요. 그에게 시 말고는 다른 것을 기대해서는 안 되지요.

김수영은 시 외에는 잘 하는 것이 없고 자신도 바라지 않았어요. 마치 시를 짓고 시를 이야기하는 거 빼고는 달리 받은 게 없으니 놓을 수도, 그만둘 수도 없다는 신념으로 평생을 살았던 거예요. 그에게 시는 일종의 숙명인 듯했어요. 양계를 했지만 양계는 시인으로 살아가기 위한 수단이었지 삶의 목적은 아니었어요.

김수영은 우이동에서 부인과 닭을 키워 계란을 파는 양계장을 경영했죠. 일일이 손으로 키우는 때라 2,000마리만 돼도 양계장은 만원이에요. 자본과 노동력이 한계에 달하자 큰 자본이 없는 수영은 자신이 직접 노동을 하며 닭 2,000마리를 키웠어요. 생각보다 손이 많이 가는 일이 양계지요. 아침마다 계사를 청소하고 소독하고 사료를 주고 계란을 꺼내서 일일이 저울에 달아 크기 별로 분류를 해요.

기계화되지 않던 때라 저울을 놓고 크기를 분류하니 시간이 좀 많이 걸리겠어요? 그마나 다행인 것은 계란 값이 다른 물가에 비해 비싸 아무나 먹을 수 있는 음식이 아니었다는 거예요. 아픈 사람이 보신용으로 먹었던 시절이지요. 불과 20~30년 전만 해도 계란은 소풍이나 운동회 때나 구경했잖아요. 닭을 키우기 전에는 토끼를 키웠는데 수지가 맞지 않아 닭을 키우게 된 거래요.

아침부터 닭장에서 부산을 떨고 나면 파김치가 되기 십상이지요. 글을 써야 하는데 영감이 떠오르지 않으면 화도 나고 답답하고 만사가 싫어지는 겁니다. 밖에 바람이라도 쏘이고 돌아오면 나을까 싶어 신발 끈을 맵니다. 지켜보던 늙으신 어머니는 안타까워 한마디 던집니다. "너 오늘도 어디 가냐? 매일같이 나가는데." "신문사에 가보려고요." "가서 뭐하나?"

"신문사 가서 글도 써주고 교정도 하고 신문 발송도 도와주고 제가 못하는 일이 있나요? 뭐 막 합니다. 뭐든 다 합니다." 대답하는 그도 답답했겠지요.

가는 곳이 고작 명동이었어요. 문인·화가·음악가들과 다방에 앉아 시간을 보내는 겁니다. 그것 말고는 할 일도 없었어요. 만나는 친구들도 날마다 쉬고 노는 부류들이었지요. 그런데 수영을 기억하면 이해되지 않은 점이 너무 많았어요. 첫째는 왜 취직을 하지 않느냐 하는 점이지요. 그게 지금도 의문이에요. 닭을 키워가며 힘든 생활을 꾸려갔거든요. 한 번도, 단 한 번도 남들 다 하는 학교 선생이나 신문기자 노릇은 안 했거든요.

신문사에 근무해보니까 고정된 월급이 나오니 무엇보다 생활하기가 그렇게 편하더라고요. 수영이야말로 그럴 자격이 충분한데 취직한 경험이 없어요. 취재하고 마감 맞춰 기사 써내고 제때 월급 나오고 걱정이 없잖아요.

아무래도 직장 생활은 체질이 아니었던가 봐요. 조직의 규율에 얽매이는 것도 그렇고 남의 명령에 곧이곧대로 움직이는 성격도 못 되고 하니 포기한 것이 아닌가 생각돼요. 직장에 얽매이기도 그렇고 단체 행동을 하는 것도 못마땅하고 월급을 받기 위해 별별 일도 감수할 자신이 없었나 봐요. 수영으로서는 생각할 수도 없고 상상만 해도 어려운 일이지요.

요즘엔 대학 강단에 시인이나 소설가가 많이 나가는 걸로 알아요. 하지만 그때는 문인이 강단에 서는 경우가 드물었어요. 그러나 김수영은 당시 문인 중에서 대학에 나갈 수 있는 자격을 갖춘 몇 안 되는 사람 중 하나였죠. 그런데 그런 일은 없었어요. 아마도 수영 '자신은 말하는 재주가 없다, 가르칠 수 있는 지식을 확실히 축적하지도 못했다, 내 공부는 얼마든지 해도 남을 가르치긴 어렵다'고 생각했겠죠.

양계를 집어치우고 월급쟁이 생활을 하고 싶어도 그 어쭙잖은 자존심 때문에 부득불 닭과 생활했을 거라 생각해요. 그의 이력서 어디를 봐도 학교·신문사·잡지사 같은 데는 기록되지 않았어요. 조금만 양심의 소리를 외면해도 한자리 차지할 수 있는데 그는 그 어려운 양계장을 묵묵히 경영했어요. 갑자기 유행병이 돌면 닭이 일시에 죽기도 했겠죠. 약을 사다 먹여야 하는데 약 구하기가 힘들어 무척 마음고생이 심했다고 들었거든요.

김수영은 서울 종로에서 태어났어요. 순전히 서울 토박이죠. 강원도 인제가 고향인 박인환은 수영이 서울 태생인 것을 무척 부러워했어요. 이상도 서울 태생으로 머리 좋은 사람들은 다 서울에서 태어난다는 겁니다. 인환이 보기에 서울에서 태어나 서울 말씨를 배우고 유창한 말 속에서 성장했기 때문에 시를 잘 쓴다는 거지요.

"이상이 훌륭한 문학을 할 수 있었던 것은 일단 서울 사람이라 가능했다. 이상이 강원도나 충청도에서 태어났다고 생각하면 역시 뭔가 안 맞고 이상하다." 이상의 작품을 읽고 서울 태생일 것이라고 짐작했는데 딱 맞았다고 덧붙였어요.

수영은 자연스럽게 서울 말씨를 썼어요. 그렇다고 인환이 강원도 사투리를 썼다는 말은 아니에요. 예를 들어 수영은, "김형, 다른 것은 다 말해도 좋으나 저 여자한테 내 이가 의치란 말만은 하지 말우" 하고 말해요. '하지 마시오.' '하지 말아주시오' 하지 않고 '하지 말우' 할 때는 듣기에 따라 러시아어 같기도 하고, 프랑스어 같기도 해요. 딱 끊어지거든요. 톤이 약간 올라가다가 뚝 끊어지는데 참 매력이 있었죠.

'서울말에는 이런 매력이 있구나.' '하세요', '그러세요' 속에 친절함과 유연함, 다시 말해 수양버들 같은 리듬이 넉넉하고 따뜻하게 들려와요. 함경도나 평안도 말처럼 과격하게 흐르지 않아요. 갑자기 톤이 올라갔다 내려가는 직선이 아니고 서울말은 원형, 특히 타원형 같은 원만한 굴곡이 있어요. 나도 박인환처럼 서울말이 부러워서 나중에는 부러 서울말을 배운답시고 함경도 말을 버리려고 의식적으로 노력했지만 잘 안됐어요.

함경도에서 태어나 20년 동안 함경도 생활을 하고 그 후에는 60년을 서울에서 살았는데도 함경도 말이 없어지지 않아요. 나이 여든이 훌쩍 지난 지금도 어떤 분과 얘기라도 할라 치면 고향이 함경도가 아니냐고 물어보는 거예요. "왜 그러십니까?" "전 함경돕니다. 선생 발음이 함경도 같아서 그럽니다." 이렇듯 언어 습관이 참 무서운 거예요.

얘기가 빗나갔지만 수영의 말에는 유연한 깊이, 리듬, 심지어 멜로디까지도 느껴지는 맛이 있어요. 그래서 시를 더 부드럽게 써낼 수 있는 듯해요. 특별히 기교를 부리지 않아도, 서울말의 묘미가 그대로 살아 있는 시가 됐을 겁니다. 종로에서 태어났으니 낮에는 물론이고 밤에도 오가는 사람들의 말투와 풍습에 익숙했을 테니 그럴 만도 하죠.

하여튼 김수영에게는 시골에서 자란 시인들과 다른 면이 많았어요. 평소에 걸어가다가도 걸음을 멈춰서 땅바닥에 물건을 펴놓고 파는 걸 한참이나 들여다보다 갈 때가 있죠. 관찰력이 남달라요. 나중에 시 작품에 나타나기도 했고요.

얼굴을 한 번 보세요. 언뜻 보면 이가 아픈 표정을 지어요. 어금니가 저리거나 쑤시다는 얼굴이에요. 아프다고 표현하면서도 다소 희망 없는 얼굴이죠. 그런 표정으로 명동에 나와 얘기하고 걸어 다닐 때가 많았어요. 필시 우울하고 어두운 성격을 타고난 듯했죠. 30대인데도 이가 나빠 틀니를 했어요. 잇몸이 나빠 이를 뽑고 의치를 했던 거죠.

그게 고달팠던지 푸념을 늘어놓기도 했어요. "이가 성한 사람이 제일 행복하겠다. 난 이가 나빠서 아무거나 못 먹는다." 오징어를 줘도 질기니까 씹을 수가 없어 못 먹었어요. 인환은 잘 먹는데 수영은 손에 쥐고 만지기만 했어요.

해방 후에 수영이 한동안 연극을 했다는 말이 있어요. 직접 들은 적은 없고 주변에서 그렇게 전해요. "월북한 연극인들과 같이 연극을 한 듯하다, 연극 무대나 극장 간판을 그렸다" 하는 얘기를 종합해보면 수영이 손수 간판 글씨도 쓰고 그림도 그린 것 같아요.

1946~1947년 무렵 충무로 4가에 살았는데 시인의 어머니가 깨끗한 빈대떡집을 했어요. 제대로 녹두를 갈아 부침개를 부친 거죠. 어머니 음식 솜씨가 대단히 뛰어났어요. 전통 음식을 만드시는 걸 보면 송편 하나라도 제대로 빚고 나물이며 김치도 진짜 서울식으로 담그시기로 유명했어요. 그렇게 살다 6·25를 맞았어요.

때때로 그의 검고 큰 눈을 보면 황소 눈보다 더 커 보인다는 느낌을 받게 돼요. 마치 화가 막스 에른스트Max Ernst, 1891 ~1976의 〈달〉이라는 그림보다 사람을 놀라게 하는 듯한 위력이 있어요. 어려운 표현이지만 이런 표현이 딱 어울릴 것 같아요. 겁먹은 듯하면서 투시하는, 뭔가 꿰뚫어보는 듯한 특별한 눈을 가지고 있죠. 신에게서 특별히 하사받은 시인의 눈이라고 봐야죠.

1950년대 초 이탈리아나 프랑스에서는 이전의 리얼리즘과 다른 새로운 리얼리즘 영화가 많이 나왔어요. 〈자전거 도둑 Ladri Di Biciclette〉(1948)이 특히 사람들의 관심을 받았어요. 〈유령의 속으로 가다〉, 〈항구의 마리La Marie Du Port〉(1950) 등의 영화를 보러 다녔지요. 박인환·이진섭·이봉래는 영화에 미쳐서 영화관에 뻔질나게 드나드는데 수영은 별로 관심을 나타내지 않았죠.

영화의 비중을 크게 두지 않았어요. 새로운 리얼리즘을 일종의 시대적인 멋으로 보는 경향이 있었던 거죠. 영화의 깊이나 방향성에 별로 흥미가 없었다고 하면 정확할 거예요. 프랑스 시에 비하면 영화는 의식 수준이 낮다고 생각을 했던가 봐요.

전후 명동은 완전 폐허였죠. 집이 다 무너져서 살 만한 집이 많지 않았어요. 간간이 다방, 구둣방, 양복점이 있는 정도였어요. 지금처럼 국제적인 지대는 아니었어요. 길을 따라 올라가면 성당이 있는데 분위기가 그만이었어요. 이상하게 문인들은 저녁때가 되면 다 근처에 모였지요.

아침에 동방문화살롱에 앉아 있으면 우이동에서부터 군화를 신고 온 수영이 들어와요. 들어서자마자 다방 바닥에 쾅쾅거리며 우이동에서 달고 온 진흙을 털어요. 흙더미가 마룻바닥에 떨어지는 것을 본 마담이 좋아할 리가 없죠. "에이, 선생님도 여기에 흙을 털면 어떡해요." "아유, 내가 실례했습니다. 모르고 그랬죠." 잘못을 인정하는 그의 얼굴이 불그레해지지요.

이만큼 조심성이 없어요. 평소 생활 태도가 그래요. 악의는 없지만 신사는 못 됐지요. 허름한 점퍼에 찢어진 바지, 군화를 신고 일하던 차림으로 나왔는데도 주머니에는 언제나 책이 꽂혀 있어요. 수영의 모습인 거죠.

다방에서도 커피 한 잔 시켜놓고 좋아하는 줄담배를 피우다 묻는 말에 몇 마디 대꾸할 뿐 자기 얘기는 별로 하지 않았어요. 그 좋아하는 그림 얘기도 좀처럼 안 해요. 6·25때 인민군에 끌려가 고생하고 포로수용소에 갇혔다가 석방되기도 했죠. 그렇게 몇 년을 호되게 당해서 그런지 사람을 몹시 경계해요.

특히, 군인들을 싫어했어요. "저기 웬 군복 입은 사람 들어오네." "어디, 어디?" 바짝 긴장을 해요. 빨갱이라면 때려죽이고 사람에게 무지막지하게 총을 쏴대는 기억으로부터 해방되지 못한 듯 보였어요.

인환은 그런 걸 못 느끼죠. 다방에서 왜 두려워하고 겁을 먹나 반문하는 눈치였어요. 오히려 다방을 자기가 전세 낸 것처럼 행동했어요. 물 만난 고기처럼 이야기를 늘어놓고 온갖 멋진 포즈를 다 취했어요.

서로 좌익으로 몰 때는 인정사정 없어요. 사촌도 밀고할 수 있었던 시대였죠. 아무개가 사상이 의심스럽다 조사해보라고 밀고할 수 있는 게 당시 상황이거든요. 그러니 아무리 친구라지만 터놓고 얘기할 수 없었죠. 자신의 솔직한 생각도 표출해서는 안 됐어요. 자연히 김 아무개 시인이 보는 대한민국의 얘기도 가슴에나 담아 둘 수밖에요. 언제 무슨 일을 당할지 모르니 무섭죠. 그런 시대가 1950년대였어요.

항상 두려웠고 공포에 질려 살았어요. 누군가 "저놈이 김일성종합대학 다닌 놈이다"라고 발설할까 봐 공포감에 떨었지요. 대한민국에서 김 아무개 시인이 김일성종합대학에 다녔다는 사실을 아는 사람은 문단에서 딱 한 사람 김광림 시인뿐이에요. 그도 그 학교 다녔었지요. 그러기에 그 사람을 만나면 서로 끄떡끄덕 하는 게 인사였어요. 앞으로도 비밀 잘 지켜주라는 의미였죠. 몇십 년 동안 줄곧 침묵해오다가 최근에서야 김일성종합대학을 다녔다고 이력서에 썼어요. 그만큼 이데올로기의 골이 깊디깊은 거예요. 김수영은 늘 무시무시한 공포감에 질려 있지 않았나 생각해요.

수영은 연애에는 별 소질이 없었어요. 여자와 가까워지려고 애교 부리는 건 본 듯한데 여자들과 어울리는 건 못 봤거든요. 박인환은 잘 어울리지만 길게 만나지를 못하고 이내 헤어지더라고요. 멋진 연애를 하는 문인이 별로 없었어요. 김동리가 손 아무개 여자와 연애를 한다는 소문이 있었지만 그 외에는 듣지 못했어요.

그런 김수영에게도 은근한 장난기가 있었어요. 1960년 박정희가 5·16쿠데타를 일으켜 대통령이 됐잖아요. 길거리에 탱크가 나와 있고 해병대가 총 들고 곳곳에 서 있는 삼엄하고 음습할 때죠. 공포 분위기였어요.

5·16이 일어나고 2~3일 뒤 박정희가 검은 선글라스를 쓴 채 차지철과 김재규를 대동하고 시청 앞에 버티고 서 있을 때예요. 쿠데타가 성공하느냐, 아니면 미8군이 군을 진압하느냐 둘 중 결론이 나기를 기다리는 상황이었어요.

국민들은 과연 미국이 쿠데타를 용납할까 궁금해하고 있을 때죠. 아침에 수영이 남산동 집으로 찾아왔어요. 쿠데타에 잔뜩 겁을 먹고 어떻게 처신해야 되겠냐고 물어봐요. 나라고 특별한 처신법이 있겠어요? 명동에 가서 커피나 마시며 얘기하자고 집을 나섰죠.

남산에서 명동 가는 길 퇴계로에 큰 초등학교가 있어요. 그 앞에 육교가 있는데 왼쪽에 호텔이 있죠. 둘이 육교를 건너가는데 손으로 내 가슴을 탁 치면서 멈춰 서라는 거예요. "이게 무너지지 않을까? 우리를 죽이려고 만들어놓은 거 아냐?"

깜짝 놀랐어요. 육교가 무너질 수 있다는 거예요. 물론, 자신의 복잡한 심정을 반전하고자 시도하는 블랙 유머였다고 봐야죠. 수영은 이렇듯 사람을 놀라게 하고 이상한 쾌감을 느끼게 하는 재주가 있어요. 진지한 생각을 하면서 시국을 걱정하는데 갑자기 뚱딴지 같은 소릴 하니까 화가 나더라고요. "야야야, 너, 나한테까지 이러냐? 나한테 이러지마." "알았다." 피식 웃는 모습이 조금 쓸쓸해 보였어요.

수영은 가까운 지인에게 종종 지적인 트릭을 꾸미며 장난치고 싶어 했어요. 수영이 장난을 꾸밀 정도라면 정말 외로운 상태라는 신호였거든요. 같이 웃고 이야기하고 떠들 상대도 없어 쓸쓸하다는 자기 노출이에요. 그게 수영의 불행이며 아픔 같았죠. 나야 집에 들어와 아이들과 쉽게 웃고 그러는데 수영은 아이들과 웃고 떠드는 게 안 되는 듯했어요.

자신이 평소에 겪는 고통이 너무 커서 깊은 우울증 같은 데서 해방되지 못한 거지요. 항상 겁에 질린 얼굴이었다고 말씀드렸잖아요. 크게 웃지도 아이들과 마음껏 뛰놀지도 못하고 말이죠.

명동 다방에서 차를 마시며 잡담을 하는데 수영이 내기를 하재요. 내일이면 미8군이 박정희를 잡아간다는 거예요. 나는 그렇지 않다고, 미8군이 박정희를 용납했다고 잘라 말했죠. 미국이 체포하려고 작정했다면 진작 잡아가고도 남을 시간이라고 응수했어요. 내기가 뭐였냐고요? 만약에 쿠데타가 성공하면 수영이 술을 사고, 실패하면 내가 술을 사기로 했어요. 결과는 익히 아실 거예요. 그런데 박정희가 대통령까지 됐는데도 수영은 내내 술을 안 샀어요.

수영에 대한 또 다른 한 토막 추억이 있어요. 광화문 뒷골목 술집에서 시인 유정과 박훈산을 앞에 앉혀놓고 수영이 주정을 부리는 게 연극같이 재미있어요.

"이봐 유정, 넌 김소운이보다 일본어를 더 잘하는데 그래. 너 혹시 일본놈 아냐? 이 녀석 이용악의 꼬붕 같으니라구. 이용악인 이북에 있어. 넌 왜 여기 있니⋯⋯." 이런 식으로 수영이 속사포를 막 갈기니 보다 못한 훈산이 한마디 한다는 것이 "네 말이 맞다 맞아. 그래 수영 네 말 맞다." 유정이 기가막혀 그저 입만 허 벌리고 앉아 있어요.

"이놈 훈산, 넌 전봇대같이 키만 큰 것이 대구서 이번엔 어느 과부를 또 홀려먹었냐. 바른대로 대⋯⋯." 수영의 호령 소리는 술집 바깥쪽까지 들렸죠.

언젠가 김이석이 수영과 곤드레만드레 취해 앉아 있는 것을 본 적이 있어요. 둘의 대화가 아주 걸작이었지요. 무슨 영문인지 수영이 화가 턱밑까지 차 오른 것처럼 격분한 눈치였죠. "김이석, 너 이놈아! 넌 이북에서 왜 나왔어? 아니 그들이 하라는 대로 고분고분하게 글도 써주고 농민소설도 쓰고 뭐든 써서 배겨내지, 뭐 하러 여기 나왔어? 여기가 어딘 줄 알고 그러니?" 김이석의 대꾸에 수영이 더 화가 날 만했어요. "허허허 네말 맞다, 네 말 맞다."

수영은 계속해서 김이석을 몰아세우는 겁니다. "너 이놈아, 가족 다 버리고 너 혼자 내려왔냐? 너, 제정신이냐. 여기 누가 있다고 혼자 나와? 여기 나오면 소설이 팔리기라도 하냐?" 월남해서 소설 몇 편 팔았느냐는 겁니다. 김이석을 놀려주는 건데 김이석이 원체 순한 사람이라 그냥 웃기만 했어요. 웃는데 위에 금니가 노란 얼굴과 겹쳐 반짝거린 거예요. 동그란 얼굴에 이마까지 쭉 까졌는데 사람 좋은 얼굴의 웃음 속에 금니만 반짝거렸던 거지요.

수영은 책을 읽어도 많이, 깊이 있게 읽었죠. 단순히 재미나 지식을 얻기 위해서 읽지 않고 좀 더 시다운 시를 쓰기 위해 책을 읽었던 거예요. 한 번 시인으로 태어났으면 시인의 길은 죽을 때까지 메고 가는 멍에라고 생각할 수 있어요. 어쩌면 죽을 때까지 쓰고 가는 가시 월계관이라고 할 수 있죠. 수영의 삶이 시인의 삶이었어요. 그를 지켜보면서 많은 도전도 받았지요. 어려운 철학책도 읽고 시인의 정체성에 대해 간단 없는 고뇌에 빠져보기도 했던 겁니다. 하이데거Martin Heidegger, 1889~1976 관련 서적을 많이 읽었죠.

연배로 치면 김수영은 네 살 윈데 배울 점이 많았어요. 어른답고, 남에게 무정스럽게 군다거나 불친절한 일이 없고 아무에게도 해를 끼칠 줄 모르는 성품의 소유자였어요. 외상이 흔하던 시절, 남들은 떼어먹고도 양심의 가책을 느끼지 않는데 외상값을 반드시 갚는 사람이었지요. 일부러 찾아가서 갚는 선량한 시민이었다고요.

그런 사람이, 시인이고 싶어했고, 시인으로 살았던 사람이 항상 겁을 먹고 끼니를 걱정하고 살아서야 되겠어요? 1950~1960년대, 불행하고 거친 시대였죠. 그런데 물살을 거슬러 올라가는 연어처럼 살던 수영이 교통사고로 세상을 떠났어요. 그가 그토록 싫어하던 모더니즘의 바퀴에 깔려 죽은 거지요. 제 수명을 채워도 신통치 않은데 마흔 조금 넘은 나이에 휑하니 우리 곁을 떠난 겁니다. 대한민국 대표 시인 김수영이라는 이름을 남기고요.

기인奇人 박거영

　세상 살다 보면 별의별 사람이 다 있어요. 그리고 세상살이가 여성 잡지처럼 호화롭거나 유치찬란하지도 않아요. 지금껏 김 아무개 시인이 살아온 시대가 평탄한 시대는 아니었죠. 그러나 86년 동안 세상을 살아보니 한마디로 세상은 그저 그래요. 특별히 '이거다' 하는 것은 없지만 그렇다고 '두 번 살기 싫을' 정도도 아니에요. 다만, 기왕 사는 것 좀 더 아름답게 살아보고 싶은 마음은 여전해요.

　왜냐면 가슴 속에 품은 어떤 바람이 있는데 기어이 도달해보고 싶거든요. 물론 그건 어려운 일이죠. 그렇더라도 사람은 결국 자기가 되고 싶은 사람이 되고 만다는 철칙 때문에 그 바람과 소망만은 내려놓고 싶지 않아요. 지금껏 많은 사람들을 만났어요. 개중에는 남을 많이 위해주는 사람, 웃게 하는 사람, 상식에서 벗어난 행동을 하는 사람, 남에게 별로 해를 끼치지 않는데도 미움을 받는 사람 등 여러 부류의 사람이 있어요. 또 어떤 이는 특이하게 남에게 많은 사랑과 도움을 받기도 했어요.

만나고 사귄 이들 중에 친구라고 말할 수 있는 사람도 몇명 있어요. 친구이기에 만나면 마냥 웃고 떠들고 즐겁고 신나는 일들을 함께 겪었어요. 그런 친구 중 한 명이 6·25 전부터 무려 60년을 사귄 박거영이라는 시인이에요. 그 이름 앞에 기인奇人이란 말을 붙여주고 싶네요. 말 그대로 보통 사람과 같지 않았어요. 1916년생이니 나보다 아홉 살 위였죠. 나이 차이가 많이 나는데도 만나서부터 계속 반말을 사용했어요.

처음부터 이상하게 가까워지더라고요. 서로 존댓말을 하다가 거영이 선수를 치고 나섰어요. "우리 그럴 필요 없다. 야자 하자." "거, 좋지." 금세 허물없는 사이가 되었지요. 나보다 키가 훨씬 크고 체격도 좋아요. 머리도 크고 얼굴이 굉장히 길어서 말상(말대가리)이라고 놀려댔어요. "네 관상이 꼭 말대가리야. 어떻게 그렇게 생겼냐." 그러면 씩 웃고 말아요. 말투나 걸음걸이도 무척 빨라요.

저는 왜소한 체격이거든요. 둘이 같이 걸어가면, 제 키가 그 친구 겨드랑이 밑에 닿아요. 사람들이 꼭 난장이와 거인이 걸어가는 듯하다며 많이 놀렸죠. 둘을 비교하는 말이 듣기 싫었지만 만나면 시간 가는 줄 모르고 지낼 정도로 막역했으니 계속 잘 지낼 수밖에요. 한 번 마음을 주고 나서 서로 변할 줄 몰랐어요.

문단에서는 그에게 온갖 용어를 동원해 비난했어요. '미친 놈·악마·색마·인색한 자식' 별명이 수도 없이 많았어요. 엉터리 시인이라는 비판도 퍼부었어요. 전혀 상대해주지 않으려는 사람이 절반 정도는 됐죠. 이름만 꺼내도 거부하는 사람이 있을 정도예요. 소설가 최정희 여사는 그의 얘기가 나오면 손사래를 치며 질색이었어요. "어, 그 색마? 미친놈이지. 큰일 낼 놈이야." 변호하고 싶었지만 참았어요.

정도의 차이는 있으나 무슨 일을 당했는지 다들 비난하고 험담하고 구설을 늘어놓았죠. 특히 여성계에선 신용이 없는 사람이었지요. 사람대접도 못 받았어요. 그럴 때면 거영은 억울해 했어요. 건드리지도 않았는데 앞다투어 온갖 비난과 험담을 일삼는다고 분통을 터뜨렸어요. 문제의 발단은 원체 여자를 좋아하는 데 있었지요. 치마를 두른 사람이면 무조건 좋아해요.

경제력도 있었는데 돈을 써도 참 이상하게 써요. 돈을 쓸 데가 아닌 데에 물 쓰듯 쓰거든요. 근데 막상 꼭 써야 할 때는 자린고비예요. 예를 들어 아무개 시인이 쌀이 떨어져서 쌀을 사줘야겠으니 돈 좀 보태주라고 하면 정색을 해요. "그 자식 나쁜놈이야. 별로 좋아하지 않아." 그러고는 자기가 좋아하는 사람만 도와줘요. 친구이기에 그러면 안 된다 충고도 했고 나무라기도 했어요.

"당신, 왜 여자들한테 그렇게 집착해? 아, 좋으면 좋은 거지만, 이 여자 저 여자 아무한테나 집적거리니 사람들이 너무 이상하게 봐. 개망나니라고 해. 그러지 말고 한 여자를 꾸준히 사랑해봐." "한 명만? 싫증나서 어떻게 그래." "넌 구제불능이구나."

고향이 함경도 원산인데, 일찍이 중국을 갔다 왔어요. 상하이에서 대학까지 다니고, 댄스홀을 경영한 특이한 이력도 있었죠. 상하이가 화려한 상업 도시로 장사가 잘됐대요. 별로 노력을 안 해도 돈이 막 벌리더래요. 문학이고 뭐고 다 잊고 돈벌이에 열중하다가 8·15 해방을 맞아 배 타고 서울로 왔던 거예요.

명동에 큰 이층집을 샀어요. 그곳에 펄 벅Pearl Buck, 1892~1973의 《대지》의 소설에서 따와 큰 뜻을 펼친다고 '대지백화점'을 열었어요. 백화점은 백화점인데 지금 우리가 아는 근사한 백화점이 아니고 온갖 물건이 많다고 그렇게 이름을 붙인 거죠. 머리를 잘 굴린 결과예요.

보통 상점인데 '백화점'이라고 하니 사람들이 신기해 자꾸 모여드는 거예요. 한동안 호황을 누리다가 6·25 전쟁 통에 없어졌어요.

화신백화점 앞에서 노량진 쪽으로 가는 전차를 타면 '대지백화점'이 보였어요. 특이한 것은 현관 입구 오른쪽에 '현대시 낭독 연구회'라는 큰 간판이 붙어 있었죠. 간판을 붙임으로써 시인인 자기가 백화점 주인이란 걸 홍보한 거예요. 행인들은 대지백화점 간판 옆에 '현대시 낭독 연구회' 간판이 붙어 있으니 시인이 백화점 주인인가보다 생각했을 겁니다.

연구회에는 문학청년들이 많이 드나들었어요. 거기서 대장 노릇을 했죠. 자기가 먼저 시는 이렇게 읽는다고 낭독을 하는 거죠. 나야 전차를 타고 왔다 갔다 하며 한 번 들러봐야지 생각만 하다 6·25가 터져 종래 들르지 못했어요.

'인간사'란 출판사를 경영하기도 했어요. 한하운 시인의 《보리 피리》를 출판했죠. 1949년 한하운이 연구회를 찾아왔대요. 대학 노트에 자신의 고달픈 삶을 두서없이 적은 걸 가져왔더래요. 몇 편 읽어보니 나병한센병 환자가 쓴 글치고 맛이 있고 리듬도 있고 풍월도 있더래요. '가도 가도 황톳길' 이런 노랫가락 말이에요. 순간 판단으로 잘 손질해 책을 엮으면 성공할 듯해서 한하운과 조건부 계약을 했죠.

"이 원고를 내게 맡겨라. 시를 다듬어 책을 한번 만들어보자." 한하운 시인의 수락을 받고 급히 다방에 앉아 2~3일 동안 전부 시로 다듬었대요. '갔노라, 갔도다. 완전히 자기 식으로 다듬은 거지요. 노랫가락에 멜로디를 실어서 흥이 나게 문장을 꾸몄던 거예요. 마침내 《보리 피리》 시집이 출판된 거지요.

책이 출판되자 그걸 들고 신문사를 돌아다니며, "보십시오. 나병 환자가 시를 썼습니다. 이게 문둥이 시집입니다" 하며 선전을 했어요. 기자들이 읽어보니 꽤 재밌거든요. 깊은 내용은 아니지만 애달프고 고뇌에 찬 구절도 나오니까 호기심이 일어난 거죠. 여러 신문사에서 앞다투어 기사도 쓰고 홍보를 해주니 시집이 엄청 팔렸대요. 서울뿐 아니라 지방에서도 책을 찾는 독자들이 생겨났대요. 돈이 들어오니 재밌거든요. 한하운을 만나서 2부 원고는 없느냐며 물었대요.

다른 작품은 없다는 대답에도 물러서지 않고 작품을 내놓으라고 다그쳤대요. 아니, 다그친다고 없던 작품이 나오며 그렇게 게 눈 감추듯 시가 써집니까? 신문 광고에는 진작 2부가 나올 거라는 광고까지 해놓은 상태라 난감한 거죠. 어쩔 수 없이 광고는 공수표로 끝나고 말았지요. 보기 좋게 2부 출판 계획은 실패한 거예요.

책이 많이 팔린 것은 좋았는데 인세 문제로 한하운과 입씨름을 하게 됐어요. "지금 치료비도 없고, 거처할 데도 없고, 생활도 어려운데 인세를 생각해주셔야겠습니다." "그동안 알게 모르게 도와주지 않았소." "책이 많이 팔리면 그만큼 더 생각해줘야 되는 것 아닙니까?" "원 줄거리는 당신이 쓰고 당신 이름으로 시집이 출판되었지만 전부 내가 다듬고 고쳤으니 내 작품이나 마찬가지요." 한하운은 어이가 없는 거예요. 그냥 빈손으로 돌아갈 수밖에요.

무정한 사람이지요. 분명 거영이 잘못한 거죠. 힘이 없는 사람이라고 업신여기며 인색했던 거예요. 이런 일을 거듭하니 인색하다는 소문이 떠도는 게 아니겠어요. 상식 밖의 짓을 저지르고서는 돌아서 다방에 들어가 예쁜 아가씨를 만나면 수표를 써 주거든요. 옆에서 지켜보는 친구들의 욕을 바가지로 먹는 건 당연하지요. "저 자식 우리한텐 차 한 잔 안 사면서 여자한테 돈 쓰는 거 봐라." "미친놈 아니냐." 뒤통수에 대고 뒷말을 하고 비웃는 것도 정작 본인은 몰랐어요. 그저 우쭐해서 여자랑 나가는 겁니다. 지켜보던 이들이 냅다 악담을 퍼붓죠. "저 새끼 개망나니다. 보나마나 저 여자랑 일주일 가면 잘 가는 거다."

그는 그대로 주변 시인들에게 불만이 많았어요. "나도 시인인데 저희들은 날 시인으로 인정해주지 않는다. 합동 시집을 만든다고 하면서 날 쏙 빼먹고 저희들끼리 해먹는다. 그런데 왜 내가 저희들을 도와주어야 돼?" 맞아요. 시인 20명이 모여 합동 시집을 만들라치면 그를 쏙 뺐어요.

거영의 가슴에 불덩어리가 치솟는 건 당연한 거죠. 자기도 시인으로 당당히 참여하고 싶은데, 자신보다 못한 사람은 시인으로 대우해주면서 왜 자신만 빼느냐는 겁니다. 그가 제일 못 참는 일은 자기를 시인으로 대우해주지 않는 일이었어요.

1946년 '조선문학가동맹'이 결성됐죠. 그런데 1년 만에 해체돼요. 문학가동맹은 좌익 성향을 띤 작가들이 모여 만들었지요. 단체의 핵심은 이북의 한설야·이기영, 남쪽의 임화·이태준이었어요. 남쪽에 있지도 않은 사람을 둘이나 이름 올려 남북 합친 단체를 만들었으니 천하가 떠들썩했대요. 나는 월남하기 이전이라 전해 들었을 뿐이죠.

전국 문학인들의 관심이 대단했대요. 문학가동맹의 회원이 되는 게 목표가 되기도 했대요. 거영도 문학가 동맹에 들어가고 싶었지만 잘 안 됐나 봐요. 그러나 그걸 계기로 좌익 계열의 시인들과 사귀게 되었나 봐요. 모르긴 몰라도 문학가동맹의 자금줄이 아니었나 생각됩니다. 문학가동맹의 시인들 중에서도 정지용·이용악·오장환·이병철과 무척 가까웠어요.

특히 오장환 시인의 활동이 대단하던 때였죠. 삼일절과 노동절에는 좌익 집회인 시국선언대회가 남산에서 열렸어요. 주로 학생들이 집회에 참석하는데, 오장환 시인을 초청해 시 낭송을 듣기도 했어요. 오장환이 나타나면 벌떼처럼 모인 학생들이 손뼉을 치고 하늘이 무너져내릴 듯 환영했지요.

오장환이 대지백화점을 자주 찾아갔는데 그게 다 거영의 도움이 필요해서 그랬대요. "내일 삼일절에 시 낭송을 해야 하는데 너희 집에서 시를 지어야겠다. 방 좀 빌려다오." 대지백화점 2층 넓은 방에 오장환이 진 치고 앉아 시를 지어요. "내

배가 고파 뭐를 좀 먹어야겠다. 중국 음식을 주문해다오. 첫째 배갈, 다음 자장면, 튀김, 팔보채." 거영은 두말없이 시중을 들어줬대요.

탈고된 원고를 넘겨주면서 낭송해보라고까지 하면 거영이 우렁찬 목소리로 낭송을 했대요. 오장환은 흡족한 얼굴로 거영의 기를 북돋아줬고요. "당신은 시 낭송 전문가다. 앞으로 그렇게 활동하면 되겠다." 거영의 기가 잔뜩 살아났겠죠.

학생 돌격대가 오장환을 호위해서 남산으로 데리고 갑니다. 광장 연단에 서서 시를 낭송하자 우레와 같은 박수가 쏟아지고 '오장환 만세'를 불렀대요. 이처럼 오장환은 좌익 학생들한테 대단한 인기가 있었다고 해요. 시인이 시를 낭송해 그처럼 지지를 받는 건 그때가 절정이었을 거예요.

대지백화점 2층에서 열린 낭독회에 좌익 시인들이 많이 모여들었다는데 주동자는 오장환·이병철·임화·유진오일거라 짐작돼요. 연구회 간판은 단단히 득을 본 셈이죠. 당국에서는 심하게 문학가동맹을 탄압했나 봐요. "빨갱이 집단을 해체해야겠다. 작가들을 검거해서 서대문 형무소에 집어넣어야겠다." 결국, 임화·김남천·이태준·오장환 모두 평양으로 갔죠. 문학의 자유를 위한 탈출인 셈이죠.

김기림·정지용·박태원 등 몇은 서울에 남아 월북하지 못했어요. 밤이면 형사가 찾아와 닦달하는 거예요. "선생님, 요즘은 어떻게 지내십니까?" 이거 참 싫거든요. 죄가 있으나 없으나 마음고생이 말이 아니죠. 김 아무개 시인도 민주화운동에 가담했던 시절에 무슨 대회나 행사가 있는 날 아침이면 어김없이 형사가 찾아왔어요. 대문 앞에 의자를 놓고 앉아서 오늘은 제발 나가지 말라며 점심때까지 앉아 있어요. 겪어보니 형사가 친절할수록 징그럽데요.

아! 기억나네요. 저녁이 되어 집에 들어왔는데 강남 경찰서 소속 형사가 아무 일 없나 문안드리러 왔다며 다녀갔다는 거예요. 이야기를 듣는 순간 확 불길이 치솟더라고요. 무척 기분이 나빴어요. 저녁에 쓸 원고도 많은데, 시 한 편 쓰려고 발버둥쳐도 울화만 치밀어서 원고지를 확 찢어버리기 일쑤였죠.

'내가 무슨 죄가 있다고 자꾸 뒤를 밟고 다니나. 기껏해야 문인들과 대회에 합류했거나 문인 시국선언 발표문에 이름 석 자 들어간 정도인데.' 아, 말이 나왔으니 말이지 김 아무개 시인이 어디 가서 수류탄을 던졌겠어요, 누굴 칼로 찔렀겠어요? 어디까지나 대한민국 시인이었고 시인으로 살아가는 일밖에 없었는데 형사가 쫓아다니니 아주 귀찮고 싫은 거지요.

정지용 시인도 문학가동맹에 가입했을 뿐, 뭐 특별히 죄 지은 것도 없는데 형사가 심심하면 성북동 집으로 찾아왔다고 해요. 그게 딱 질색인 거죠. 기분 잡치지요. 왠지 형사가 찾아올 듯하면 슬그머니 집을 나와요.

가는 곳이 고작 대지백화점 2층 넓은 다다미방을 찾는 거예요. "나 오늘 형사 꼴 보기 싫어서 여기서 편안히 좀 자고 가야겠네." "아, 그렇게 하십시오." 거영이 저녁을 대접하고, 깨끗한 이부자리를 펴주고, 전기 스탠드를 준비해주는 등 깍듯이 모셨대요. 거영이 여러 시인들의 든든한 후원자였다고 보면 됩니다.

정지용 시인도 감동했겠죠. 을유문화사에서 출간한 《지용시선》을 거영에게 선물로 주었대요. 당시 출판사의 증정본이 여유 있게 나오는 시절도 아니었거든요. 그리고 아무한테나 책을 주지도 않았어요. 당대 유명한 김동리·박종화·황순원·모윤숙도 정지용으로부터 자필 증정본을 받아보지 못했거든요. 그런데 그는 받은 거지요. 책 속표지에 '거영 아우에게, 지용'하고 먹으로 꽉 차게 써서 줬대요.

"봐라. 만 사람이 외면해도, 대 시인 정지용 선생만큼은 나를 인정한다. 그러니 이렇게 다정스레 아우라고 한 거 아니겠냐. 내가 정지용 선생의 아우다. 이만큼 날 사랑하고 믿어준다. 그러니 너희들도 앞으로 달리 봐야 해. 나, 정지용이 인정한 시인이야!" 한껏 의기양양한 거예요.

그의 집에 가면 무엇보다 책이 많아요. 누렇게 햇빛에 바랜 책이 쫙 꽂혀 있어요. 《지용시선》은 물론이고 오장환의 《병든 서울》, 《나 사는 곳》, 《성벽》, 이용악의 《오랑캐꽃》 김기림의

《시론》, 《바다와 나비》 등 모두 시인들이 자필 서명을 해서 증정한 책들이었어요. 혹여 누가 가져갈까 봐 손도 못 대게 해요. "야야야, 거거……." 자신의 보물이란 거지요. 그게 그의 유일한 자랑이었어요. "네가 아무리 똑똑한 체하지만 오장환, 이용악, 정지용한테 책 받아봤냐? 못 받았지? 그러니 내가 너보다 높다." 재미있는 구석이 있는 친구였죠.

그의 자랑처럼 김 아무개 시인보다 높은 건 알겠는데 그렇게 애지중지 하는 시집들을 속속들이 읽었는지는 의문이에요. 정지용 선생 아우라는 사람이 김 아무개 시인보다 시를 외우질 못했거든요. 자랑은 많이 하는데 워낙 공부를 안 해요. 그 보물을 읽고 외우면 자기 시 짓는 데 도움이 될 텐데 말입니다. 그저 여자 사귀고 돈 벌 궁리하며 쏘다니느라 바빴죠.

6·25가 일어나고 오장환이 인민군을 따라 내려와 명동의 그를 찾아왔대요. 깜짝 놀란 그에게 말했대요. "내가 군복 입었다고 그렇게 놀라지 마. 너 잡으러온 거 아냐. 도와주러 왔어. 여기 가만히 앉아 있을 때가 아니야. 빨리 문패를 서너 개 만들어 가회동 부자촌으로 가. 좋은 집에 네 문패를 붙여봐. 뒤는 내가 보장할게. 다 네 집이 되는 거야. 빨리!"

정말인 줄 알고 고무풍선마냥 기뻐하는 찰라 오장환이 웃으며 놀리더래요. "헤헤, 그렇게 되면 좋겠단 말이다. 고생 많았지? 넌 재산 지키다 못 도망갔지? 물건을 버리기 아까워서." 그도 멋쩍게 웃을 수밖에요.

오장환의 판단이 정확했어요. 그는 집착이 강했죠. 물건도 아껴 쓸 뿐 아니라 잘 버리지도 않았죠. 그런데 유독 여자들한테만 큰돈을 뿌려대요. 여자를 만나는 날은 한껏 멋을 내요. 빨간 셔츠에 아주 보들보들하고 예쁜 머플러를 매요. 그리고 두 번만 인사를 나눈 여자한테는 자기 책을 에누리 없이 증정해요. 늘 자기 시집을 보자기에 싸서 끼고 다녔어요. "내 시집 한 권 드리지요."

싫다고 하는데도 억지로 만년필을 꺼내 그 자리에서 이름을 써서 줘요. 키 큰 사람이 여자한테 이름을 써주려고 허리를 굽히는 모양이 재미있어요. "저 자식, 또 여자한테 책 주는 거 봐. 저러니까 저 책이 개똥이지. 우리가 박거영이 책 받고 다 개천 바닥에 버렸잖아. 저러니까 더러운 거라고."

그럴 엄두도 안 나고, 능력도 없는 친구들이 뒤에서 불평을 해요. 자긴 책을 충분히 만들 수도 없고, 여분이 있어도 이 여자 저 여자 나눠줄 능력도 없고, 그저 다방에 진치고 앉아 있으려니 꼴사나운 것만 보이는 거지요. 그들도 능력만 된다면 똑같았을 겁니다. 돈이 문제지요. 그때나 이제나 돈이 있어야 여자한테 얘기라도 걸어보지 수중에 돈 한 푼 없는데 극장에 같이 가자고 할 수 있겠어요?

박거영 외에 작고한 조병화 시인도 여자를 다루는 능력이 뛰어났어요. 그분도 명동 나올 때는 가방이나 보자기에 자기 시집을 갖고 다녀요. 다방에서 여자들한테 책 주는 거 많이 봤어요. 정성스레 서명해 주더라고요. 책 주고 그 뒤에 무슨 일이 있었는지는 몰라요. 거영의 의도가 불순했지 다른 시인 들은 별로 문제가 없었던 거 같아요.

거영이 출간한 시집은 《바다의 합창合唱》, 《악惡의 노래》, 《인간人間이 그립다》가 있어요. 특히 세 번째 시집은 사람을 그리워하는 심정을 썼어요. 자기를 상대해주는 사람이 많지 않으니 외롭고 인간이 그리웠던 모양이에요. "인간이 그립다고? 그럼 지금까지는 인간이 아니었냐?" "뭐라고?" "우리는 인간이 아니라 동물이었냐?" "에잇, 자식. 놀리지 마!" 핑 하니 나가버리데요.

거영이 좋아하는 시가 있어요. 그는 전혀 술을 못했죠. 맥주 한 모금만 마시면 얼굴이 금방 빨개졌지요. 맥주 한 잔에 취기가 오르면 눈을 지그시 감고 보들레르의 〈지나간 여인에게〉라는 시를 읊어요.

'거리에서 잠깐 본 여인을 번개처럼 사랑하게 됐다. 그런데 다시 못 본다, 영원 속에서밖에는. 지나가 버렸으니 멀리 떨어진 저승에서밖엔 못 보겠다. 아 너무 늦었다. 다시 못 만나리. 그대 간 곳 모르고 내가 있는 곳 그대 모른다. 그대도 분명 날 사랑했을 텐데.' 이런 내용이에요. 여자와 남자가 스치듯 교감하는 인연을 포착해 쓴 건데, 거영이 어떻게 요점을 알았는지 뒷부분만 즐겨 낭송했어요.

즐겨 암송하는 시구절처럼 한 여자에게 만족하지 않고 새 여자를 만나 됐다 싶으면 먼저 약속한 여자를 잊어버리고, 상대방의 아름다움 앞에서 그냥 인사불성이 돼요. 행동도 개차반이 되고, 돈은 돈대로 쓰고 정신이 하나도 없어요. 정식으로 한 결혼만 세 번이고, 거쳐 간 여자들 수는 헤아릴 수가 없었어요. 그만하면 알 만하죠.

6·25 전쟁 통에는 부산으로 피난 가서도 송도 바닷가에 '커피하우스'라고 커피 파는 비어홀을 재빨리 만들었어요. 그 난리통에 모래 위에 천막 치고 유리창을 달고 버젓이 간판을 붙이고 장사를 했죠. 돈 버는 재주 하나는 기가 막혀요. 커피·코코아·맥주·사이다 등을 팔았지요. 여대생을 아르바이트로 쓰는데도 그를 만나러 가면 눈코 뜰 새 없어요. 커피 나르고 술을 사러 다니고 돈 받고 일인 몇 역을 했죠. 장사 하나는 잘했어요.

한 번은 신문사 여기자와 부산 광복동 거리를 걸어가는데 전봇대 밑에 키 큰 사람이 떡하니 서서 쳐다보며 기다리고 있어요. 자세히 보니 그가 틀림없었어요. 징그럽게 웃으며 잠깐 보자고 해요. "야, 빨리 가라. 너 지금 급하지? 이런 데 돌아다니지 말고 조용한 데 가란 말이야." 주머니에서 20원을 꺼내 주데요. "에이, 이 사람아!" 웃기는 녀석이죠. 20원, 요즘

돈 3만 원쯤이죠.

누구나 자기 같은 일을 벌이는 줄 알고 혼자 상상했던 겁니다. 뒤를 돌아보니, 묘한 웃음을 흘리며 지켜보고 있는 거예요. 앞으로 벌어질 일을 제멋대로 생각했겠죠. 평소 의식이 그래요. 그게 그 사람의 낙이고, 인생관이었어요.

1951년 겨울이었지요. 부산 이화여대 천막 강당에서 '대한민국 시인 33인 시 낭독회'가 개최되었죠. 시 낭독회는 시작부터 어려움이 많았어요. 박인환·이봉래 등이 거영과 함께할 수 없다고 했기 때문이에요. 단, 거영이 행사 비용을 전액 부담하면 괜찮다는 단서를 붙였어요. 화가 날 만도 한데 거영은 기꺼이 동의했죠.

그가 그 모든 비용을 지불하고 나머지는 홍보를 담당했어요. 33인이 시를 낭독하니까 대략 1시간 반 정도 걸렸죠. 부산의 문학청년들이 대성황을 이룬 낭만적인 밤이었어요. 그런데 이 친구가 당시 포스터를 죽을 때까지 보관했더라고요. 모처럼 돈을 쓴 것이 모두에게 유익했다고 봐야죠.

'인간사' 출판사를 하던 때예요. 거하게 취한 미당 서정주를 만난 거예요. "여보시오 거영 형, 나 요즘 책을 쓰고 있어. 현대시 작법이오. 지금 시작했어." "그래? 그거 줄 수 없소? 출판하게." "그렇게 할 수도 있지. 그러나 청이 하나 있소. 대흥동 우리 집을 수리해야겠어. 이엉 초가를 뜯고 기와를 얹으려고 해. 돈 좀 변통해줄 수 있겠소?"

마음이 급한 거영이 앞뒤 분간 못하고 말려들었어요. "얼마나 필요한데?" "글쎄, 한 20만 원?" "20만 원? 그야 가능하지. 원고만 준다면." "원고야, 당신 말고 누굴 주겠어?" 그 길로 다방에 들어가 20만 원 짜리 수표를 써줬대요. 서정주와 계약했다고 좋아했지만 2년이 지나도록 만날 때마다 집필 중이라는 말만 되풀이 하고 원고를 건네주지 않았지요.

속이 타들어가는 건 불을 보듯 뻔하죠. 당시 20만 원은 큰돈인데 너무 심하게 독촉해서 원고를 다른데 넘겨주고 20만 원을 도로 내놓으면 닭 쫓던 개 지붕 쳐다보는 꼴 당할까 싶어 참고 기다렸대요. 그런데도 감감무소식인 거 있죠. 결단내야겠다고 벼르고 있던 차에 국립극장 앞에서 서정주를 만난 거지요.

서정주는 또 거나하게 취해서 횡설수설 했겠죠. "정주야, 말 좀 해봐라. 원고 언제 줄 거야? 2년이 다 돼 가는데 언제 출판하고 언제 팔아?" "아, 걱정 말게. 지금 쓰고 있어. 뭐가 그리 급한가? 팔 데는 많아. 내가 나가는 대학 학생들만 해도 몇백 권이야. 문제없어." 화가 난 박거영이 강제로 서정주를 끌고 자기 회사로 올라갔대요.

지금껏 했던 수작을 보니, 자길 놀려먹는 것 같았던 거예요. 냅다 서정주의 머리통을 들이 박았대요. "너, 오늘 여기서 못 나간다!" 책 창고에 확 밀어 넣고 열쇠로 잠가버렸대요.

"거영, 거영, 거기 없나?" "왜 그래? 너 오늘 못 나가." "집에도 못 가나?" "못 가지. 남의 돈 20만 원을 떼어먹었는데. 원고 가져오기 전까지 못 가." "책 써주면 될 거 아닌가. 언제까지 원고를 건네주지 않으면 경찰서에 고발해도 좋다는 서약서를 써 줌세." 서약서를 받고 내보냈으나 결국 원고를 건네받지 못했대요.

어리석게 욕심내다가 보기 좋게 속은 거지요. 미당이 시 쓰는 것도 바쁘고 힘든데 언제 시 작법 원고를 쓰겠어요. 설사 그런 걸 쓴다고 해도 낼 출판사가 부지기순데 '인간사'에 주겠어요? 책을 낼 수 있다는 보장도 없이 선뜻 20만 원을 건넨 그의 불찰이지요. 미당은 그런 거영의 성격을 알고 이용한 거고요.

유사한 경우가 문단에서 비일비재했어요. 무작정 상경한 문학청년이 있었지요. 부모님 쌈짓돈까지 챙겨 시인이 되고 싶은 열망 하나로 상경한 거예요. 이름만 대면 알만한 시인을 찾아가 문하생을 자청했대요. "제가 시인이 되려고 합니다. 지도 편달 바랍니다." 시인이 감격해서 청년을 데리고 명동으로 나갔대요. 진탕 먹고 마시고 취했죠.

계산은 고스란히 청년의 몫이었죠. 청년이 가져온 돈을 바닥내고도 모자라서 두루마기를 벗어 술집 주인한테 맡기고 저고리 바람으로 집에 돌아갔다는 일화도 있어요. 야박한 세상이다 못해 고약한 현실이었지요. 아, 어떻게 청년의 쌈짓돈을 등쳐먹고 두루마기까지 맡겨 가며 술을 먹습니까. 청년도 문제예요. 시인이 되고 싶으면 열심히 공부하고 노력해야지 어떻게 선배를 찾아가 시류에 편승하는 겁니까.

김 아무개 시인한테도 비슷한 경험이 있죠. 어렵게 삼팔선을 넘어 남조선에 왔는데 밥 먹을 데도 없고 몸뚱이 하나 건사하기 힘든 때였어요. 길마다 미군 물건 판이고, 보이는 사람은 도둑놈·사기꾼·엉터리 문인이 득실거렸죠. 그러고도 순수 문학이라고 강변해대니 몹시 절망했던 시절이에요. 물에 빠진 사람 지푸라기라도 잡는다고, 혹시 딛고 설 수 있는 발판이 없을까 싶어 시인들이 모인다는 플라워 다방에 찾아갔지요.

모처럼 속내 얘기도 나누고 문학의 열정을 공유했다 싶어 기쁜 마음으로 찻값을 계산하려고 보니 900원이 나온 거예요. '이럴 수가. 어떻게 하지? 가진 돈이 100원밖에 없는데…….' 큰일 난 거죠. 벗어줄 두루마기도 없던 터라 어떻게 하겠어요. 들고 있던 책을 맡기고 다음 날 가서 찾아왔지요.

말이 나왔으니 말이지 갓 월남한 나이 어린 삼팔따라지한테 찻값을 계산하게 하면 되겠어요? 오히려 사줘야지요. 사주면서 용기도 주고 살 길도 함께 모색해봐야 하지 않겠어요? 또 있어요. 시 비슷한 거 몇 편 써서 갓 올라온 촌놈이 있었지요. 책이 뭔지도 모르는 사람한테 자꾸만 책을 내라고 한 거예요. 온갖 감언이설로 꼬드긴 거죠.

종당 허파에 바람이 들어간 이 친구가 어머니를 졸라 시골의 밭뙈기 팔고 닭 팔아서 시집을 냈어요. 시집을 출판해봤자 그 시집을 다 뭐 하겠어요? 누가 그런 사람의 시집을 사며 혹 팔린다고 해도 1,000부씩이나 팔릴 리가 없잖아요. 결국 빚을 졌지요.

박거영도 많이 당했지요. 그러면서도 그를 욕하고 비난했어요. 그의 가정 생활에 대한 에피소드예요. 집에도 가끔 놀러갔는데, 딸들이 초등학교 2학년과 5학년생이더라고요. 딸들을 무척 귀엽게 키웠죠. 그런데 한 가지는 눈 뜨고 못 보겠더라고요. 부인이 시장에 갔다 들어오면 거영이 장바구니를 뒤적거리며 하나하나 물건 값을 물어보는 거예요.

'저런 좀팽이. 그러니 사람들에게 미움 받고 대접 못 받는다. 어떻게 자기 마누라를 못 믿어 저 난리야.' 딸을 둘이나 낳아준 아내에게 할 짓이 아니죠. "그게 뭐냐? 당신 부인이야. 부인이 시장 가서 돈을 얼마 썼는지 일일이 캐물어야겠어? 그럼 당신이 시장 보지 왜 마누라를 시켜?" "그게 아니고 여자가 돈을 써버릇하면 안 돼." "여자가 시장 가서 돈을 몇 푼이나 쓴다고 그래?"

설마 했더니 역시 부인이 3년을 살다 더 이상 못 살겠던지 딸들을 두고 온다 간다 말도 없이 사라졌지요. 가출을 한 거예요.

소식을 듣고 찾아갔더니 울상을 하고 우두커니 앉아 있어요. 갈 만한 데 다 알아봤는데 없대요. 어린 딸 둘을 두고 집을 나간 부인의 심정이 어땠겠어요? 마누라가 없으니 애 둘을 데리고 홀아비가 되어 밥 하고 국 끓이며 처량하게 살았죠.

마지막에는 출판사도 안돼 단층집을 헐고 2층을 올렸죠. 2층에 방 6개를 만들어 가용에 보태보자는 계산이었나 봐요. 한여름이 되자 방들이 꽉 들어차데요. 그런데 맨 여자들이에요. "웬 아가씨들이냐?" "명동에 나가는 아가씨야." "명동 어디?" "스탠드바·다방·댄스홀 뭐 여러 군데에서 일 해."

알고 보니 화선이는 비어홀, 기분이는 다방, 옥순이는 스탠드바를 다니더라고요. "너, 세 든 여자 건드렸단 큰일 난다." "나도 알지. 그랬다간 세 못 받아." 그도 월세를 받으려는 계산에서인지 세 든 아가씨는 정말 건드리지 않았죠. 돈 문제에서만큼은 유별났어요.

김 아무개 시인이 출판사를 운영할 때예요. 수금도 안 되고 돈이 부족했어요. 집사람이 여기저기 돈을 빌리러 다녔죠. 이 빚으로 저 빚 메우고, 저 빚으로 이 빚 갚는 날들이 계속됐어요. 할 수 없이 그에게 두 달 기한에 30만 원을 빌렸지요. 갚아야 할 무렵이 되었어요.

아침에 집사람이 마당에 섰는데 담장 위로 사람 머리가 보이더래요. 놀라서 쳐다보니까 그 녀석인 거예요. 아내와 눈이 마주치자 잽싸게 집으로 뛰어 들어와 영문은 모르겠으나 틀림없이 집안의 동정을 살폈다고 해요.

친구라고 믿었는데 야속하더라고요. "여보, 오늘 급전 좀 구해오시오. 내 더러워서 얼른 갚아야겠소. 그새 우리 출판사가 망해 집을 팔고 도망가버린 것이 아닌지 살피러 온 거야. 능히 그럴 놈이야." 그날 저녁 만나서 이자까지 다 갚았어요. "웬일이야? 아직 기한 안 됐어." "아니, 됐어. 받아. 아무렴 내가 네 돈 떼어먹겠어? 내가 도망갔을까 봐 우리 집에 시찰 왔어? 지금껏 내가 너를 어떻게 대했냐? 또 너는 내게 어떻게 했냐? 그래도 나한텐 안 그럴 줄 알았는데 똑같구나. 에잇!" "아니야. 네가 야반도주했는지 살피러 간 게 아니라, 산보 간 김에 궁금해서 들른 거야." "다시는 허튼수작 부리지 마!"

1970년대 들어 학생들의 데모가 끊이지 않았어요. 데모가 있는 날이면 일찌감치 화신백화점 앞으로 나갔죠. 함석헌, 문익환 선생과 함께 데모 대열에 참여했어요. 어느 날은 경찰에 쫓겨 퇴계로 쪽으로 밀려나고 있는데 어둠 속에서 부르는 소리가 있어 고개를 돌렸지요. 거영이었어요. 회현동에서 데모하는 학생들을 응원하고 있었대요.

"이 군사 정권 빨리 물러가야지. 장사도 안 되고, 아무것도 못 하고 아주 못 살겠다. 너 학생들 데모에 참여하는 거, 잘하는 거다. 속으로 널 존경한다." "남 존경받으려고 하는 건 아

니고, 우리 애가 학교에서 쫓겨나도록 데모를 하고 있으니 아
버지가 아이 편을 들어야지 어떻게 하겠어. 그래서 학생들과
같이 데모하는 거다. 다른 뜻은 없어."

　둘째가 학교에서 쫓겨나 이도저도 아닌 삶을 살다 미국으
로 갔거든요. 암담한 시절인데 학생들 편에 서지 않을 수가
없었죠. 영문도 모른 채 젊은이들이 죽어나가고, 감옥에 갇히
고, 군대에 끌려가는데, 명색이 시인이 모른 체할 수 있어요?
이유라도 알아야겠다, 나가서 최루탄이라도 맞겠다는 각오로
학생들 대열에 참여했던 거지요.

　하루는 거영이 다 죽어가는 얼굴을 하고 다방에 들어왔어
요. 시인이자 평론가인 친구 이봉래가 무슨 일인가 싶어 물었
죠. "박거영, 왜 그래? 무슨 일 있어?" "말 마. 병원에 갔더니
폐병 3기래." 눈물을 뚝뚝 흘리며 대답하는 거예요. "뭐라고?
어제까지만 해도 뛰어다니던 사람이 폐병 3기라니……." 황
당하고 황망했죠. 봉래가 농담을 던진답시고 그를 더 아프게
했어요. "아냐, 너는 인간이 아니고 말이니까 괜찮아. 자전거
펌프로 폐에 바람을 막 집어넣어."

　1990년 임종을 지킨 박규정(평안도 출신으로, 상하이에서부
터 같이 지낸 친구)의 전언에 의하면 온몸이 땀범벅이 되어 고
통스러워하다 유언 하나 남기지 못하고 갔대요. 그러나 아쉬
울 게 없었던 사람이라고 생각됐어요. '자기 하고 싶은 일을

원 없이 하다 간 사람이다. 용하게 돈 버는 재주가 있어 이 땅의 문인들이 누리지 못한 행운도 누리고 제 나름 잘 살다 갔다.'

그나저나 가엾고 불쌍한 사람이었지요. 그가 있었기에 웃기도 하고, 세상의 모순이며 어두운 구석도 볼 수 있었어요. 문단의 온갖 해괴한 소문도 전해줬어요. 그는 남의 비밀을 탐지하는 능력이 월등했거든요. 아, 생각해보세요. 솔직히 빌려준 돈을 떼일까 봐 남의 집 대문 밖에 몰래 서 있는 거 보통 사람은 죽어도 할 수 없는 노릇이에요.

거의 병이라고 봐야지요. 연구 대상이 분명해요. 기기묘묘하고 징그러운 친구예요. 그러나 제게는 하나도 밉지 않고 되레 그립고 사무치고 고마운 친구였어요. 그렇다면 그 이름 앞에 기인이라고 붙여줄 만도 하죠?

작가 연보